文春文庫

花影の花

大石内蔵助の妻

平岩弓枝

文藝春秋

目次

花影の花

大石内蔵助《くらのすけ》の妻

第一章　赤穂《あこう》の春

一

中庭をへだてて鉤《かぎ》の手になっている奥座敷から聞えて来る夫婦のいい争いの声が、次第に高くなって行くのを、りくは耳をふさぎたい気持で聞いていた。

もう、制《と》めに入らねば大事になると思う一方で、自分が出て行かぬほうがよいのではないかと迷いもしている。

夫婦の争いに姑《しゅうとめ》が口をはさめば、一層、こじれるということを、りくはとっくに悟っていた。

「夫婦争いは二人だけにしておけば、それなりに片づくものを、あの家は、姑どのが要らぬ口出しをする故《ゆえ》、溝《みぞ》が深うなる」

大三郎が最初の妻と離別した時、間に入った仲人《なこうど》が、愚痴まじりに嫁の実家で、りくを非難したというのは、藩中の評判であり、りくの耳にも入っていた。

まるで、姑が嫁をいびり出したような、その噂《うわさ》に、りくは逆上し、無責任な世間の口を怨《うら》み、大三郎を責めもした。

二度目の、今の嫁は遠縁に当る岡田竹右衛門幸元という者の娘だったから、縁談がまとまる前に、りくは当人に会って息子の離別の内情について釈明をした。

「御家老、浅野帯刀《たてわき》様のお嬢様が、大石家をお去りになった理由は、外衛様が外の女子《おなご》に子をお作りになったせいとうかがって居《お》ります。別に、お姑様《かあさま》と確執があったとは聞いて居りません」

やがて、嫁になる女に、はっきりいわれて、りくは、ほっとすると同時に、弁解などするのではなかったと後悔したものであった。

が、二度目の妻とも外衛はしっくり行かないようであった。

外衛というのは、大石大三郎の元服してからの名で、大三郎は幼名である。

奥座敷の罵《ののし》り合いが激しくなった。

りくには、この屋敷の奉公人達が息をひそめ、耳をそばだてているのがよくわかる。

辱《はずか》しかった。

この屋敷の奉公人は、いずれも、りくが大三郎と共に、広島へ来てから召し抱えた者ばかりであった。彼等の口から、夫婦争いの顚末《てんまつ》が世間に知れ渡る。それも、今に始まったことではなかった。

悲鳴が聞え、物の倒れる音がした。

遂《つい》に、りくは障子を開けた。

廊下に、用人が及び腰で奥を窺《うかが》っていたが、りくをみると、なんともいえない表情で頭を下げる。

奥座敷は、庭に面した廊下側の障子が倒れていて、それに折り重なった恰好《かっこう》で嫁の伊代が突っ伏していた。髷《まげ》がこわれ、片手でおさえている頰《ほお》が赤く腫《は》れ上っている。

大三郎は、と見ると、これは座敷の真中に仁王立ちになり、肩を大きく上下させていた。

「伊代どの、どうなされました」

とりあえず、りくが抱き起すと、嫁が顔をひきつらせて叫んだ。

「ごらんの通りでございます。私がいったい、なにをしたと申すのでございましょう。落度もない者を打擲《ちょうちゃく》なさり、御自分の非を棚《たな》に上げて……」

「うるさい、黙れ」

大三郎がどなり、伊代は姑を楯《たて》にして夫に向った。

「いいえ、今日はお姑様の前で、黒白《こくびゃく》をつけて頂きます。私の申すことが間違っているのか、旦那《だんな》様のなされ方が悪いのか……」

「母上にはかかわり合いのないことだ」

「世間が、なんと申しているか、お姑様にはご存じでいらっしゃいますか。仮にも、大石内蔵助《くらのすけ》の悴《せがれ》ともあろうお人が、御家中の侍と武芸を競うでもなく、学問に群を抜くでもなく、ただよからぬ人々と遊所に通い、酒を飲むやら、女を囲うやら、あれでは殿様お情けの千五百石《こく》が泣くと……」

「ああ、これ、伊代どの」

出来ることなら、嫁の口を封じたいと、りくは思った。

この女《ひと》も、前の嫁と同じ眼《め》で、いや、世間の多くの人々と同じように、大三郎を見、貶《さげす》んでいる。

「大三郎とて、その辺りは心得て居りましょう。なれど……」

「御承知なら、何故《なぜ》、お改め下さいませぬ。旦那様の恥辱は、旦那様お一人のものではございません。縁につらなる大石一族の恥辱と、実家《さと》の父も申して居ります」

「黙れ」

血の気のない顔で、大三郎が繰り返した。

「なにも、親類縁者でいてもらおうとは思わぬ。いやなら一族の縁を切ってやる」

「それは、あなたの御勝手と申すものでございます」

「なに……」

「大石内蔵助良雄《よしたか》様の縁につながる者は、みな、そのことを誉《ほまれ》にして居ります。あなた様だけが、亡《な》き父上の御名を辱しめて……」

「伊代どの」

夢中で、りくは伊代を押えた。

「どうぞ、もう、なにもいうて下さるな。大三郎には私から申します。あなたはあちらでお顔の手当てをなさいませ」

そういわれて、伊代は腫れのひどくなった頰に気がついたらしい。

「梅……梅は居りませぬか」

自分が実家から伴って来た女中の名を呼びながら、廊下を居間のほうへ去った。

りくは立ち上って、障子を引き起した。

桟《さん》が折れていて、どうにもならない。障子一枚を取りかえさせることで、また、噂が大きくなるだろうと吐息が出た。

「立って居らずと、おすわりなされ」

唇《くちびる》を嚙《か》みしめて慄《ふる》えている大三郎に声をかけ、りくは座敷に散らばっている煙草《たばこ》入れや懐紙、紙入れなどを拾い集めた。大三郎が手当り次第に投げつけたものである。手文庫がひっくり返っていた。散らばっている書付を手に取ってみる。勘定書であった。二枚、三枚、およそ十枚余り。

大三郎が気がついて、りくの手からそれらをひっさらった。が、りくの眼は素早くその何枚かを読んでいた。呉服物の店の名があり、料理茶屋らしいのがあった。

「弥津《やつ》に少々のものを買《こ》うてつかわしたのでございます。それを嫉妬《しっと》して……」

弁解がましく大三郎が訴えた。

弥津というのは、大三郎が料理茶屋の女と深くなって産ませた娘であった。いわば妾腹《しょうふく》だが、大三郎には他に子供がないので、りくは、なんとか屋敷へ引き取って育てたいと思ったが、大三郎の最初の妻の抵抗に遭ってそのまま、妾宅のほうでお松という母親が養育している。

りくは大三郎から禁じられているので会いに行ったことはないが、もう九歳になっている筈《はず》であった。

大三郎はおそらく、その娘と母親にせがまれて呉服物を買い与えたのであろうが、たまたま、それを手文庫の中から、伊代がみつけて、今日の争いの口火になったものとみえる。

「手前が遊興にばかり散財すると申すのです。自分は母上が質素倹約をきびしくおっしゃるので、帯一筋買うたこともないのにと……」

母親にいいつけている息子の口調は三十を過ぎた武士らしくもなく、子供子供していた。

この子には育ちそこねた部分があるとりくは思っていた。

それは、もしかすると生まれてすぐに知り合いの眼医者の家へ養子に出したせいではないかと考える。

それは、やむを得ない措置であった。

今でこそ、武士の鑑《かがみ》といわれている元禄《げんろく》十五年の仇討《あだうち》だが、その当時、幕閣は謀叛人《むほんにん》として四十六人を処罰した。

謀叛人の子として誕生した大三郎に、なんとか罪の及ばぬよう、せめて命永らえさせたい親心が、赤ん坊を他家に養子に出すと決めたのだったが、母親にしてみると、自分の乳をろくに吸わずに育った子が、なにか大事なものを忘れて成長したように思えてならないのであった。

「弥津のことは、折をみて伊代どのと談合し、屋敷に引取るようにせねばと思うて居ります」

それはそれとして、大三郎自身、今少し量見せねばならないとりくは、息子に説いた。

「そなたの苦しい立場はようわかるが、やはり、世間は大石家の跡継ぎとして、そなたをみているのです。殿様の御恩を思うても、遊興に時を費している場合ではありますまい」

まだ十二歳だった大三郎を、豊岡から広島へ呼びよせ、亡父と同じ千五百石を与え、家臣に加えた。

「御主君が手前を召し出されたのは、大石内蔵助の悴を家臣にしたことで、諸大名に自慢をなさりたかったからでございましょう。第一、父上が御奉公申していた赤穂《あこう》の浅野家は、この芸州《げいしゅう》浅野家の分家筋。分家の忠臣の遺子を、本家が厚遇するのは当り前ではありませんか」

それが、この頃《ごろ》の大三郎の口癖であった。流石《さすが》に、外では口外しないが、母や妻には平然といい放つ。

りくは眉《まゆ》を寄せ、声をひそめた。

「左様なことを、間違《まちご》うても口にしてはなりません。その量見が、そなたを未熟者にしているのです。殿様が若輩のそなたに千五百石の高禄を下されたのが、そなたの父の忠義のためであるのなら、そなたもそれ以上の忠義を以《もっ》て、殿様に御奉公せねばなりません。それでこそ、御家中の方々も、そなたを大石内蔵助の子とお認め下されましょう」

「母上」

ふっと、大三郎の声が笑った。

「手前は何故、大石内蔵助の子になぞ、生まれたのでしょう。いっそ、丹後の須田村の眼医者の悴であればよかった……」

「大三郎……」

「母上もそうではありませんか。何故、大石内蔵助などと申す男の許《もと》へ嫁いだのですか。母上が大石家へ嫁がれなかったら、手前は……」

低く笑い出した大三郎の声が、やがて嗚咽《おえつ》に変るのを、りくは茫然《ぼうぜん》とみつめていた。

何故、自分は大石内蔵助良雄という男の妻になったのか。今まで考えてもみなかったそのことが俄《にわ》かに胸の中に湧《わ》き上って来た時、りくの思い出の中には雪が降り出していた。

二

豊岡にその年初めての雪が一尺近くも積った日に、りくは父に呼ばれて居間へ行った。

お城から戻って来たばかりの父は、すでに着替えをすませ、祖父からゆずられた桑材の机にむかって文《ふみ》を読んでいた。

その文は、今日の昼すぎ、飛脚が雪にまみれて届けに来たもので、取次いだ用人から、それを受け取った母が、差出人を聞いて僅《わず》かながら表情を変えたのを、りくは少し離れたところからみていた。

用人は、文の差出人を、

「赤穂の……大石様……」

と母に告げたようであった。

りくが、赤穂の大石家の名を耳にしたのは、それが最初ではなかった。

ずっと以前、たしか、祖父の石束毎術《いしづかつねやす》が歿る《なくな》数日前、父の毎好《つねよし》が祖父の枕辺《まくらべ》で、

「赤穂の大石殿との約定《やくじょう》のこと、しかと承りました。折をみて、先方と談合致し、りくが成人致しましたなれば、必ず……」

と話しているのを母の傍《そば》で聞いていた。

で、あとから母に、おじいさまのおっしゃったのは、なにか、と訊《き》いてみると、

「そなたは、おじいさまが大坂にお出《い》での時、赤穂の浅野家の御家老、大石様とお約束をなされて、大石様の孫息子どのに嫁ぐことになっているのですよ」

と教えられたのが、そのはじまりであった。

まだ十歳だったりくには、赤穂がどこかもわからず、嫁に行くことにも実感はまるでなかったが、父はともかく、母は、この祖父同士の取り決めを喜んでいなかったのが、その後の言葉の端々に窺われた。

理由は、赤穂が遠すぎることであり、相手の大石家の孫息子が、りくよりも十歳も年長であることなどであったが、どちらも父に一蹴《いっしゅう》されていた。

但馬《たじま》と播州《ばんしゅう》は、それほど遠い距離ではなし、また、十歳の年の差も世間には珍らしいことではない。それよりも、石束家は京極《きょうごく》家の家老として千二百石の身分であり、大石

家も浅野家の家老で千五百石、身分からいっても釣《つ》り合いのとれた良い縁組であると、父はむしろ、喜んでいた。

けれども、祖父同士が約束したこの縁組は早急には実現しなかった。

それについて、りくは両親からではなく、もっぱら、兄の毎明《つねあき》から聞かされていた。

りくが嫁に行く相手の大石内蔵助良雄という人は、父親が三十四歳で若死にしたので、十五歳で家督を継ぎ、更に、石束家の祖父毎術が歿るより一年前の延宝《えんぽう》五年正月に、それまで浅野家家老職であった良雄の祖父、良欽《よしたか》が病死して、その二年後に二十一歳で家老職についたという。

「大石家は我が石束家と同じく代々家老の家柄《いえがら》である。若年にても家老職になったのは、そのためだが、さぞ気苦労の多いことに違いない」

自分は父親が壮健故《ゆえ》、よいが、と前おきして、兄は内蔵助の立場をりくに説明した。

藩の家老職には、家柄によって代々、必ず家老の座につく者と、実力によって登用される家老となる者の二つがあった。

石束家も大石家も、前者である。

「良雄どのの祖父は、若くして家督を継いだ孫のために、一日も早く嫁をと我が家へ申してこられたそうだが、父上も母上も、そなたが若すぎるという理由で延ばし続けて居られた」

どちらかといえば、兄もりくを赤穂へ嫁に出したくない様子であった。

りくよりも三歳年上のこの兄は、気が優しく、よく遊び相手になってくれた。りくも亦《また》、この兄が好きであった。

なんにしても、祖父の死から七年も経《た》った今日まで、りくは自分がやがて赤穂の大石家に嫁ぐのだという漠然《ばくぜん》とした知識と、大石家の消息を時折、聞かされながら過して来た。

そして、雪の日、父は居間へ入って来たりくをみると、読んでいた文を巻きながら、こういった。

「赤穂の大石どのより、今年中にそなたを迎えたいと申して来た。雪どけを待って、赤穂へ行くことになろうが、よいな」

反射的に頭を下げ、りくは急に悲しくなった。

とうとう、行かなければならないのだという思いであった。父とも母とも兄とも別れて、見知らぬ土地の見知らぬ男の住む屋敷へ行き、そこで一生を過さねばならない。

「赤穂は、この豊岡にくらべると気候がおだやかで暮しやすいそうな。なにはさて、体を大事にするように……」

父が、そこで声をつまらせ、りくは顔中を涙にした。

嫁入り支度は、母の手によって次々と整えられた。

本来なら、春の来るのが待たれるのに、その年のりくは、雪の消えるのが怨めしかった。

兄も同様だったらしい。

石束家の南にむいた庭の紅梅が花をつけて、りくが縁側からそれを眺《なが》めていると、兄が傍へ来た。

「赤穂へは、わたしがついて行くよう、父上がおっしゃった。良雄どのが、どのような仁《じん》か、兄がようみきわめてやる。その上で、そなたを不幸せにするような男なら、なにはさて、婚礼はさせぬ。そなたを伴って豊岡へ帰る故、安心しているがよい」

兄のいうようなことが出来るとは、りくは思わなかった。ただ、兄がついて行ってくれることだけでも嬉《うれ》しかった。

「そなたが、この屋敷からいなくなって、この梅の咲くのをみたら、さぞかし、寂しいだろうな」

兄にいわれて、りくは涙ぐんだ。

めでたい、めでたいと周囲に囃《はや》されながら、りくが故郷をあとにしたのは、梅が散ってからのことである。

嫁入りの道中には兄の毎明の他に、叔父の木下勘兵衛と、叔母の加弥、それに、その叔母の夫で、同じ京極藩中の田村瀬兵衛が付き添い、嫁入り道具を運ぶ人足や若党、お供の女中など、身分にふさわしい華やかな行列であった。

一行は八鹿《ようか》から和田山を過ぎて、生野《いくの》を越えて但馬から播磨《はりま》へ入り、姫路から赤穂へたどりつくと、この海辺の城下町は春が早くて、もう桜が満開になっていた。

姫路まで大石家から迎えが出て居り、赤穂へ入る国境には大石良雄自らが馬を停《と》めて待っていた。

石束家の人々には予期しないことだったが、良雄は丁重に初対面の挨拶《あいさつ》をし、駕籠《かご》から下りたりくに対しても、

「遠路、お疲れであろう」

といたわりをみせた。

到底、相手を直視することが出来ず、おそるおそる顔を上げたりくの眼に、良雄の背後に山桜の大樹があって、素朴《そぼく》な白い花が僅かの風に散りこぼれているのが映った。

「ごらん下され、あれにみえるのが赤穂の町、赤穂の城でござる」

山桜の大樹の脇《わき》に立って、良雄が遥《はる》かな先をさした。

そこは峠で、眼下にはゆるやかに広がる田畑と千種《ちくさ》川が見渡せた。

川がやがて海に注ぐ手前に城下町がみえる。春の海は、ぼうっと霞《かす》んで、どこまでが水辺で、どこからが空やら見わけがつかない。

但馬の、北にむいた荒々しい海の景色からくらべると、穏やかで明るい春たけなわの

風景が緊張し切っているりくの心を和《なご》ませた。

茶菓のもてなしを受けて休息し、行列は峠を下って城下へ入った。

その日は、大石一族で、良雄の祖父の従兄弟《いとこ》に当る大石信澄の屋敷へ入って旅装をといた。

大石信澄は良雄の曾祖父《そうそふ》、良勝の弟、信云《のぶこと》の次男で、本来ならば、家督は兄の良総が継ぐところを、二十三年前の寛文《かんぶん》二年に突然、兄が赤穂を退去することになり、俄かに家を相続して四百石を頂戴《ちょうだい》しているという。

信澄の妻は、肥前平戸の城主松浦《まつら》家の臣、小田貞守の妹に当る人で、一族には近衛《このえ》家に奉公する者もいるとか、武士の妻というより公卿《くげ》の女官になったほうが似合いそうな、もったいぶった口のきき方をする女であった。

屋敷内に運び込まれたりくの嫁入り道具を点検するようにみて、

「流石、京極甲斐守《かいのかみ》様の御家中だけあって、結構なお道具類でございますこと」

といったのが、りくには、いささか嫌味《いやみ》に聞えた。

兄の毎明と二人の叔父は、招かれて大石本家である良雄の屋敷へ出かけて行ったが、夜更《よふ》けて戻って来た時には、かなり酩酊《めいてい》していた。

「いやいや、若くして家老職を継いだだけあって、如才のない、なかなかの秀《すぐ》れ者だ。あれなら聟《むこ》として申し分ない」

と二人の叔父はりくにいったが、兄の毎明だけは、りくと二人になると、

「外からみると、地味な男だが、腹の中にしっかりしたものがあるように思った。人柄はよさそうだし、まず、そなたを不幸せにすることはなかろう」

家族は良雄の祖母と母と二人の弟だが、良雄のすぐ下の弟は出家して石清水八幡宮《いわしみずはちまんぐう》大西坊《おおにしぼう》覚住の弟子《でし》となり、専貞《せんてい》といい、屋敷を出ているし、祖母も別に暮して居るので、母と末の弟の長房だけが同居人という、どちらかといえば小人数で、奉公人もそれほど多くはなさそうだと話した。

「最初は、つらいことも多かろうが、早く大石家になじむのだ。なにか心に余ることがあれば、父上母上ではなく、わたしに文をよこせ。きっと力になってやる」

兄の言葉にうなずきながら、りくはもう泣かなかった。

赤穂へ着き、その人が自分で迎えに出てくれたことで、りくは覚悟が出来たようであった。

翌日、日の暮れ方に、りくは大石本家の長屋門を入った。

かなり広い屋敷には客が満ちていて、奥の仏間へ導かれて行く花嫁をみようと、さりげなくひしめいている。

仏間には良雄の祖母と母がいた。

りくと並んで仏壇へ向い、合掌してから良雄がいった。

「祖父上、父上、おかげを持ちまして、本日、妻をめとることが出来ました。末長くむつまじく添いとげる所存にございますれば、何卒《なにとぞ》、御安堵《ごあんど》下さいますように……」

盃事《さかずきごと》は仏間で行った。

雄蝶雌蝶《おちょうめちょう》の代りに、良雄の祖母と母が、盃事の介添えをして、やがて下った。

仏間には良雄とりくと二人だけになる。

「峠の桜が咲いているうちでよかった」

ぽつんと良雄がいった。

「そなたが到着するまで、あの桜が散らずにいてくれるとよいと思っていた」

桜の花越しにみる赤穂城下が一番、美しいのだと嬉しそうに続けた。

「そなたに、一番、美しいこの御城下をみてもらいたかった……」

りくは思わず顔を上げて、相手をみつめた。

はじめてみた夫の顔は面長《おもなが》でひきしまっていた。眉《まゆ》が濃く、眼許《めもと》が優しい。そして唇《くちびる》には、女を惹《ひ》きつける、或る魅力があった。

「ふつつかではございますが……」

かすれた声で、りくは漸《ようや》くいった。

「末長く、お傍においていて下さいませ」

「待ちかねたぞ」

ふっと良雄が笑った。

「祖父上から、そなたの妻を決めて参ったと聞かされてから、ざっと十年余り……長過ぎて困った……」

今日から夫となった人の笑顔に、りくの心が吸い込まれた。

おたがいの祖父同士が決めた縁談のために、十年以上も自分を待っていてくれた人へ、ほのかな愛を感じて、りくも亦、微笑《ほほえ》んだ。

「では、親類縁者にひき合わせよう」

内蔵助が立ち上り、りくはその後について仏間を出た。

大広間にはすでに客が着席し、膳《ぜん》が出ていた。

その席で、りくは大石一族を紹介されたが、数はあまり多くなかった。

内蔵助良雄の祖父、大石良欽の弟達のうち、奥村家を継いだ具知《ともちか》の一族は松平淡路守《あわじのかみ》に仕えて富山に在住して居るし、次弟の頼母《たのも》良重の一族は幕府に仕え、伊勢《いせ》の山田奉行であって、どちらも今日の席には来ていない。

で、りくがまず挨拶をしたのは、良欽の四人いる弟のうち、上から三番目で小山家を継いだ喜左衛門良秀の養子で、小山源五左衛門良師《よしもろ》であった。この人は、本来は良雄の亡父、良昭の弟に当り、血筋では良雄の叔父になる。年齢は三十歳だが、どこか老成した風があって、とりつきにくい感じがした。

一座の長老は、りくが赤穂へ着いて、まず草鞋《わらじ》を解いた大石八郎兵衛信澄で五十歳、内蔵助良雄の曾祖父、良勝の弟、信云の次男であった。本来、この家は信澄の兄、良総の継ぐところだったが、良総が赤穂を立ち退《の》いて、今は大石無人《むにん》と称し大津に居住しているという。

信澄は温厚な人柄で、長男の孫四郎信豊と十七歳になる次男の瀬左衛門信清を伴っていた。

長男のほうは母親似でおっとりして居り、次男は如何《いか》にも血の気が多そうにみえた。とりあえず、赤穂の大石家に嫁いだりくがさし当ってつき合って行かねばならないのは小山家の人々と、分家の大石一族であろうと思われた。

その他にも、やれ大叔母の忰《せがれ》だの、その孫娘の聟だの、良雄の従兄《いと》妹《こ》のつれあいだのが次々と挨拶をし、やがて酒宴になった。

翌日は赤穂藩中の主だった者を招待して嫁取りの披露《ひろう》をし、この時は主君、浅野内匠《たくみの》頭長矩《かみながのり》からの祝いの品が届けられた。

赤穂五万三千石の主、浅野長矩はこの年、二十歳、二年前に同じ浅野一族の備後国《びんごのくにみ》調《つぎ》郡三次《みよし》五万石、浅野因幡守《いなばのかみ》長治の息女、阿久里《あぐり》を奥方に迎えたばかりであったが、その奥方は他の大名家と同じく江戸屋敷において、長矩だけが帰国していた。

「御主君は僅《わず》か九つで、父君を失われ、藩主の座におつきなされた。また、それより先、六歳の時には母君、戒珠院様の御逝去《せいきょ》にお会いになって居る。お気の毒なお方じゃ」

二人だけの寝物語に、良雄は少しずつ、妻に自分の仕えている浅野家についての知識を与えた。

赤穂浅野家は豊臣秀吉の頃《ころ》、五奉行の一人であった浅野長政の三男長重が初代で、二代の浅野長直の時、常陸笠間《ひたちかさま》から転封《てんぽう》されて赤穂へ移った。

現在の主、長矩は四代目に当る。

大石家では良雄の祖父、良欽の弟、良重が主君である浅野長直の娘を妻に迎えているので、主家とは縁続きでもあった。

従って、代々、仕置家老の重職である大石家の当主として、良雄は自分よりも遥かに年少の主君の補佐役をつとめなければならない。

無論、浅野家には良雄よりも年長の重臣もいて、それらにも若い仕置家老はなにかと心を労することが少くないようであった。

もっとも、りくは直接、夫の口から、そうした御城内での苦労話をきかされたわけではなかった。ただ、何気ない話の中から、夫の立場を少しずつ、感じとっていただけである。

りくの嫁入りに随行して赤穂まで来た、兄の毎明や叔父達は、祝言《しゅうげん》が無事に済んだのを見届けると、僅かの滞在で豊岡へ帰って行った。

「これからは、内蔵助どのを頼りにして、大石家の人々に可愛《かわい》がられる嫁女《よめじょ》となるように、別して、姑御《ははご》には孝養を怠るまいぞ」

別れに兄の毎明は、まだ新嫁のぎこちなさでおろおろと立ち働いているりくへ、いささか切なそうな声でいった。

「たまには文をよこせ。父上も母上も案じて居られよう……」

最初からりくについて赤穂の大石家へ奉公することになっていた女中のおきみだけを残して、石束家の一行が発《た》ってしまうと屋敷の内は急に寂しくなった。

りくが嫁いで来るまでの大石家は、良雄とその母のくま、末弟の長房、通称を喜内と呼んでいる若者との三人家族に少々の奉公人がいるだけであった。

良雄はどちらかというと寡黙《かもく》な性質で、御城内では「昼行燈《ひるあんどん》」などという渾名《あだな》があるという。夫婦の間では、りくの話はよくきいてくれるが、自分のほうから御城内の出来事を面白可笑《おか》しく話すということは、まず、滅多になかった。

姑のくまは、池田新太郎光政の家臣で池田出羽《でわ》由成《よしなり》という人の娘だが、細面《ほそおもて》で外見は大人しそうな感じであった。口のきき方も穏やかで荒い声を出すことはない。そのかわり、ざっくばらんなところがなくて、いつも、とりすましている印象が強かった。

延宝元年の秋に夫の良昭が大坂で急死したので、三十二歳で未亡人となったこともその性格に影響を与えていると思われたが、とにかくもの静かで冷ややかな女であった。

分家の信澄の妻と相通ずる点があるらしく、二人はよく行き来もするし、茶事だ、香道の集まりだと誘われて出かけて行く。

義弟になった喜内は、やや病身だが、性格は明るくて、すぐにりくと親しくなった。年齢も、りくより二歳下だから、なにかと話しやすい。

「義姉上《あねうえ》はよくお笑いになりますね」

と喜内にいわれて、りくはどきりとしたが、喜内は好意的にいったのであった。

「義姉上がたのしそうにお笑いになるのを聞いていると、私の心も明るくなります。外でいやなことがあってくよくよしている時でも、義姉上に申し上げると、義姉上は必ず、途中で笑い出してしまわれるでしょう」

たしかにそういうことが何度かあった。

「喜内様が私を笑わせるようなことをおっしゃるからでございます」

友人の家へ前日に借りた傘《かさ》を返しに行って長話をしていたら、雨が降り出して、又、その傘を借りて帰った。

「次にはお寺へ学問をしにお出かけになり、その帰り道に傘を返そうと持って行ったら、肝腎《かんじん》の傘をお寺へ忘れて来てしまって……何日か経《た》ってお寺へ行ったら、和尚《おしよう》様が雨の日に檀家《だんか》へさして行って、お帰りには晴れたので、すっかり傘のことは忘れてしまって……その忘れて来たお屋敷が喜内様のお友達のお宅だったとか……」

思い出して、りくは又、笑い出す。すると喜内も可笑しくなって一緒に笑った。

「義姉上って、全く、箸《はし》がころげても可笑しがる人なのですね」

そういわれれば、実家の石束家でも、

「よく笑う子だ」

と父母からいわれていたし、兄の毎明にも、

「りくは泣き虫のくせに笑い上戸《じょうご》だ。今泣いた烏《からす》がもう笑ったというのは、りくのことに違いない」

などとからかわれた思い出がある。

嫁いで来た当座の緊張がほぐれると、いつの間にか、りくは娘時代のままののびのびした気分になって、池の鯉《こい》をねらっている野良猫《のらねこ》を喜内と一緒に追いかけたり、奉公人と潮干狩に浜へ出たりと屈託のない毎日を送るようになった。自然に、りくの笑い声が大石家のそここで聞えるようになる。

「義姉上がお出《い》でになってから、家の中に太陽がさし込んだようになりました」

それまでは、まるで寺か、長患《ながわずら》いの病人のいる家庭のようで、

「大石家の桜は花が咲いていても陰気にみえると友人が申したのです」

と、喜内がりくにいいつけた。

成程、庭のすみには桜樹が一本あったが、陽《ひ》が当らないせいか、樹幹が瘦《や》せていて、

これではたいした花も咲くまいと思われた。

で、りくはたまたま、垣根《かきね》の手入れにやって来た植木屋に相談すると、手前にある雑木の枝を払えば、陽当りも風通しもよくなって桜も甦《よみがえ》るだろうといわれ、その話を良雄にすると、

「好きにするがよい」

と許しが出たので、何日か植木職人が通って庭の模様がえをした。

こわれかけていた池のほとりの藤棚《ふじだな》も新しく作り直し、汀《みぎわ》には山吹を植えさせた。

裏の畑も荒れ放題だったのを手を加えて牡丹《ぼたん》を植え、菊畑も作った。

りくの気持には大石家の庭を四季折々の花で飾りたいというはなやかな夢があった。

それは、実家の豊岡では冬がきびしいので、あまり多くの花を植えることは難かしかったが、それでも両親が梅や山茶花《さざんか》を好み、庭の池には菖蒲《しょうぶ》や睡蓮《すいれん》を、垣根には朝顔をからませてと丹精しているのをみて育ったからで、豊岡にくらべると赤穂は気候もよく、どんなに美しい花が咲くだろうと、たのしみに思えたからでもあった。

りくが大石家へ嫁いで迎えた二度目の春、陰気だといわれた桜は見違えるほど色よい花を咲かせたし、山吹と藤の花に囲まれた池は春の匂《にお》いに包まれた。

夫は格別、なにもいわなかったが、喜内は毎日、庭を眺《なが》めて廻《まわ》り、りくにも牡丹の蕾《つぼみ》がふくらんだだの、藤の香がこんなに強いものとは知らなかっただのと、楽しげに話し

た。

「母上、分家のおば上《うえ》をお招きなさいませ。きっと、お喜びなさいますよ」

と喜内が、姑のくまに告げているのを、りくは幸せな気分で聞いていたのだが、翌日、その分家の信澄の妻がやって来た。

慌《あわ》てて出迎えたりくに会釈《えしやく》をせず、勧めても座敷に上りもしないで、庭に面した縁側に腰を下すと、ぐるりと庭中を見廻し、

「すっかり、変りましたことね」

傍《そば》にいるくまに話しかけた。

「これほどになさるには、さぞかし職人共を数多くお入れなされたのでございましょうな」

くまが曖昧《あいまい》にうなずいた。

「私は、よう存じませんが……」

この家の金の出し入れは、すべて良雄にまかせてあるといった。それはその通りで、りくも入用の折には、その都度、夫にいって金を渡してもらっている。

「りくどの」

信澄の妻の戸世《とよ》が呼んだ。

「内蔵助どのは、なにもいわれませぬのか」

なんのことか、りくにはわからなかった。

「侍の屋敷の庭に、花を飾り立てて、なんになるというのです。そのために無駄《むだ》な費《つい》えを重ねて。赤穂藩では先殿《せんとの》様以来、長年の失費のため、ひたすら諸事倹約、質素を心がけるよう藩中にお達しなされてでございます。それを、御家老職の奥方ともあろうお人が、このような浅はかをなさる。世間に知れたら内蔵助どのの恥になるとも御存じないのか。第一、花は野山にてみるもの、我が庭のみを飾り立てようとは、浅ましいお心がけでございますなあ」

茫然《ぼうぜん》としているりくの前で、戸世が山吹の花を力まかせに叩《たた》いた。

「この花を御存じか。山吹は花は咲いても実らぬ。家督を継ぐ嫡子《ちゃくし》がなくば家が断絶するという武士の家に、山吹は不吉の花、左様なことも御存じないとは、御実家でどのようなお躾《しつけ》をなされて来たのか、さきざき、心もとなく存じますよ」

姑はなにもいわなかった。りくをかばってくれるでもないし、さりとて、戸世と一緒になって嫁を責めることもしない。

やがて、戸世は庭を出て行き、姑はそれを送ってから自分の部屋へ入ってしまった。

一人になってから、りくは庭へ下りた。

山吹の黄色い花片が散りこぼれている。

豊岡にいた頃、椿の花は、人の首が落ちるように花が丸ごと散るので、武家の屋敷内に植えるのを好まない人がいるという話を聞いたことがあったが、山吹は実が生《な》らないから不吉だというのは耳にしていなかった。

たしかにいわれてみれば、そうかも知れないと思う。

それにしても、姑はそのことを知らなかったのだろうか。もし、知っていたのなら、どうして、植木職人が山吹を植えている時、りくを呼んで注意をしなかったのか。

庭に植木屋を入れる時にしても、りくは夫の許しを得たあとで、姑にも同意を求めた。

「もう、あなた方の時代なのだから、りくどのの思うようになされたがよろしい」

と姑は返事をしてくれた。

赤穂藩に倹約のお達しの出ていることすら、りくは知らなかった。武士の家では平素、つつましく質素にというのは、石束家でも家訓のようなもので、決して分不相応な贅沢《ぜいたく》をして育ったわけではなかった。庭に少しばかり手を入れさせたのが、それほどの費えとは、りくにはどうしても思えない。

もし、りくのしたことが大石家の家風に合わないのなら、夫にしても、姑にしても、もっと早くにいけないといってくれなかったものか。

何事も自分のふつつかと考えねばと自分をたしなめながら、りくは納得出来なかった。

それでも、良雄が夕方、お城から帰って来た時、りくはつとめていつものように出迎え、平静を装いながら着替えを手伝った。

食事は、まず、良雄と喜内が居間ですませ、その給仕が終ってから、りくは姑と別間で摂《と》る。その部屋は台所の板敷とつながっていて、板の間のほうでは奉公人が各々《おのおの》の膳を並べた。食べるものは、良雄と喜内は一汁三菜くらいで、その他はりくも含めて一汁一菜が常である。

食事のあと、良雄は自分の部屋で書見をするので、りくは頃合をみはからって茶を運ぶ。

で、その夜も後片付が終ってから、茶の支度をして奥へ行くと、りくと入れかわりのように喜内が出て来た。暗がりでよくわからないが、泣いたような眼をして、そそくさと自分の部屋へ去った。

「りくか」

襖《ふすま》ぎわでためらっていたりくを、良雄が呼んだ。

「入りなさい」

いつもの穏やかな声だったので、りくは襖を閉め、夫の前に茶碗《ちゃわん》を運んだ。

「今、喜内が分家のおば上のことをいいつけて参った」

茶碗をゆっくり掌《て》に取りながら、良雄がりくを眺めた。

「気にすることはない。あのおば上の気むずかしいのは、親類中がもて余して居る」

「いえ、私が悪うございました。嫁に参りまして、まだ日も浅いのに勝手を致しました」

「分家は分家、本家は本家じゃ。たかが庭木いじりくらいで、とやかくいわれる筋はない」

たしかに、赤穂藩は今のところ、藩士に対して質素倹約を奨励していると良雄はいった。

「この国は肥沃《ひよく》の大地を持ち、加えて塩田がある」

藩の収入としては、表高の五万三千石以上のものがあるのだが、財政は今のところ、決して豊かとはいえない。その理由は、まず笠間から赤穂へ転封になった際、苅屋《かりや》城の築城をしたこと、更には幕府より皇居造営を命ぜられて、多大の出費をしなければならなかったことの二つがあると、穏やかに良雄は話した。

「我が祖父も父も、終生、そのことで苦労をした。藩の財政を建て直すには、まず諸事きりつめ、倹約を旨《むね》とする他はない」

りくは青ざめて手をつかえた。

「愚かでございました。左様なこともわきまえず……」

「よいではないか」

良雄が破顔した。

「喜内も申して居った。たかが、庭木のことでけちけちするようでは、いざという時、主家のお役には立たぬ。女子供は知らず、侍たる者、そのような細かな量見ではなにも出来ないとな」

「喜内様が……」

「第一、庭のことはわしがそうするように命じたのだ。苦情があれば、わしにいうがよい。今後、おば上がなにかいうて来たら、左様に申すがよい」

「まさか、そのような……」

だが、りくはもうこだわらなかった。

「以後は気をつけまする故《ゆえ》、どうぞ、お許しを……」

それにしても、山吹のことはどうしたものかといったりくに、良雄が眉《まゆ》をしかめた。

「折角、植えたものを、どうして取り捨てるのだ。山吹に実が生らずとも、そなたに子が産まれれば、それでよいではないか」

夜、夫に抱かれて、りくは小さく訴えた。

「早く、赤児《やや こ》が欲しゅうございます」

若い夫は、妻の気持に無頓着《むとんちやく》であった。

「やがて授かる。が、笑っていてばかりでは、子は育たぬぞ」

夫が暗に自分の子供っぽさをたしなめたのだと、りくはあとで気がついた。

すでに大石家の妻であり、夫と姑に仕える身であってみれば、娘の頃のように笑いころげていて済むものではないと思い、翌日、りくは改めて姑に詫《わ》びをいいにいった。

姑は縫い物の手を止めて、りくの言葉を聞いていたが、りくが最後に頭を下げると、

「御分家の戸世どのは、ああいう御気性なのですよ。それを御承知になってお出でのほうがよいとは思いますけれど……」

それっきり縫い物に余念もなく、りくには取りつく島もない。自分は揉《も》め事の圏外にいるのだといった風であった。

三

瑣細《ささい》な出来事はあったものの、りくは一日一日と婚家に馴染《なじ》んでいた。

夫の無口も、姑のそっけなさも、それがその人の性格だと割り切れば、あまり気にならなくなる。

喜内に対しても、ただ年が近いので気易《きやす》くなったという最初の状態から、兄嫁と義理の弟といったけじめを持った親しさに変って、それはそれで万事、うまく行っている。

りくの悩みは、嫁いで来て二年になるのに、まだみごもらないことであった。

実家の石束家からも、時折の文に、それとなく孫の誕生を待ちかねているのが窺《うかが》われた。

そんな時、りくはつい、池のほとりの山吹を眺めてしまう。

いっそ、引き抜いて、とも思わぬではなかったが、夫の言葉もあるし、なによりも分家の戸世に、それみたことかといわれるのが口惜《くや》しい気がして、相変らずそのままにしている。

やがて、りくが赤穂へ来て二度目の正月が来た。

その貞享《じようきよう》四年正月二十七日に、将軍綱吉が生類憐《しようるいあわれ》みの令を公《おおや》けに出したことが赤穂にも聞えて来た。

「公方《くぼう》様は戌《いぬ》年故、犬を大事にせよ、殺してはならぬというお触れで、どうやら、公方様の御生母、桂昌院《けいしよういん》様の仰《おお》せ出だされたことらしいが……」

犬の他に猫や馬なども殺生《せつしよう》を禁止するもので、江戸では早くも、猫が井戸に落ちて死んだからと、主人が八丈島へ遠島になったり、或《あ》いは病んだ馬を荒地に棄てた者十人がお召し捕りになり遠島になったというような噂《うわさ》が伝えられていると、良雄が妻に話した。

「以前のように、池の鯉をねらったからと申して、猫などを追うな」

いささか苦笑気味に夫がいい、りくは思わずいった。

「それは片手落ちではございませんか。生類の殺生を禁ずるなら、鯉とて生類に変りはございますまいに……」

「そのような愚痴はこの屋敷の内のみにて申せ。江戸は大層なさわぎになって居るそうじゃ」

犬を輿《こし》や駕籠《かご》に乗せて歩く者もいるし、野良犬に子供が嚙《か》みつかれそうになって蹴《け》とばしたのを役人にみとがめられて牢《ろう》へ送られた者があるという。

「江戸に出られた分家の大石無人どのよりの便りにも書いてある」

大石無人は分家の大石信澄の兄であった。

赤穂を立ち退《の》いてから、暫《しばら》く大津にいたが、今年になって江戸へ居を移したらしい。兄弟なのに、実の弟の信澄とは滅多に文通もしていないが、本家の良雄の許《もと》には便りがあり、時には金の無心などもしていて、良雄がその都度、快く仕送りをしているのを、りくも承知していた。

「無人どのが江戸へ出られたのも、良き主を求めてのことらしいが、さて、今の世は一度、浪人となると、なかなかお召し抱えになる折がない。家族を抱えて、さぞ、御苦労が絶えぬことであろう」

良雄の口ぶりは常に大石無人に対して同情的であったが、本来、無人が相続する筈《はず》の四百石をそっくりもらって分家を継いだくせに、浪々の兄に対して全く援助もしていない信澄に非難がましいことをいうでもなかった。

分家の揉め事には一切口を出さず、自分は出来ることをするといった良雄の態度は、時折、やって来る分家の戸世などからは、

「内蔵助どのはずるいお人じゃ。厄介事にはかかわり合わず、どちらにも良い顔をなさる。おかげで我が家はいつも悪者にされます」

と苦情を浴びることになった。

りくにしてみれば、仕送りをしたあげく、その弟の家族から非難がましいことをいわれて、よく腹を立てないものだと感心するほど、そういう時の良雄は泰然自若として反論もしない。その分、りくは歯がゆくなって苛々《いらいら》した。といって、嫁の立場で婚家の分家と喧嘩《けんか》をするわけにも行かない。

戸世の舌鋒《ぜっぽう》は最後には必ずりくへ向けられて、

「内蔵助どのも三十になるというのに、未《ま》だお子に恵まれぬのはどうしたことでございましょうな」

嫌味《いやみ》をいう。

分家のいうように、来年は内蔵助は三十、りくは二十になる。

夫婦の夜は相変らず細やかでむつまじいのに、どうして子供が授からぬのかと、りくは次第に焦《あせ》り出した。

たまりかねて、豊岡の母に文を出し、どこかに子供を授かるのに霊験《れいげん》のある神でも仏でもあるならば、願をかけたいが心当りはないかと問うてやった。

母からは、やがて文と共に小さな御厨子《みずし》が届けられた。御厨子の中にはこれも小さな青銅の観世音菩薩《ぼさつ》の御像が収められている。

それは、母が嫁ぐ時、実家の母が持たせてくれたもので、朝夕に良い子をお授け下さるよう祈念をこめていたおかげで、毎明をはじめ、りく、毎正《つねまさ》、とよ、ようの五人の子に恵まれた。それ故、こたびはそなたにゆずり、必ず大石家の跡取りを産むように、と文に書かれていた。

御厨子を大石家の仏壇に収め、りくはひたすら合掌した。

なんとしても、夫の子を産みたいと思う。

「本家の嫁はみのらずの山吹女じゃ」

などと分家の戸世が世間へいい歩いているのではないかと想像すると、怒りと焦燥で目がくらみそうになる。

その秋、大石家には変事があった。

良雄の祖母は、夫の死後、髪を下して大石家の菩提寺《ぼだいじ》である花岳寺《かがくじ》の近くに庵室《あんしつ》を建て、そこに入って行いすましていたものだったが、俄《にわ》かに卒中の発作を起して倒れた。

幸い、発作は軽く、医者の手当てがよかったこともあって一命はとりとめたが、回復にはかなりの月日を要するといわれ、りくが看病に当ることになった。

病人は再発の怖《おそ》れがあるので動かすことが出来ず、りくが庵室に泊り込んで面倒をみる他はない。

六十五歳になるこの人は名を千《せん》といい、鳥居彦右衛門元忠の孫に当るだけあって、気丈であった。それだけに老いて病のために身動きのならない毎日が無念のようであった。

薬も飲みたがらないし、食物も口にしない。

りくは、かたくなな老女に手を焼きながらも、必死になって薬を飲むよう、食べるように説得した。

「一日も早く、亡《な》きお祖父《じじ》様のお傍《そば》へお出《い》でなさりたいお気持はわかりますが、どうぞその前に、内蔵助の子の顔をみてやって下さいませ。お祖父様もさぞお心待ちでいらっしゃいましょう。良雄の子が、どんな子かお話し下さいますよう……今暫く、お命をおいとい下さいませ」

りくの言葉に老女は涙を流した。

それからは薬湯も口にするようになり、僅《わず》かながら食物もこばまなくなった。

ただ、よく廻《まわ》らない舌で、りくに訴えかける。

「いつ……良雄の子は、いつ……」

いつ産まれるのかと訊《き》いているとわかって、りくは苦しくなった。

「間もなくでございます。必ず、よい子を産みます故、お祖母《ばば》様もお力をお貸し下さいますように……」

せっぱつまって答えた自分の言葉が、りくの胸に重く沈んだ。

その夜、見舞に立ち寄った良雄に、りくは自分から求めた。

狭い庵室の中であった。

夫婦になって、りくから夫を誘ったのも最初なら、襖一重の隣に病人とはいえ、人がいるという状況も、これが初めてであった。

大石家の夫婦の寝間は他の家族の部屋から遠い。

声を立てまいとして、りくは息遣いが激しくなった。今まで、みだらなと自らを制御していたのが、堰《せき》を切ったようにりくの欲望をかき立てて、夫にまつわりつき、熱い一本の流れになった。

すべてが終った時、りくの目に映ったのは、あかり取りの障子窓のむこうの冴《さ》え渡る月光であった。

美しい筈の秋の月影を、その時のりくは何故《なぜ》か不吉な予感でみつめていた。

第二章　主税《ちから》誕生

一

　芸州浅野本家の御城下は海に向って開けていた。

　藩公の御菩提寺《ぼだいじ》である国泰寺《こくたいじ》も仁王門の外は浜に続く砂地であった。

　国泰寺の敷地は広かった。本堂を中心にして多くの伽藍《がらん》が建ち並び、境内には龍《りゅう》を象《かたど》った石組の見事な池が松の林に囲まれている。

　いつの頃《ころ》からか、りくは屋敷に居たたまれなくなると、ここへ来て時刻《とき》を過すようになっていた。

　池のほとりにたたずんで、松の梢《こずえ》を吹く風に耳をすますこともあれば、本堂の片隅《かたすみ》で長いこと合掌している日もある。

　この寺は草創時には安国寺と称し、臨済宗《りんざい》であったという。毛利氏が京都の東福寺から恵瓊《えけい》を招いて建立《こんりゅう》したものだったが、後に広島城主となった福島正則《まさのり》が尾張《おわり》から普照禅師を迎え、曹洞宗《そうとう》に改め、国泰寺となった。

従って、開基は恵瓊、開山は普照禅師、今は普照禅師から数えて九世に当る大震禅師の代になっている。

境内の裏手の墓地には代々の住職の墓が並び、更に奥まった小高い所には藩公の廟《びょう》があった。

墓地に沿って歩きながら、りくはふと、いつか自分が死んだら、墓はどこになるのだろうと思った。

りくが嫁いだ大石家の菩提寺は、播州赤穂《あこう》の花岳寺《かがくじ》であった。

もっとも、花岳寺に葬《ほうむ》られているのは、良雄の祖父に当る大石良欽からであり、曾祖《そうそ》父《ふ》、大石良勝の葬地は京都の妙心寺塔頭《たっちゅう》蟠桃院《はんとういん》であり、その妻は江戸の芝、国昌寺に墓がある。

また、良雄の亡父は大坂で急死したために、墓所も大坂天満《てんま》の円通院であって、花岳寺には位牌《いはい》のみであった。

ともあれ、大石家に嫁いで来たりくは、婚家の菩提寺である花岳寺へ参詣《さんけい》し、春秋の彼岸や盆の時は勿論《もちろん》、夫の祖父、父の命日には墓参を欠かさなかった。

そして、やがては自分も夫と共に、この墓所にねむることになるという思いを深くしたのは、夫の祖母の千《せん》が永眠した折であった。

一年余りの長患《ながわずら》いの果に、千が歿《なくな》ったのは十月八日、その年は九月三十日に改元があって貞享五年が元禄《げんろく》元年と変って間もなくのことであった。

りくは一児の母になっていた。

九月に産まれた最初の子は、男児で、

「男でも女でもよい。安産であれば……」

と、身重のりくをいたわっていた良雄が、

「でかしたぞ。お手柄《てがら》、お手柄……」

産室へ入って来て、りくの手を握りしめてくれた。

男子誕生は午《ひる》を少し廻った時刻で、屋敷からはすぐに知らせが御城内に出仕している良雄の許《もと》へ走ったのだが、良雄が退出して来たのは、いつもと同じ夕方であった。

「内蔵助《くらのすけ》の強情にも、ほどがあるぞ」

祝いにやって来た分家の大石信澄が、

「嫡男《ちゃくなん》が誕生したことが、殿様のお耳にも入ってな。殿様が内蔵助に、屋敷へ戻って赤児の顔をみて参れ。親子の対面をしてくるがよいと仰《おお》せなされたのに、御用中といいたてて、とうとうお城を下らなんだのじゃ」

と暴露した。その時は、ただ苦笑していた良雄だったが、夜更《よふ》けて、りくと二人だけになると、

「内蔵助に嫡子誕生と、分家があまり御城内を触れて歩く故《ゆえ》、かえって、照れくそうて退出しそびれたのだ」

本当は一刻も早く屋敷へ戻って、そなたをねぎらってやりたかったのだ、といわれて、りくは涙ぐんだ。

「お産は重かったのか」

「いいえ、苦しいと思ったのは、ほんの一刻でございました」

今朝、良雄が登城する時、かすかな痛みを感じていたが、りくはそれを口に出さなかった。

いわゆる陣痛が本格的に襲って来たのは、それから間もなくであった。

「りくは、昨日まで祖母《ばば》様の世話に通っていた。無理をさせたのが祟《たた》らねばよいがと、今更ながら心配であった」

花岳寺に近い隠居所で、一年余り病臥《びょうが》している千の看病には、ずっとりくが住み込んで世話をして居《お》り、身重になってからも通いで面倒をみていた。

「体を動かしていたのが、かえってよかったのだそうでございます」

お産が軽くすんだのも、お祖母様のおかげだとりくはいった。

「この子を、お祖母様におみせしとう存じます」

良雄に子が産まれるのをたのしみに、生き長らえていたような祖母であった。

「外へ抱いて行けるようになったら、わしがおみせ申そう」

眠っていた赤ん坊が泣き出して、りくは乳をふくませた。産まれてから、これで二度目だと、少し、はにかんで良雄にいった。

「なかなか、上手に吸ってくれませんの」

赤ん坊は小さな口で乳首を求め、母親がそれをあてがってやるのだが、うまく口に入らない。

額に汗を滲《にじ》ませて、赤ん坊に乳を与えている若い妻を、良雄は傍《そば》から眺《なが》めていたが、

「暫《しばら》く、そなたに貸してやるだけだぞ」

赤ん坊の吸っていないほうの乳房に軽く触れながら、赤ん坊に笑った。

翌日、良雄はこの嫡男に松之丞《まつのじょう》と命名した。

初めての男の児《こ》は育てにくいと廻りからいわれていたが、松之丞は乳をよく飲むし、あまり夜泣きもしない。

産まれた時は、やや小さい赤ん坊だったが成長ぶりは順調で、

「りくどのの御丹精がよいからですね」

日頃、そっけない姑《しゅうとめ》までが珍らしく賞《ほ》めてくれた。

生後七日目に、松之丞は良雄に抱かれて、曾祖母に対面した。千はもう口もきけないほど弱っていたが、松之丞をみる眼《め》には喜びが溢《あふ》れていた。眠るように息を引き取ったのは、二日後のことである。

野辺《のべ》送りに、りくは参列することが出来なかった。産後の体はまだ外出出来るほどに回復していなかったからで、

「無理をして、お乳が出なくなったら、とり返しがつきませんよ」

と姑にもいわれ、床の上で合掌するに止《とど》めた。

良雄がりくを墓参に連れ出してくれたのは十月の末で、木々の梢はすでに紅葉をはじめていた。

まだ新しい墓石に香華《こうげ》を供え、夫と並んで数珠《じゅず》をつまぐりながら、りくは漸《ようや》く自分が大石家の人間として、いずれはここに葬られるのだという気持になったのだったが、そうしたりくの心を察したように良雄がいった。

「比翼塚《ひよくづか》と申すのは、心中でもせぬことには建てられぬようだな」

なんのことかと、りくは目を見張ったが、

「夫婦が各々、別の墓に入るというのは、男はともかく、女は寂しいのではないか」

目の前の墓は大石良欽の妻のもので、夫、良欽の墓と並んでいる。良雄がいいたかったことがわかって、りくは微笑した。

「でも、すぐお傍ですもの」

「手をのばせば、届くな」

「はい」

顔を見合せたあの時、良雄にせよ、りくにせよ、二人のうち、一人もこの花岳寺の墓所に入ることなく、はなればなれに、遠く別れるとは、夢にも思いはしなかった。

二

元禄元年は、りくにとっては駈《か》け足で過ぎた。

女というものは、一人、子を産むと、ましてその子が男であると、こんなにも一家の中で立場がよくなるものかと、りくは驚いていた。

極端ないい方をすれば、嫁いで来た女は子を産むまでは他者《よそもの》だったような気がする。

大石家は完全に松之丞を中心に動くようになっていた。

良雄は案外な子煩悩《こぼんのう》で、松之丞に乳を飲ませている時は、自分が帰宅しても出迎えなくてよい、などと家人の前で、りくにいい含めたりして、けっこう気を遣ってくれる。

武士でも、大名家の奥方などは子を産んでも自分で乳を与えず、乳母《うば》にまかせるのが普通だが、小藩の家老職の家程度ではそういうこともなく、赤ん坊の身の廻りの一切をりくは自分の手でやりこなしていた。

すでに、豊岡から嫁に来る時、連れて来たおきみという女中は、その一年後に縁談があるというので暇を取らせ、豊岡へ帰していたが、大石家には古くからいる女中と新しくやとい入れた下女が各々一人いて、りくの指図で働いているから、家事には別段、さしさわりもない。

義弟の喜内は子供好きで、最初は遠慮していたが、間もなく子守を志願して、暇があると松之丞の相手をしてくれる。

たいした病気もせずに、松之丞は大きくなって行った。

初節句には、思いがけず豊岡から兄の毎明《つねあき》が祝物を供の者達に担《にな》わせてやって来た。

毎明は二十四歳になっていて、以前よりもやや肥《ふと》り、その分、押し出しが立派にみえた。

「我が家では、父上も母上もお変りはないが、こなたでは祖母様がお歿りの由、おくやみ申し上げる」

改った挨拶《あいさつ》をしてから、りくを眺めてかつての兄の顔になった。

「すっかり、母親らしくなったな」

女らしくといわないところに兄の気持があるようで、りくは可笑《おか》しかった。松之丞をあやしていて、誰もいないところで、そっと、

「内蔵助どのより、りくに似ている」

と嬉《うれ》しそうである。

身内とはそういうものかと、りくは考えていた。

大石家に嫁に出した妹なのに、その産んだ子がりくに似ていることで、石束家の血が濃いように感じるのだろうか。

今年の冬、豊岡は例年よりも雪が多かったこと、弟の毎正《つねまさ》が元服して、近く、京極家へ奉公すること、妹のとよにいくつか縁談があることなどをりくに話し、大石家の墓参をすませ、毎明は僅《わず》か三日の赤穂滞在で豊岡へ帰った。

毎明が赤穂へやって来るよりも一カ月早く、赤穂藩では主君、浅野内匠頭長矩《たくみのかみながのり》が江戸在勤の年に当り、四月早々に江戸へ向って行列が出立《しゆったつ》した。

その折、お見送りに出た良雄に殿様が、

「内蔵助、子とは可愛《かわい》いものか」

とお訊《たず》ねになり、

「こればかりは、親になってみぬことには、わかりませぬ。何卒《なにとぞ》、殿にもすみやかにお世継ぎを儲《もう》けなされませ」

と申し上げたというのが、藩中でのちょっとした話題になっていた。

内匠頭は二十一歳、江戸の藩邸にいる奥方、阿久里は七歳年下の十四歳で、二人の間にまだ子はなかった。

で、内蔵助は奥方の待つ江戸へ向う主君に対し、一日も早く父親におなり下されと言上したものだったが、それは赤穂藩士の誰もが願っていることでもあった。

大名家では藩主が死んで跡継ぎがない場合は家を取り潰《つぶ》される。

あらかじめ、そういうことのないように然《しか》るべき養子を迎え、後継者を決めておけばよいのだが、藩主が年若の場合は、やがて実子が誕生すると思うから、そう早くから養子をもらうわけにもいかない。

従って、藩主に少しも早く嫡子が誕生することがのぞましい。

赤穂藩では、長矩の父、長友が、藩主の座にあること僅か四年で若死にしていることもあって、八歳で家督《かとく》を継いだ主君に早速、同じ浅野一族で、備後国三次《みよし》五万石《ごく》の城主、浅野因幡守《いなばのかみ》長治の次女、阿久里との縁組をととのえたものの、当時、阿久里は一歳であった。

従って、正式の婚姻は九年後、それでも長矩、十六歳、阿久里、九歳であった。

まして幕府の武家諸法度《はっと》により、大名の妻子は江戸におくことになって居り、殿様のほうは隔年に本国と江戸を行ったり来たりとなると、一緒に暮せるのは一年おきになってしまう。

で、大方の大名は国許に側室をおくことになるのだが、長矩は側近がそれとなく勧め

ても、

「予に、その要はない」

と、はねつけてしまう。

別に衆道を好むわけではないが、どうも女に対して潔癖にすぎるところがあるというのが、側近の一致した意見であった。

「どうにも困ったものじゃぞ、内蔵助……」

分家の大石信澄がやって来て慨歎《がいたん》したのは、その夏のことで、

「このたび、殿のお供をして参った孫四郎から知らせて参ったのじゃが、江戸屋敷における殿と奥方は御仲むつまじくはみえるが、いうてみれば兄妹のようで、あれではお子が出来るのは、まだ何年も先のことになろうと申して居る」

という。

信澄の長男の孫四郎信豊は今回、はじめて江戸へのお供が命ぜられ、勇んで出府して行ったものであった。

ちょうど時分刻《じぶんどき》だったので、りくは手早く酒肴《しゅこう》の用意をし、客間へ膳《ぜん》を運んで行ったのだが、すでに信澄は酔いの出た顔色をしている。

若い頃から酒豪で、屋敷にいる時は昼間から酒の匂《にお》いをさせている人だと承知していたものの、りくは、なんとなく侍としてのけじめがないような気がして、信澄に好感を

持てないでいる。

良雄もそうだが、りくの実家の父も兄も、陽《ひ》のあるうちから酒盃《しゅはい》を手にすることは、まず、なかったし、泥酔《でいすい》するほど飲まなかった。

信澄は酒に関しては底が抜けたようで、特にこの頃は腰が立たなくなるまで盃《さかずき》をはなさない。

「奥方様には二歳の時から我が浅野家の江戸屋敷でお育ちになられて、殿様とは幼なじみ、さればこそ、兄と妹のようにお睦《むつ》みなのでござろう」

信澄のさし出した盃に酒を注《つ》ぎ、良雄が笑った。

「それはそれで、けっこうなことではありませぬか」

「いかぬのじゃよ」

生来の声高が、酔うと一層、大声になる。

「幼なじみの夫婦《めおと》は、とかく兄が妹を犯すようで、具合が悪いということを聞く。まして、御主君はあの御気性じゃ。夫婦のまじわりがうまく行くわけがない」

「左様なことは、あまり大声で申されますな」

良雄が制しても、信澄の口調は改まらなかった。

「きれいごとを申している場合ではない。其方《そのほう》、代々の家老職にありながら、御家の大事に手をつかねているのは、怠慢にすぎると思わぬか」

「殿様に、御側室をお勧めせよと申すことですか」

自分は飲まず、良雄はひたすらりくに酌《しゃく》をさせた。

「このお城下に、殿様の御意に召す女子が居りましょうか」

「赤穂に居らずとも、京には居る」

「されば、おば上の御推薦ですか」

信澄の妻は、実家の遠縁に当る者が近衛家に奉公しているのを、かねがね自慢にしていた。

「鷹司《たかつかさ》家の諸大夫《しょだいぶ》の娘に、大層、美しいのが居るそうじゃ。当人は公卿《くげ》に奉公したがっているが、親はむしろ大名の奥向きに出したほうが当人の出世と割り切っている。どうじゃ、其方の才覚で、赤穂へ呼びよせて奥仕えをさせておき、明年、殿様、御帰国の折、お目通りさせてみては……」

信澄はしきりに口説いたが、良雄は格別、反対もせず、といって承知したともいわず、のらりくらりと酒を勧め、やがて信澄を酔い潰してしまった。

「分家もお年じゃ。酒が弱くなられた」

抱きかかえて駕籠《かご》に乗せ、信澄を送り返してから、良雄は改めて晩飯の箸《はし》を取り、給仕しているりくにいった。

「だいぶ、おば上に尻《しり》を叩《たた》かれて出て参られたようだが、公卿の諸大夫などというのは、金をめあてに娘を奉公に出す輩《やから》が多い。どうせ、ろくな話ではあるまい」

「でも、ああまでおっしゃるものを、捨てておかれてはまずうございましょう」

分家でも大石一族の長老である。

「京の御留守居役に、小野寺十内《じゅうない》どのが居る。なかなかに風雅の仁《じん》にて、儒者、歌人などの知り合いが多いそうじゃ。公卿にもつき合いがあろう。鷹司家の諸大夫の娘のこと、それとなく訊ねてもろうてもよいが、まず、殿様がお気に召すまい。殿様のお人柄については、分家よりも、このわしのほうがよう存じ上げて居る」

夫の言葉に、りくは内心、ほっとしていた。

殿様に御側室が出来るのは、それが御家のためなら止《や》むを得ないと思うものの、分家の信澄の妻がその仲介をするというのは、あまり気持のいいものではなかった。

殊《こと》に、信澄の妻には、大石家に嫁いで来てすぐの頃《ころ》、庭の手入れをして、さんざん嫌《いや》味《み》をいわれたおぼえがある。

りくが松之丞を産んでからは、あまり寄りつかないが、相変らず、姑のくまを誘い出して茶の湯だ、寺まいりだと一緒に出かけている。そんな折に外で、どんなかげ口を叩かれているかと思うと、気持が冷えた。

良雄がどういう処置をしたのか、なにも話してくれないのでりくは知らなかったが、鷹司家の諸大夫の娘を、主君の側室にという話は、夏の終りには立ち消えになっていた。

りくにとって、思わぬ報復が来たのは、十月の、祖母、千の一周忌の法要の日であった。

三

法会《ほうえ》は大石家の親類縁者が集まって、まず花岳寺で行われ、その後、大石家に席を移して供養《くよう》の膳が出た。

姑のくまは、このように人が多く集まることが好きではなく、

「私は隠居の身ですから、何事も、りくどのにおまかせ申しますよ」

といい、宴席について客に挨拶をするものの、酒の酌をするでもなく、全く、もてなし側の役に立たない。

万事は、りくの采配《さいはい》で動いていた。それだけにりくは台所と客間を絶えず往復し、手伝いの女に膳を運ばせ、料理の盛りつけやら酒の燗《かん》やらと手一杯に働いていた。

で、ぼつぼつつかまり立ちを始めていた松之丞のお守りは、

「今日は手前が松之丞をみて居ります」

と喜内がひきうけてくれたのだったが、やがてやって来た信澄の妻の戸世が、

「いけませぬよ。喜内どのは内蔵助どのの弟、子守をしているお立場ですか、そのよう

なことは、私共の女中におまかせなされ」

手伝いという名目で伴って来た若い女中に松之丞の遊び相手をさせるという。

りくはちょっといやな気がしたが、さりとて、戸世のいう通り、今日の法事の席に喜内が顔を出さないのもすまないと思い、いわれるままに、松之丞の世話を戸世の女中に頼んだ。

火のついたような松之丞の泣き声が、りくの耳に聞えたのは、台所で白強飯《しろこわめし》を椀《わん》によそっている時で、夢中で居間へいってみると、松之丞は一足先にとんで来たらしい喜内の腕に抱かれていた。

「縁から落ちたのです。早く手当てを……」

蒼白《そうはく》になって、喜内が叫び、手拭《てぬぐい》で松之丞の額を押えている。

幸い、客の中に昵懇《じっこん》の医者がいて、すぐに松之丞を診てくれたが、縁から落ちた時に庭石の横に植えてあった笹《ささ》を植木屋が邪魔になるところだけ刈り取った、その切株のとがった部分が、松之丞の額を切ったので、

「これが、もう一尺はずれて庭石の上に落ちたらとんだことでござった」

額を切ったぐらいですんだのは不幸中の幸いだと、手当てをしながらいってくれた。

分家の女中は、そのさわぎの最中に戻って来たが、どこへ行っていたのか、という喜内の問いに、

「旦那《だんな》様がお酒で着物を汚されたそうで、奥様がお召しかえを取って来るようおっしゃいましたので……」

抱えている風呂敷《ふろしき》包をみせた。

「そんなことなら、何故《なぜ》、誰かに声をかけて行かぬのか。おば上もおば上だ。子守に用をいいつけて知らぬ顔とは……」

喜内は真赤になって怒ったが、

「おやまあ、こちらのお家では、他人の女中に子守をさせておいて、とやかくおっしゃいますの」

戸世は、しらじらとした表情で、

「男の子がすりむき傷ぐらい、なんでございますか。腕白になれば、この程度のことは毎日でしょうに……」

人さわがせだといわんばかりで、すっかり酔っぱらっている夫を叱《しか》りつけながら帰って行った。

「こんなことなら、手前が松之丞をみておればよろしゅうございました。うっかり、おば上の勧めに従ったばっかりに、松之丞にかわいそうなことをしてしまいました」

喜内は涙を浮べて口惜《くや》しがったが、りくは胸の中の煮えくり返るものを抑えて、義弟をなだめなければならなかった。

「あちらのせいではございません。母の私の不注意からでございます」

医者のいったように、石に頭でも打っていたら、とりかえしがつかないが、すりむき傷ですんだのは神仏の加護に違いない。

「歿《なくな》ったお祖母様が、松之丞を守って下さったのですね」

ありがたいと手を合せずにはいられない気持でもあった。

額に布を巻かれた松之丞を、良雄は夜になって、しみじみ眺《なが》めていたが、別に、なにもいわなかった。

夫が分家の戸世を非難しなかったことで、りくは自分の怒りが心中にとり残されたようになった。もやもやしたものが、どうしても消えない。

戸世は、ひょっとして、いつぞやの鷹司家の諸大夫の娘を殿様の側室にという話を、良雄が握りつぶしたとして立腹し、その面当《つらあ》てに、松之丞を、こんなめに合せたのではないかと考えたりする。

そのことに、良雄は気づいているのかどうか。気づいていても、今更、埒《らち》もなく分家を責めてもどうにもならないと考えて黙っているのか、どちらにしても、りくは不快でならなかった。

大石一族というものが、夫を含めて、急に他人にみえたりする。

といって、豊岡の父や兄に、文で知らせることも出来なかった。いたずらに心配をかけるだけと承知している。

松之丞の怪我は半月余りで治ったが、眉間《みけん》のところに薄い痕《あと》が残った。

それをみつめているうちに、りくはふと昔むかしに聞いた占師の話を思い出した。

男の子は、眉間に傷があると、天命を全《まっと》うしない、というものである。

慄然《りつぜん》とし、りくは夢中でその言葉を胸から払いのけた。

馬鹿《ばか》なことを、と否定した。

こんな薄い傷は、やがて成人するまでに跡形もなく消えてしまうだろうとも思う。

だが、松之丞の眉間の傷痕は消えなかった。

よくよくみないとわからないほどではあったが、りくの目にはそれと判《わか》る。

気にしながら、りくはつとめて、それを忘れようとした。

その年の十二月、かなり押しつまってから分家の信澄が他界した。

医者の診立ては卒中で、倒れて三日、いびきをかき続け、意識が戻ることもなく永眠した。五十四歳であった。

分家の家督は、殿様のお供をして江戸へ行っていた長男の孫四郎が継ぎ、翌年、弟の瀬左衛門も、殿様の思し召《おぼめ》しによって、百五十石、馬廻《うままわ》り役を仰《おお》せつけられた。

りくは二人目の子をみごもっていた。

松之丞が乳離れして間もなく受胎したらしく、出産は秋のはじめと産婆にいわれた。

「このたびは女の児《こ》かも知れぬな」

夏が来て、腹部は目立つようになったが、顔はやや瘦《や》せて細くなっているりくに、良雄が機嫌《きげん》のよい表情でいった。

「この前、松之丞の時よりも、そなたの顔付がきつくならぬ。妊婦の表情がやさしい時は女の児だと申すそうな」

それに対して、りくは恥かしくて笑っただけだったが、夫婦の話を傍《そば》で聞いていた喜内があとでいった。

「松之丞が、義姉上《あねうえ》のお腹《なか》にいた時分、義姉上の表情がきつくなられたのは当り前です。身重のお体でお祖母《ばば》様の看病をなさり、その上、なにかにつけては分家のおば上が嫌味をいわれる。お気の休まる暇がなかった筈《はず》です」

それにひきかえ、

「今度は、安らかなお心で身二つになれますよ」

と、喜内のほうが嬉《うれ》しそうであった。

「分家のおば上は、京へ上って、近衛家へ御奉公することが決ったそうです」

それは、りくも良雄から聞いていた。

「おば上はお気が若い。息子どもの世話をして、赤穂の田舎にくすぶっているおつもりはなかろう」

もともと、京から嫁いで来た人であった。夫に先だたれた今は一層、京へ戻りたいと願っているらしい。

「でも、あのお年で今から御奉公というのは気苦労なことではございませんか」

一応、形の上でりくはいってみたが、本心ではなかった。

戸世は四十四歳で、どちらかといえば、その年齢で孫を抱いて満足しているという気性ではなさそうである。

八月の末、りくが女児を安産して間もなく、戸世は京へ去った。

旅立ちの前に、大石本家へも別れの挨拶《あいさつ》に来たが、りくのいる産室には声もかけず、ただ、姑のくまと一刻ばかり声高に話し合って帰ったようで、その帰りしなに廊下へ出てから、

「りくどのの代になって、この屋敷が気っぷせならば、いつでも京へ遊びにお出《い》でなされませ。よい気晴しになりましょう」

ときこえよがしにいうのが、りくの耳にも聞えた。

りくのほうはなにを聞いても、産まれたばかりの赤ん坊と、三歳の松之丞の世話で、腹を立てる余裕もなかったが、やがて年が改ってから、姑のところに来た文によると、戸世は外山局《とやまのつぼね》と名乗り、一緒につれて行った末娘の春が、名を比佐と改め、近衛家の大《たい》膳大夫《ぜんのたいぶ》進藤長堅と縁談がととのったことを自慢らしく知らせて来たという。

「私には、とてもあの人のようには出来ませぬよ。四十を過ぎての御奉公など……でも、考えてみると羨《うらやま》しいような気も致しますね」

姑は、その文をりくにもみせて、いささかうっとうしいような顔をした。

四

良雄とりくの間に誕生した二人目の児《こ》は、くうと名づけられた。

この子は女の児にしては元気で乳もよく吸ったが、たまたま、りくは年の暮から体調を崩し、食が細くなったために乳の出が悪くなり、止《や》むなく、昨年の春児を産んで、乳がまだあり余るほど出るという家中の女房に頼んで乳をもらうことにした。赤ん坊は正直で、吸っても細々としか出ない乳よりも、あふれるほどの乳房のほうがよいらしくて、やがて、りくの乳には見むきもしなくなった。

吸わなければ乳は自然に止まり、りくの体の回復にはよかったが、母親としては、なんとなく寂しい気持であった。

この乳母を世話してくれたのが、潮田又之丞高教《うしおだまたのじょうたかのり》という藩士で、潮田家も大石家の遠縁であった。

潮田又之丞の妻はゆうといって、父親は良雄の父、良昭の弟に当り、一族の小山家へ養子に入った小山源五左衛門だったからである。

つまり、又之丞の妻は良雄の従兄妹《いとこ》で、りくが嫁いで来てからも、時折、顔を合せ挨拶する仲であったのだが、くうの乳母のことがきっかけになって、急速に親しくなった。

ゆうは、昨年、潮田又之丞に嫁いだばかりで、まだ十七歳だというが、年よりも大人びていて、思慮分別もあり、りくのよい話相手になった。

ゆうの夫の潮田又之丞は二十四歳、二百石を頂戴《ちようだい》していて、家老職の大石家とは身分違いだが、ゆうの縁で、次第に屋敷へ顔を出すようになり、こちらは喜内と話が合うようであった。

この冬、大石家は病人続きで、りくが正月に床上げをするのと前後して、母のくまがどうも気分がすぐれないといい出した。

医者に診せても、これといって悪いところもないという。

たまたま、文のやりとりをしている外山局から京の春をみせてやりたいから是非、訪ねてくるようにと誘いがあって、くまの気持が動いた。

気晴しに京へ上ってみたいという。

「京にはよい医者もあまた居るそうじゃし、私の体の具合の悪いのも、京へ行けば、薬も入手出来よう。暫《しばら》く、戸世どのの厄介《やつかい》になって京見物をして参りたいと存じますよ」

ついでには、大坂で歿った夫の墓まいりもして来たいといわれて、良雄は承知した。

五十歳になっている姑の俄《にわ》かな旅立ちを、りくは複雑な気持でみつめていた。くうが産まれてから、姑がどうも孫達をうるさがる様子であることに、りくは気がついていた。

もともと、そう子供好きの人ではなかったが、松之丞が産まれた時は手放しで喜んでくれたし、泣き声に眉《まゆ》をひそめることもなかった。

それなのに、くうの場合はちょっと夜泣きをすると、姑の部屋から咳《せき》ばらいが聞えてくる。

別に、くうだけが差別されているのではなく、松之丞が無邪気に廊下を走り廻っていても、うるさそうにすることが多い。

ひょっとすると、姑は体が弱っているのではないかと、りくは思った。

健康な時には、愛らしく聞える孫の声も、体が不調であればやかましかろう。

医者はどこも悪くはないといったが、病気でなくとも、老いが、くまを今までとは変えているのかも知れなかった。

が、その不安をうまく口にすることが出来ないままに、くまは喜内がつき添って赤穂を出発した。

姑の門出の時、まだ固くみえた梅が三分咲きになった時分に、母を送り届けた喜内が帰って来た。

「京からみると、赤穂はやはり温かですね。むこうは、まだ雪が残っていて、夜は随分と底冷えがします」

出迎えたりくに早速、報告した。

道中はのんびり行ったせいもあって、くまは元気がよく、ただ、むこうへ行ってみると、

「おば上には、文にて来い、来いと勧めたにしてはそっけなく、母上も少し落胆されたようです」

ただ、到着してから、喜内が赤穂藩、京都藩邸に留守居役の小野寺十内を訪ねて、母親を京へ伴った子細を告げたので、翌日、十内の妻のお丹《たん》が訪ねて来て、京にいる間はなんなりと、出来るだけのことはするといってくれたので、ほっとしたという。

「手前からも小野寺どのにくれぐれもお願いして戻って参りました」

また、外山局の話によると、一度、江戸へ出た大石無人の一家がまた大津へ戻って来ているらしい。

「やはり、これといってよい仕官の道がなかったものでしょうか。おば上は、そのことについても、折をみて近衛様に申し上げ、どこぞにつてを求めてとおっしゃっていましたが……」

喜内は同じ報告を、お城から下って来た兄にもし、その夜は僅《わず》かの間、みないうちに

くうが大きくなったといい、赤ん坊につきっきりであった。松之丞も喜内の留守が寂しかったのか、眠る時刻が来ても、喜内の傍で、彼からもらった京土産の玩具《おもちゃ》で遊んでいる。

心のやさしいお人なのだと、りくは微笑《ほほえ》ましく眺《なが》めていた。

もう二十一歳になっている義弟だが、りくには少年のように思える。松之丞と遊んでいる時なぞは一層、そうであった。

大石家へ嫁に来て、この義弟のおかげで、どれほど心が救われる時があったかと今更ながら有難くもあった。

喜内が赤穂へ戻って来たのを、追いかけるようにして、良雄宛《あて》で小野寺十内の文が来た。

十内の妻は、時折、近衛家を訪ねて、居候《いそうろう》のくまの相手をしてくれているようで、ただ、この頃《ごろ》の京は天気が悪く、思うように見物に案内も出来ないと詫《わ》びていた。

もっとも、十内が手紙をよこした本当の目的はそんなことではなく、たまたま、喜内が訪ねて来た時に居合せた脇坂淡路守《わきざかあわじのかみ》の家中で、やはり京都留守居役の大友新兵衛という者が、挨拶をした喜内にすっかり惚《ほ》れ込んで、なんとか一人娘の聟《むこ》に来てもらえないかと、十内に頼み込んで来た、大友新兵衛とは和歌の同門で家族ぐるみつき合って久しいが、温厚な人物であり、娘のお三津というのも、素直に育っていて、なかなか愛らしいが、果して喜内どののおめがねにかなうかどうか、又、御家老のお考えは如何《いかが》かと、丁重に問うて来ている。

十内の文を、良雄はそのまま、弟にみせた。

「先方は五百石、娘は十六歳という。母上を迎えに行く折にでも、それとなく対面するのもよいと十内どのは申されているようだが……」

喜内はろくに手紙を読みもしなかった。

「手前の嫁取りは、いまだ早すぎます」

「すぐに聟に行けとはいわぬ。相手の顔をみて、話を決めてからのことだ」

「どうか、御勘弁願います」

逃げ出した弟を、良雄は苦笑して見送ったが、

「あいつ、照れくさいのかも知れぬ。そなたから、折をみて、気持を訊《たず》ねてみてくれ」

と、りくにいった。

で、数日後、りくはあたりに人のいない時をみて、喜内の部屋へ行った。

「脇坂様の御家中との御縁組のこと、どうお考えですの。よいお話のように承りましたけれど……」

喜内がふっと顔をそむけた。

「兄上は、どうしても、手前に脇坂家中へ養子に行けとおっしゃるのですか」

語気が、この優しい男にしては荒かったので、りくは驚いた。

「いいえ、そんなことはありません。旦那《だんな》様は、あなたのお気持次第と……」

「でしたら、お断りして下さい」

「おいやですの」

「いやです。気が進みません」

それでは仕方がないと思い、りくは心に浮んだままを、ふと、口に出した。

「喜内様は、どこかにお好きなお方がおありなのですか」

喜内が激しく狼狽《ろうばい》した。

「そんなことはありません。手前に、好きな女なぞ、あるわけがございません」

膝《ひざ》においた手がぶるぶる慄《ふる》えているのをみて、りくは悪いことを訊《き》いてしまったような気がして慌《あわ》ててうなずいた。

「では、小野寺様のほうに、左様、申し上げるよう、旦那様にお願いしましょう」

立ち上って部屋を出かかると、喜内が背をむけたままいった。

「義姉上は、手前が、早くこの屋敷を出て行ったほうがよいとお思いですか」

そんなことを考えていたのかと、りくは喜内がいじらしくなった。同じ、大石家の息子に産まれながら、長男は家督を継ぎ、次男以下は他家に養子に出される。

「そのような……喜内様が他家へお出でになったら、さぞ、寂しくなりますでしょう」

出来ることなら、同じ浅野家中に縁組があればよいとりくは本気で考えていた。

良雄は、りくから喜内の返事を聞くと、やはり、りくが思ったのと同じことをいった。

「まさか、どこぞの娘と、ひそかにいいかわしてなぞ居るまいが……」

「私も、そう思ったのですけれど、喜内様はそうではないと……」

普段は律義《りちぎ》で生真面目《きまじめ》な青年であった。

城下には若い男の遊びに行くような場所もないわけではないが、喜内がそうした家へ出入りをしている様子もない。

「あいつ、おくてなのかも知れないな」

小野寺十内には、適当に申してやろうと良雄がいって、その話はそれきりになった。

京都から早飛脚が来たのは、それから一カ月ばかり後のことで、赤穂は桜が咲きはじめていた。

知らせは、外山局からで、くまの急死を伝えるものであった。

三月十三日に花見に出かけて、帰って来て着がえをしているうちに気分が悪いといい出し、早々と床についたが、翌朝、どうも様子がおかしいので医者を呼んだが、手当ての甲斐《かい》もなく夜になって息を引取ったという。

「まさか……まさか、お姑様《かあさま》が……」

信じられないと、りくは取り乱したが、良雄は落ちついていた。

「殿様、御出府の日も迫って居る。家老職の自分が京へ出かけるわけにも行かぬ。すまぬが、そなた、喜内と共に近衛家へ参り、然《しか》るべくとりはかろうてくれ」

夫にいわれて、りくは慌《あわただ》しく旅支度をした。

松之丞とくうの二人は潮田又之丞の妻のゆうが留守中、面倒をみてくれることになり、良雄の身の廻りや食事の世話などを女中に細々といいつけて早朝に屋敷を出た。

明るくなったのは峠へ出たあたりで、

「義姉上、お城下がみえます」

喜内が足を止めたのは、峠の桜樹の下で、そこは、りくがはじめて夫に出迎えられて赤穂の城下を眺めたのと同じ場所であった。

桜はあの時のように白い花を散らしていたが、それに心を止める余裕がなかった。

ひたすら道を急いで姫路へ出て、喜内はそこから、りくを駕籠《かご》に乗せた。

急ぎに急いで、京の近衛家にたどりついたのは三日目のことで、外山局の部屋には小野寺十内夫婦が来ていた。

「おそらく、今日あたり御到着かと存じまして……」

りくと喜内が着くより一足先に、良雄からの早飛脚が来て、

「陽気もだんだんに暖かなこと故《ゆえ》、御遺体をそこなわぬうち、茶毘《だび》に付すようお指図がございました」

遺品は小野寺十内の屋敷にあずかってあるといった。

外山局は、ひどく昂《たか》ぶった口調で、京都へ来てから、ずっと元気に過していたのに、何故《なぜ》、こんなことになったのか信じられないと泣きごとを繰り返した。

とりあえず、外山局を介して、迷惑をかけた近衛家の家司《けいし》などに挨拶をし、小野寺夫婦と共に、浅野家の京都の役宅へ行った。

「このたびは、さぞ、驚かれたことでございましょう」

居間へ案内してから、改めて十内がりくと喜内にくやみを述べた。

「手前共が、外山局様よりお使を頂いたのが十四日の午《ひる》すぎのことで、早速、かけつけましたが、すでに意識はなく、従って御遺言のようなこともございませなんだ」

医者の話では、心の臓の病とのことで、

「そのような持病がおありでございましたか」

と訊く。

りくは喜内と顔を見合せた。

「実を申しますと、正月頃から気分のすぐれぬ日がございまして……でも、お医者も別段、これと申して悪いところもないと申されましたし、姑《はは》も京へ参れば、よい薬もあろうからと……」

だが、十内夫婦の知る限りでは、くまが京で医師に診てもらったというようなことはなかったらしい。

「残念なことを致しました。そうと存じて居《お》りましたら、然るべき医者に御案内仕《つかまつ》りましたものを……」

十内の妻のお丹も心から残念そうにいった。

良雄から赤穂を出る時、京でもとりあえず法要をすませてくるようにといわれて来たので、りくは小野寺夫婦に相談をし、その準備のために、数日、役宅に滞在させてもらうことになった。

十内はこの年、ちょうど五十歳ということだったが、武士というより学者とでもいった風貌《ふうぼう》で、口のきき方なども穏やかであったが、妻女のお丹にいわせると、

「若いうちからきかぬ気性と申しますか、強情で頑固《がんこ》で、つくづく手を焼いて居ります」

と笑っている。

りくがみたところ、夫婦仲はよく、子供がないせいもあろうが、一緒に和歌を詠《よ》み、批評をし合ったりして、若い夫婦のような華やぎがある。

役宅には、十内の姉の息子で小野寺家へ養子に来た幸右衛門という十七歳の青年もいて、まめまめしく養夫婦に仕えているのが、すがすがしかった。

十内夫婦の胆煎《きもい》りで、くまの供養《くよう》をすませ、明日は赤穂へ戻るという夜のことである。

流石《さすが》に、りくは疲れ切って床につくと、すぐに深い眠りに落ちた。

どのくらい、眠ったのか、ふと胸の上が苦しくて目がさめた。

誰かが、自分の上におおいかぶさっている。

はっとして身を起した。相手はそのとたんに、とび下って両手を突く。

「義姉上……」

暗い中で、喜内の声がした。

「申しわけございません。お苦しそうだったので……どこかお悪いのかと思って……」

りくは体から力を抜いた。

「私、うなされて居りましたのでしょうか」

そういえば、はだけかけている衿許《えりもと》に汗の気配がある。

「いえ……夢でもごらんになったのかもしれません」

もう一度、申しわけございません、といい、少しはなれて敷いてある自分の夜具のほうへ行って、布団《ふとん》をひっかぶった。

暗い中で目が馴《な》れて、りくは部屋を見廻した。

広くもない役宅の中のことで、りくと喜内は一つ部屋に寝起きをしていた。

そのことを、十内の妻が少し気にするふうであったが、りくも喜内も全く意に介していない様子なので、なにもいわなかった。

実際、余分な部屋は、もうなかったし、りくにしてみれば、道中も一つ部屋に泊って来たので、別に、なんとも思っていなかった。

二人の夜具の間には、一応、屏風《びょうぶ》をたて廻して、それがごく自然に境界線になっていたものである。

自分はうなされていたのかと思った。

寝言でもいったか、叫び声でもあげたのか、それが喜内の耳に入って、心配して自分をのぞき込んでくれたに違いない。

義弟の心遣いを素直に感謝するところなのに、りくはなにか合点が行かなかった。

「義姉上」

と最初に呼んだ喜内の声が、慄えていたような気がする。

あれは、なんだったのか。

自分が急に起き上ったので、驚いたのだろうか。それとも……。

りくは、その先を思案するのが怖《おそろ》しくなった。自分だけの妄想《もうそう》だと思った。そんな馬鹿なことを考えては、喜内にすまないと激しく打ち消した。

布団に横たわるつもりで、もう一度、衿をかき合せる。その拍子《ひょうし》に、二人の子を産んで一廻り豊かになったと夫にいわれている乳房が手に触れた。

どきりとしたのは、先刻、慌てて起き上った時、その片方が衿許からこぼれていたのを思い出したからである。

夢にうなされて、胸をはだけて眠っていた自分の姿を喜内はみたのだろうかと思う。暗い部屋のことで、みえる筈《はず》はないと否定しながら、りくは羞恥《しゅうち》で赤くなった。

夜具に身を沈めながら、そっと喜内のほうをのぞいてみる。

布団を深くかぶり、喜内は身じろぎもしない。

もう眠ってしまったのか、と、りくは枕《まくら》に頭を当てて、その位置からみえる障子へ目をやった。

夜明けが近いのか、部屋のすみのほうが、ほんのりと白く感じられる。

早立ちの朝、寝すごしてはならないといいきかせながら、そっと目を閉じると、雀《すずめ》の啼《な》き声が聞えて来た。

京の春、部屋はまだ、ひんやりと夜気がこもっている。

第三章 妻 の 座

一

元禄四年の初秋に、りくは三人目の子を出産した。

今度は男の児《こ》で、吉之進《きちのしん》と名付けられた。

あの頃《ころ》が一番、大石良雄の妻として、ゆったりした毎日であったと、りくはなつかしく思い出した。

指を折ってみると、今から四十数年も昔のことで、自分は二十代の女盛りでもあった。

赤穂《あこう》の大石家は良雄とりくの夫婦の他には三人の子と、良雄の末弟の喜内、それに奉公人だけで、正直のところ、りくは姑《しゅうとめ》の居なくなった嫁というものは、こんなにも気が楽になるのかと申しわけなく思うほど、のびのびしたのを憶《おぼ》えている。

りくにとっての姑のくまは、決して口やかましい人でもなく、これといって嫁いびりをされたわけでもない。

それでも、嫁にとって姑とは、あんなにもうっとうしい存在だったのかと考えていて、りくは、はっとした。

自分も大石大三郎、いや今は大石外衛良恭《よしやす》と名乗る千五百石《こく》取りの侍の母として、外衛の妻からは、やはり、どれほど心をくばって暮していたとしても、気づまりな、うとましい姑に違いない。

夫婦のことには一切、口出しをしないといっても、大石家のしきたりや家風については、我が子の嫁にも理解してもらいたい、子孫へ伝えて欲しいと、折にふれ、ああだこうだと教えようとしたのが、嫁には腹立たしかったかも知れない。

今の外衛の嫁はともかく、前の離縁した嫁は、浅野本家の家老をつとめる浅野帯刀《たてわき》忠喬の娘、いわば五千石の大身《たいしん》の息女が殿様のお口添えによって、輿入《こしい》れして来たものであった。

嫁には嫁の育って来た浅野家の家風こそが第一であって、いってみれば父親の忠義の故《ゆえ》に、浅野本家に召し出され、殿様のお情で千五百石を頂く身分になった大石家の姑が、我が家のしきたりは斯様《かよう》でなぞということすら笑止だったのかと、今更、りくは思い当る。

だからこそ、大三郎には衆に秀《すぐ》れ、父や兄に劣らぬ立派な侍になって欲しいと願ったのに、と、口には出せない愚痴をりくは胸に呑《の》み込んだ。

このところ、なにかにつけて、昔のことが思い出され、それで気がついたのが、夫の弟、大石喜内の法要であった。

大石家に嫁いだ時から、なにかにつけて、りくにやさしかった義弟が急死したのは、元禄五年の十二月晦日《みそか》の早朝で、医者はその前の年に京で歿《なくな》った母親のくまと同様、心の臓に異常があってといったが、りくは未《いま》だに義弟の死には合点の行かぬところがある。

その年、二十二歳になっていた喜内は、りくの知る限り、健康で明るい青年であった。

まだ赤ん坊の吉之進の上に、三歳のくうと五歳の松之丞を抱えているりくの日常は、子守女をやとっていても、殆《ほとん》ど一日が子供達の世話で暮れてしまう。

夫の身の廻りはともかく、喜内までは手が届かず、女中まかせになった。

そのことを、喜内がどう感じていたのか。

あれは夏の終り。

殿様御用のことがあって、赤穂へ戻って来た京都留守居役、小野寺十内が大石家を訪ねて来て、喜内の縁談を蒸し返した。

先年、喜内が母を京に送った時、たまたま藩邸に来合せていた脇坂淡路守の家中で京都留守居役をつとめていた大友新兵衛という侍が、喜内を是非共、一人娘の聟《むこ》にと望んだのだったが、喜内にその気がなく、また、母のくまが京で急死したこともあって、それきりになっていた。

「先方は御家老の母上の喪があけるまではと、この一年、御遠慮申して居《お》りましたが、もはや一周忌も終り、このたび、手前が国許《くにもと》へ参る由《よし》を耳に致し、なんとしても喜内どのの御返事を承りたいと申されて居ります」

小野寺十内は、この縁組に熱心であった。

それというのも、大友新兵衛とは、かねてから昵懇《じっこん》の間柄《あいだがら》であり、

「仲人口で申すわけではござらぬ。大友新兵衛と申す仁《じん》は文武両道に秀れ、人柄もよろしく、御妻女もおっとりした気立てのよいお方と存じて居ります」

その娘だから、お三津というのも一人っ子の割にはきびしく躾《しつけ》られて居て、

「我儘《わがまま》なところもなく、心の優しい、器量よしにござります。喜内どのさえ、お気に召せば、これは良縁かと……」

十内の勧めに、良雄も心が動いたようであった。

それに手紙と違って、今回は直談判《じかだんぱん》でもある。返事をいい加減にするわけにも行かなかった。

「小野寺十内が京へ戻る時、喜内を一緒にやろうと思う」

旅の支度をしてやってくれ、と良雄はりくにいった。

「先方と対面することでもあり、その折の衣服も見苦しくなく用意させよ。馬子にも衣《い》

裳《しょう》と申すでな」

「それはよろしゅうございますが……」

一年前に、その話があった時、りくはそういうこともあろうかと、早手廻しに喜内の紋服や袴《はかま》を呉服屋に注文し、仕立てさせておいた。

「以前、このお話がございました時、喜内様はお断りしてくれと仰《おお》せられましたが……」

良雄が苦笑した。

「喜内の奴《やつ》、照れて居ったのかも知れぬ」

小野寺十内もいうように、これほどの良縁はまたとないだろうと良雄はいった。

たしかに、国家老の弟ともなると、同じ藩中の者の家で養子口をみつけるのは難かしい。

赤穂藩中で大石家と身分の釣《つ》り合いのとれるのは、同じ家老職にある者だが、江戸家老にも、国許の大野九郎兵衛にも嫡男《ちゃくなん》がある。

とすれば、どうしても他の藩中の然《しか》るべき家柄のところへ縁組を求めねばならず、それが無理なら僧侶《そうりょ》にでもなる他はない。

大石家では、すでに良雄のすぐの弟が、先祖の由緒《ゆいしょ》によって、得度《とくど》して専貞と称している。

良雄にしても、二人の弟を二人とも出家にさせる心算《つもり》はなかった。

そうした事情を、りくも承知している。

出来ることなら、喜内に、あまり遠くへは行ってもらいたくないというりくの気持も、現実から考えてみれば、所詮《しょせん》、無理な話であった。

良雄は喜内を呼んで、この縁談について最初から丁寧に語り直し、

「ともかくも、京へ参って、先方と対面して来るように」

といった。

喜内は暫《しば》らく黙って手を突いていたが、やがて、

「兄上の仰せの通りに致します」

と頭を下げた。

喜内が承知したと夫から聞かされて、りくは案外な気がした。

昨年、りくがこの縁談を取り次いだ時には、にべもなくはねつけた喜内であった。

一年のうちに、喜内の気持に、どのような変化があったのかと思う。

良雄はとりあえず先方と会って来いといったが、それはこの縁談を承知したということでもあった。

りくが大石家に嫁ぐ時もそうだったが、当時の習慣として、父や兄の決めた縁談に従うのが当然であった。会ってみて先方が気に入らないからと断ることは、まず出来ない。

喜内にしても、それはわかっている筈《はず》だから、小野寺十内と共に京へ行くと答えた時点で、縁談は成立したものである。

それにしては、喜内の表情は浮かなかった。

大石良雄の弟が、脇坂家の京都留守居役の娘と縁組がととのい、その婚約のために京へ行くということは、小野寺十内の口から藩中に洩《も》れて、早速、祝いに来る者が少くなかった。

「喜内どのには、御縁組が決られたそうで、まことにおめでとう存ずる」

などといった挨拶《あいさつ》に対して、喜内はただ、頭を下げるだけで、嬉《うれ》しそうな顔もしない。

良雄は弟が照れているといい、

「あいつは生真面目《きまじめ》すぎる。京へ参ったら、祝言《しゅうげん》の前に撞木町《しゅもくまち》へでもやらねばなるまい」

などという。

京の撞木町というのが、いわゆる遊里であることは、りくも知っていた。

この前、姑の急死で京に滞在した折に、藩邸の侍などが、この節、京では島原よりも、伏見の撞木町のほうが評判だといったような話をしているのを小耳にはさんでもいる。

良雄は弟が、まだ女を知らないとみて、嫁を迎える前に、そうした女達によって一人前の男にしてもらっておこうと考えているようなのが、りくには嫌《いや》な気持であった。

あれは、突きつめて行くと嫉妬《しっと》だったのだろうかと、今のりくは思う。りくにとって、清々《すがすが》しい少年のような喜内を最初に抱く女が、遊女町の娼妓《しょうぎ》というのは不快でならない。

やり切れない思いで、りくは喜内のための旅支度をした。真新しい紋服や襦袢《じゅばん》、袴、それに何組かの下着類を油紙に包み、足袋《たび》や扇子《せんす》、手拭《てぬぐい》などを添えて荷造りをする。それは、喜内の供をして行く若党が背負って行くことになった。

京への出立が決ってから、喜内はあまり屋敷にいなかった。

りくは、友人達に暇乞《いとまご》いでもしているのかと思っていたが、やがて、そうではなかったことが知れた。

屋敷に出入りしている潮田又之丞の妻のゆうが、

「このようなこと、おりく様のお耳に入れてよろしいかどうか……」

ためらいがちに教えてくれたのは、喜内の姿を毎日のように、新浜浦のあたりでみかけるというものであった。

「私の家へ通って参る漁師の娘が申すのでございます。いつも、お一人でじっと海を眺《なが》めておいでだとか……」

漁師の娘は、住み家が新浜浦の近くで、潮田家へ通い奉公をしている。

大石家へ使いに来たことも何度となくあって、喜内の顔を知っていた。

「御養子のことが決って、この赤穂を出てお行きなさるのがお寂しいのかと存じますが……」

ゆうの話を聞いた翌日、りくは喜内の様子に注目していた。

いつものように、兄の良雄に朝の挨拶をし、食膳《しょくぜん》を共にすると、良雄の出仕を見送る。

そのあと、りくの眼《め》を避けるようにして、屋敷を出て行くのであった。

あらかじめ考えておいたことなので、りくは子供達の世話を女中達にいいつけ、喜内の旅立ちの前に用意しなければならないものがあるからといいつくろって、少々の足ごしらえをし、供も連れずに出かけた。

新浜浦は赤穂御崎《みさき》ともいい、赤穂の城下から海へ向って少しばかり突き出した岬《みさき》のあたりであった。

そこへ行く途中は、干拓地に広々と塩田が見渡せる。

まだ残暑きびしい塩浜では、男達が汗にまみれて働いている。

赤穂の塩田は古くからあったものだが、現在ほどの規模に仕立上げたのは、今の殿様、浅野長矩《ながのり》の祖父に当る、長直の時からで、ざっと見積っても五千石以上の収入になるというのを、りくは夫の口からきいたことがあった。

それは、ごく最近のことで、普段、御城内でのことは何一つ、屋敷で話さない良雄にしては珍らしいことであった。

夜、いつものように机にむかって書物を広げている良雄に茶を運んで行くと、一人言のように、

「これではむごい。これほどまでにせずとも……」

りくにむけた表情が苦々しげであった。

「大野どのは、確かに算勘の才に長《た》けて居られる。藩の財政のためには領民を泣かせることもあろうが、それにも限りがあろう」

りくをみて、同意の欲しそうな口ぶりであった。

「絞れるだけ、絞りとればよいというものでもあるまい」

租税のことをいっていると、りくは理解した。夫が、大野どのと呼んでいるのは家老の大野九郎兵衛のことで、大石家が親代々の家老職であるのに対し、大野九郎兵衛は殿様に抜擢《ばってき》されて家老となった、いわゆる一代家老であった。

大野九郎兵衛の父は、浅野長直の頃からの家臣で、やはり算勘の才があり、浅野家の財務家として手腕を発揮していたが、その子の九郎兵衛は親以上の実務者で、殊《こと》に塩田の開発は彼の代になって、それまでの二倍近くになったといわれている。

「勘定方の岡島八十右衛門《やそえもん》なども案じて居る。領民にきびしすぎれば、つまるところ、殿様の御人徳にかかわる」

まだ年の若い藩主であった。しかも、参勤で一年ごとに国許と江戸を往復しているこ

ともあって、領民とのなじみが薄い。

もともと、浅野家は二代前の長直の時、常陸《ひたち》の笠間《かさま》から転封《てんぽう》して来たのでもあった。

「そのように御心労でございましたら、殿様にお話し申し上げて……」

代々家老の大石良雄なら、領民からの取り立てを僅《わず》かでもゆるやかにすることは出来ないものかとりくは思ったのだが、

「それが、むつかしいところだ」

茶碗《ちゃわん》を手に取った良雄が眉《まゆ》を寄せた。

五代将軍綱吉の頃になって、大名家の多くが財政難に苦しみはじめていた。

原因はさまざまだが、共通しているのは、ものの値段が上り、大名家の支出が年々、増える一方ということがある。

浅野家にしても、長矩の祖父の時の国替えに多額の費用を要し、赤穂へ来てから城を築き、その上幕府の命によって皇居造営に多額の出費をしている。

そうしたつけが廻《まわ》って、長矩が藩主となった時、藩の財政はかなり苦しい状態にあった。

まだ幼年だった主君に、その現実を教え、財政のたて直しの先頭に立って活躍しているのが大野九郎兵衛といえる。

その結果、浅野家の内情はやや持ち直したといっても、藩の御用金が潤沢《じゅんたく》とまでは行

っていない。

第一、いつ、また、どのような出費があるか知れたものではないのが大名家の常であった。

「されば、租税をゆるめろともいえぬ」

更にいえば、殿様が細かな収支まで御存じなのが困ると、良雄は冗談らしく笑ってみせた。

「上に立つ御方は、おうようでよい。金一枚の出入り、その年の塩田の収入《みいり》まで細かくお耳に入れるのは如何《いかが》なものか……」

そのようにしているのは無論、大野九郎兵衛だが、長矩のほうも、一々、訊《たず》ねないと気がすまないようなところがある。

藩の備蓄はせねばならず、領民からの非難も避けねばならないといった夫の困惑を、りくは、つくづく御苦労なことだと思ったのだったが、こうして塩田で働く人々の姿を間近にみてみると、心なしか活力がない。

塩田の先の、千種《ちくさ》川が海に流れ込んでいるところが港になっていた。

突堤が築かれ、舟着場があって舟の出入りの関門がある。

ここから積み出されるものの多くが塩であるのはいうまでもないが、近在からの物産を積んだ舟も入る。

そうした舟着の港は、もう一つあって、それが新浜浦であった。何度か日蔭《ひかげ》で休み、汗を拭《ふ》いて、やがてりくは新浜浦へ着いた。

三方に海を見渡すあたりには社《やしろ》があって、海へ出て働く者は、ここに無事を祈願してから舟を出す。

喜内の姿は、松の根方にみえた。

ぽつんと海を眺めている姿が孤独であった。

近づいたりくをみて、顔色を変えた。

「義姉上《あねうえ》、いったい、どうして……」

りくは正直に答えた。

「あなたが毎日、ここへいらしていると聞いたものですから……」

「海をみて、赤穂に名残りを惜しんでいるだけです。ただ、それだけのことで……」

疲れ果てて石に腰を下したりくのために、社の境内の井戸から水を汲《く》んで来た。

りくに飲ませ、自分も飲む。

「供もお連れにならず、よく、こんな所までお出《い》でになりましたね」

そのことが、どこか嬉しげであった。

「今日はよく晴れているので、沖の小島がみえます」

瀬戸内の海は空の蒼《あお》さを映して、藍《あい》を流したようであった。

小島はすぐ近くにもあり、沖にもみえた。白帆をかかげた舟が沖を通る。

「きれいなところですのね」

海が海らしくみえる、とりくは思った。

赤穂の城下から眺める海は塩田が続いていて遠浅のように遠くかすんでいるが、ここは崖《がけ》の下に白い飛沫《しぶき》が上っている。

「喜内様……」

並んで腰を下した喜内に、りくは海をみつめながら話しかけた。

「もしも、京へお出でになるのが、どうしてもおいやなら、私から旦那《だんな》様に申し上げましょう。旦那様とて、あなたがお気が進まないとおわかりになれば、それでもとはおっしゃいますまい」

喜内が唇《くちびる》を嚙《か》みしめるようにした。

「いえ、よいのです。手前は京へ参ります」

「御本心から、そうお思いなさいますの」

「いつまでも、兄上の厄介《やっかい》者で一生を終るわけには行きますまい。どっちみち、他家へ養子に参るのが手前の持って生まれた運命《さだめ》と存じます。されば、京であろうと、大坂であろうと同じことです」

りくは思わず、相手の言葉を遮《さえぎ》った。

「そんなお気持で御養子に行かれるのはよろしくございません。もっと、すっきりしたお心になって……」

「どうしたら、すっきり出来るとおっしゃるのですか」

喜内の声は抑え切れないものを抑えて慄《ふる》えを帯びていた。

「例えば、手前が義姉上に、手に手を取ってかけおちをして下さいと申し上げたら、義姉上は承知して頂けますか」

一瞬、石のようになったりくをみて、笑い出した。

「冗談ですよ。義姉上、今の手前の気持は、ここから海を眺めている以外、どうしようもないのです。先になにがあるのか、自分自身をどうしてよいのか、見当がつかないのですから……」

急に下をむいて石を拾い、岩場へむけて放《ほう》り投げた。石が岩に当って、はじけて飛ぶ。二つ、三つ、四つと、喜内の手から小石が波の間に消えて行くのを、りくは人形のように、ひたすらみつめ続けていた。

二

小野寺十内と共に赤穂を出立して行った喜内については、十内からしばしば文《ふみ》が来て、その消息を知らせてくれたのだったが、それによると、大友新兵衛やその娘との対面も首尾よくすみ、先方は養子縁組をこの秋のうちにも済ませたいといって来ているという、万事順調な内容から突然、喜内の遊所通いと深酒を心痛するものに変った。

最初は藩邸の若い連中に誘われて出かけた撞木町に入りびたりになり、今は島原に足をのばしている有様で、十内がたまりかねて、それを知らせて来たのは、あまり遊びが派手なので、大友新兵衛の耳に入るのではないかという心配と、とりあえずたてかえている遊びの金が、みるみるうちにふくらんで、もはや十内の手に負えなくなったということらしい。

「分別盛りの者がついていながら何事ぞと、お叱《しか》りを受けるのは覚悟の上に候《そうら》えども、もはや、手前共ではなすすべもなく、とりあえず、ありのままお知らせ申すべく……」

筆を取ったという十内の手紙を夫からみせられて、りくは茫然《ぼうぜん》とした。

女遊びはともかく、酒は殆《ほとん》ど口にしたことがなかった喜内であった。

なにが、そんなに喜内を変えてしまったのか、夫の当惑する顔をみていて、りくは心が青ざめた。

義弟の心の奥に、なにが秘められていたのか、思い当らないこともない。だが、それは口に出せることでもなかった。

おろおろしているうちに、追いかけて小野寺十内の知らせが来た。

喜内が風邪をこじらせ、回復が思わしくなく、医者がこれから寒さのきびしくなる京へおくよりも、いっそ、赤穂へ戻して養生するほうがよかろうといったこともあって、当人もその気になったので、供をつけ、駕籠《かご》で国許《くにもと》へ出立させるという。

喜内が赤穂に着いたのは、十二月二十日のことであった。

出迎えたりくの眼に、喜内は別人にみえた。

殺《そ》げ落ちたような頬《ほお》に、鼻ばかりが高く、目はくぼみ、唇は土気色《つちけいろ》をしている。

大勢が手を貸して、喜内を部屋へ運び、床に寝かせたが、殆ど口もきかず、白湯《さゆ》も欲しくないと首を振る。

呼ばれてかけつけて来た医者も途方に暮れた顔であった。

「体力がひどく弱って居られます。お脈も結滞して居りますので……」

ともあれ、薬湯を煎《せん》じ、ものを食べさせることだといわれて、りくは台所へ下り、喜内の好物をあれこれと思案して食膳《しょくぜん》にのせたが、涙ぐんで頭を下げるだけである。

それでも無事に我が家へ帰れたという安心のせいか、一昼夜を死んだようによく睡《ねむ》り、そのあとは僅かながら粥《かゆ》を口にした。

布団《ふとん》の中から、りくに頼んで、京から持って来た包を開けてもらい、松之丞には塗り独楽《ごま》を、くうには人形を、吉之進には馬の玩具《おもちゃ》をと、京土産を一人一人に手渡したりする。

一日中、りくはつきっきりで喜内の看病をした。

どうしてこんなことになってしまったのかと、しきりに思う。

変り果てて帰って来た弟に対して、良雄はなにもいわなかった。ただ、りくには、

「出来るだけのことをしてやれ」

医者の勧めることはなんでもするようにと指図した。といっても、医者のほうには、これといって格別の治療法もないらしい。

煎じ薬の匂《にお》いのこもっている病間で喜内は終日、うとうとしているか、りくに粥を養ってもらうかの数日を過した。

いくらか元気そうにりくと話をしたのは二十九日のことであった。

「もう二日もすれば、正月ですね」

部屋を温めるために、火鉢《ひばち》に炭を足し、鉄瓶《てつびん》をかけているりくへ、ぽつんといった。

「暮のいそがしい時に、御厄介をおかけ申し、まことにあいすみませぬ」

りくは義弟の気がねを否定した。

「なにをおっしゃいます。御病人は病をいやすのが先決でございます。一日も早く、元のお元気な体になって頂かねば……」

そうですね、と喜内が微笑した。

「元気になって、松之丞と釣《つ》りに行きましょう。正月には凧《たこ》を作ってやらねば……」

ふっとりくを見上げた。

「義姉上には土産がなくて申しわけございません」

「いいえ、子供達がとても喜んで居ります。珍らしいものばかりを頂いて……」

「くうに買《こ》うて来た人形ですが……義姉上に似ているのですよ。それで、くうに……」

急に言葉が切れたので、りくが喜内をみると、枕《まくら》に頭を当て、眼を閉じている。

喜内がそのまま眠るのを見届けてから、りくは居間へ戻り、くうが抱いている人形をみた。

別に自分に似ているとも思えない人形の目鼻立ちである。この人形を喜内はりくに似ていると思って買い求めたのかと甘酸《あまず》っぱい気分であった。

喜内が死んだのは、翌早暁《そうぎよう》のことで、朝になっていつものように雨戸をあけるため病間へ入った女中が異変を発見して大さわぎになった。

やがて来た医者によると、眠ったまま息を引き取ったものだろうということで、喜内の死顔は穏やかで、かすかに笑っているようにさえみえた。

その喜内の、四十三回忌が今年であることに、りくは気がついた。

喜内の墓は、赤穂の花岳寺《かがくじ》にある。なろうことなら墓参もしてやりたいし、そのついでといってはは申しわけないが、大石家の墓所にねむっている人々の供養《くよう》も営んで来ることが出来たらと、りくは外衛がお城から帰るのを待ちかねて話をしたのだったが、

「母上は御自分がおいくつだと思って居られるのですか」

息子は冷たい口調で反問した。

「六十のなかばを過ぎた年寄が、赤穂まで行くのは大袈裟《おおげさ》なことになりましょう。母上は大石内蔵助《くらのすけ》の妻として、赤穂に錦《にしき》を飾りたいお気持なのですか」

流石《さすが》に、りくはむっとした。

「この母が、左様なことを望むと思うのですか。私は、ただ、大石家の御先祖の方々、喜内様の御菩提《ぼだい》を弔いたいと願うだけで……」

「それならば、花岳寺へ使をやって、供養をたのめばよろしいことでしょう。なにも、母上がお出かけなさらずとも……」

世間に目立つことをしてもらいたくないと外衛は強くいった。

「世間の者に、私どもを大石内蔵助の妻だ、子だと、思い出させるようなことは、して頂きたくありません」

りくは黙ったが、心の中は煮えかえるようであった。

大石内蔵助良雄の子といわれることが、それほど苦痛なら、何故《なぜ》、父をしのぐ器量人に成長してくれなかったのかと思う。

父の血を引く息子の筈《はず》であった。努力次第で、浅野御本家の殿様の期待に添える者になれない道理はない。

忠臣義士の子であることをひがみ、肩身を狭く生きている我が子の心根が、りくには歯がみをするほど口惜《くや》しかった。

だが、大石家の当主は外衛であって、自分は隠居の身であった。息子に逆らってはなにも出来ない。

終日、りくは仏間にこもることが多くなった。

良雄の祖父母、父母、弟、それに良雄と主税《ちから》、早世した二人の我が子、そうした人々の命日には経をよみ、念仏をとなえる。

すると、

「この屋敷は、まるで寺のように陰気くさい。気が滅入《めい》ってたまらぬ」

と、嫁が奉公人に苦情をいっているのが耳に入った。

我が家では、経をよむことすら自由にならないのかと思った時、りくは屋敷を出ようと考え出した。

外衛が浅野本家に召抱えられることになった折、りくにも隠居料として百石が贈られていた。それは、外衛が自分の千五百石と一緒にして、大石家の賄《まかな》いにしている。

その百石を別にしてもらって、どこかに隠居所をかまえ、一人暮しをすれば、嫁もさっぱりするだろうし、なによりも自分が気がねなく生きられる。

そう思いついて、りくは心が明るくなった。

それとなく知人に、そうした隠居所になるような住居の心当りはないだろうかと訊《き》いておいたところ、何日か経《た》って己斐《こい》川の近くに適当な家があると知らせて来た。

やはり、りくのような女隠居が住んでいたのだが、最近、病が重くなって息子の許へ戻り、今は誰も使っていない。女隠居は七十を過ぎていて、到底、回復もおぼつかないことでもあり、もし、りくが気に入れば貸してもいいということで、是非、家をみたいと返事をしてやると、数日後に案内人が来た。

早速、行ってみると、こぢんまりしているが、背後には竹林があり、庭は川に面していて、清々《すがすが》しい印象であった。

「こちらにお立ちなさいますと、海までも見えます」

案内人が誘った場所は川のふちで、たしかに己斐川の河口が眺《なが》められた。

晴れてはいるが、海の彼方《かなた》はかすんでいる。

あの海を行き、音戸《おんど》の瀬戸を通り抜けて東へむかえば、やがて赤穂御崎へ着くのだろうと思い、案内人に海の彼方を指していいかけると、

「左様でございますな、音戸の瀬戸を下りますと、四国は松山にたどりつきます」

と答えた。

四国、松山の地名が、りくに備中《びっちゅう》松山を思い出させた。

三

元禄六年十二月、備中松山藩の水谷家《みずのや》が改易《かいえき》となり、松山城請取りの役目が浅野内匠《たくみの》頭《かみ》長矩に命ぜられた。

そのことを赤穂へ知らせる急使として使番《つかいばん》二百石の富森《とみのもり》助右衛門正因《まさより》と斎田忠八が僅《わず》か六日で江戸から赤穂へ百五十余里を馬と駕籠を乗り継いではせ下って来た。

松山藩主、水谷出羽守《でわのかみ》勝美が歿《なくな》ったのは、その年の十月六日のことで、跡継ぎの嫡子《ちゃくし》がなかった為《ため》に、とりあえず喪を秘し、一族である信濃守勝皐《かつおか》の長子、弥七郎勝晴、十一歳を養子にと願い出ている最中に、不運にも、弥七郎が疱瘡《ほうそう》にかかって十一月二十七日、幽冥《ゆうめい》へ旅立ってしまった。弥七郎には子はなく、もはや、幕閣にとりつくろうことも出来ず、水谷家としては進退きわまった。

大名家において、相続の嗣子《しし》がない場合、その家はとり潰《つぶ》され、遺領は召上げられるのが掟《おきて》である。

やがて、幕府からは十二月二十一日をもって水谷出羽守の舎弟、三上主水《もんど》に新地三千石を与え、水谷の家名を相続するよう仰《おお》せつけられ、松山五万石は城地とも没収と決った。

その松山城請取りの大任が浅野内匠頭長矩に、老中土屋相模守、阿部豊後守、大久保加賀守の連署によって申し渡され、松山引渡しの御目付は堀小四郎、駒井内匠に命ぜられた。

知らせが赤穂に到着した日から、良雄は城内にとどまって、屋敷へは帰らなくなった。留守をしているりくには、潮田又之丞を通じて、何事も心配するな、子供達を頼む、と伝言があっただけである。

殿様がこうした大役を仰せつけられた時の家老が、どれほど責任重大かということを、間もなく、りくは周囲の人々の話からいやというほど聞かされた。

「御家老には倉持彦兵衛どのをひそかに松山へおつかわしになって、松山御家中の引払いの様子を調べさせて居られます」

とか、何某《なにがし》が馬の調達に出かけたとか、備中松山の土地の様子を見分に行った者が地図を持って帰ったとか、或《あ》いは兵粮《ひょうろう》、馬飼料などの見積りが出たとか、そうした指図の殆どが、夫の良雄の采配《さいはい》によって出されているというのを、りくは胸を轟《とどろ》かせながら、うなずいていた。

普段は温厚で口が重く、御城内ではもっぱら算勘の才をひけらかす大野九郎兵衛が一人舞台で活躍しているようなと噂《うわさ》されていた夫が、御家の重大事に直面して快刀乱麻の働きをはじめているのが、りくは頼もしく嬉《うれ》しかった。

「御家老とは、不思議なお方です。寝食を忘れるほどの多忙の中にあって、いつも、どこかに余裕がおありなさる。我等は御家老にお目にかかると頭に上っていた血が引いて、物事が分明にみえ、心が落ちついて参るのです」

良雄に命ぜられて、屋敷に入用のものを取りに来たりするたびに、潮田又之丞が感嘆して、りくにいった。

「女房の縁につながる手前だけが身びいきで申すのではございません。家中の者は、みな、左様に申して居ります」

それにしても、改易になった城の請取りというのが、これほど大変なものとは、りくにしても思ってもみなかった。

赤穂五万三千石の格式をもって、請取りに出かけて行く浅野家では主君、内匠頭以下、すべてが武装して行くことになる。

改易になった水谷家の藩士が、神妙に城地をあけ渡し退散するかどうか、一つ間違えば城を枕に討死ということにもなりかねないし、その場合は領民をも巻き込んでの合戦となるおそれもある。

そのためにも、松山藩の様子を偵察《ていさつ》させる必要もあるし、地形や町並を知るための地図も入手しなければならない。

平時には使わない馬や人足の徴用、赤穂出発から松山までの道中、並びに松山へ入ってからの兵士や馬の食糧の確保、更には道中の宿所の手配など、数え上げたらきりのないほどの準備のために、赤穂藩士は家老、大石良雄の指揮に従って走り廻った。

松山城請取りの日は、元禄七年二月二十三日と決定した。

浅野内匠頭長矩が赤穂を出発したのは、二月十九日のことである。

りくは、あとになって夫から、

「殿様御出立の日を決めるまでが一苦労であった」

と打ちあけ話を聞かされた。

赤穂から松山への道中は、まず山陽道を西へ向う。

「道中には川が多い。折柄《おりから》の大雨で、もし、川止めにでもなっては、二十三日に遅れてしまう。遅れては大事、早すぎても困るが……その辺りの才覚が思案のしどころであった」

良雄は、殿様の出立より前に、およそ百名を従えて先発していた。

その良雄の指示に従っての殿様の御出発を、りくも城外でお見送りした。

先頭には騎馬武者が行き、七本の旗指物《はたさしもの》を従えて旗奉行が行く。弓三十張《はり》、鉄砲百二十挺《ちょう》、長柄《ながえ》の鑓《やり》七十本、そして殿様につき従う多くの騎乗の侍、およそ二千五百というものものしくも華やかな行列が、どんよりした早春の空の下を松山城へ行く。

あの時、七年後に、同じような行列が赤穂城請取りのために、この静かな御城下へ入って来るのを迎える破目になろうと、誰が予想しただろう。

浅野家の一行は、備前片山に一泊し、備中宮内から美袋《みなぎ》に到着、そこで目付役と合流して、予定通り、松山には二月二十三日に入って、請取りの一切をすませ、二十五日辰《たつ》の上刻《じょうこく》に松山を発《た》って赤穂へ帰城した。

この殿様の行列の中に、大石良雄はいなかった。

次の松山城主が決るまで、松山城あずかりのため、大石内蔵助以下三十数人が残ったからである。

大石家へ嫁いでから、離別になるまでの間で、あの時が一番長く、夫と別れ別れに暮したのだったと、りくは広島の海辺をみつめながら思っていた。

三人の子を抱え、夫の留守を守りながら、もし、松山で戦《いくさ》にでもなりはせぬかと、不安な気持で西の空を眺め、殿様が大役を無事、お果しになって御帰城というので、やれ嬉しやと出迎えてみれば、夫はまだ松山だという。

開城したあとの、いわば主人を失った城下は、とかく物騒で火付盗賊は横行し、領民に災難が及ぶのを防ぐためであり、もし、あずかっている松山城に何事かあった場合は責任上、切腹ということにもなりかねないと耳にして、りくは毎日、仏壇に合掌した。

自分の命を縮めても、夫をつつがなく戻させ給《たま》えと祈ったのも、あの時だったと思う。

今になって、りくが深読みをすると、あの松山城請取りによって、赤穂藩には大石内蔵助ありと諸藩中の評判になったという。

それほど、良雄の手腕が鮮やかだったからだが、そうやって高く評価されていたことが浅野家改易の後の夫の進退に微妙な影響を与えなかっただろうか。

名も知られていない小藩の一家老なら、浪人しても一家そろって世の片すみにつつましく生涯《しょうがい》を終えることが出来たかも知れないのに、一度、名声を得た立場は、その後も名声に縛られて、自分の生涯を決めざるを得なかったのではなかったのか。

そう考えると、りくには怨《うら》めしい松山城水谷家改易の事件であった。

そんな思い出を胸に抱いて、広島城内の屋敷へ戻って来たりくに、いきなりとんで来たのは我が子の罵声《ばせい》であった。

「母上は、いったい、どこまで我らを困らせればよいとお考えなのですか」

蒼白《そうはく》になっている外衛の背後には、これも眼を釣り上げた嫁がいる。

りくには、なんのことかわからなかった。

「母上は今日、どこへお出かけになったのですか……」

「それは……」

いいよどんで、りくは苦笑した。

「己斐川のほとりに、隠居所をお持ちの方が、よければお貸し下さると仰せられたのですよ。川のむこうに海がみえて、つい、昔のことを思い出してしまいました」

「姑上《ははうえ》は、私のどこがお気に召さないのですか。悪いところがあれば、どうぞ、はっきりとお叱《しか》りなされて下さいませ」

嫁が金切り声を上げた。

「なにをおっしゃるの。私は、ただ、年老いた者が、いつまでも若い者と一緒に暮すのは、おたがいに気がねなものではないかと……」

幸い、殿様から頂いた百石がある。

「そなた達をわずらわせなくとも、一人暮しが出来ましょうほどに……」

「手前に恥をかかせようとおっしゃるのですか」

外衛がどなりつけた。

「母上を邪魔にして屋敷を出したというような噂が家中に知れたら、手前の面目はどうなります。万一、殿様に聞えたら、どのようなお叱りを頂くか、母上は、手前がどうなってもかまわぬとお思いか」

りくは悲しい思いで、我が子をみつめた。

この子には、母の心はわからない。

そう、この子は乳離れもしない中《うち》に、眼医者へ養子に出してしまった子だから……。

主税が生きていてくれたら。

長男の松之丞が……あのやさしくて、凜々《りり》しかった松之丞が生きていてくれさえしたら……。

りくの胸の中に炎のようなかたまりが盛り上って来て、それは、やがて熱い涙となって双眸《そうぼう》からこぼれ落ちた。

第四章　細《さざ》波《なみ》

一

終日、自分の部屋へ引籠《ひきこも》りがちなりくのところへ、珍らしく客があった。

正確には客という言葉は当らないのかも知れない。

りくの娘のるりで、この屋敷の当主、大石外衛にとっては、すぐ上の姉である。

「お近くに居《お》りながら、つい御無沙汰《ぶさた》をして……」

と弟嫁にも挨拶《あいさつ》して、母の居間へ通ったが、りくはこの娘が我が親を訪ねるにも遠慮がちであることを知っていた。

子供の頃《ころ》から、母親にも弟にも気がねをするようなところがあったのは、やはり、育ち方のせいかも知れないと、りくは思う。

今でこそ、りくに残された子供といえば、このるりと外衛の二人しかいないが、るりが生まれた当時は、その上に、長男の松之丞、長女のくう、次男の吉之進と三人もの子供に恵まれていた。

だから、るりは幼女の時、ほんの一年足らずではあったが、進藤源四郎俊式《としもと》の養女になっていたことがある。

俊式の母は大石良勝の娘で、良雄の祖父、良欽《よしたか》の末の妹に当る。更に、俊式の最初の妻は良欽の娘、つまり、従兄妹《いとこ》同士の婚姻である上に、その妻が病死して、二度目に迎えたのは、りくの妹のようが京極家の物頭《ものがしら》、田村瀬兵衛の許《もと》に後妻に入って生んだ娘だから、大石良雄にとっても、りくにとっても、二重、三重のつながりを持つ縁者であった。

その俊式のところに子がなかったので、るりを是非にと懇望されて承知したものであった。

幼時の、ほんの僅《わず》かな月日ではあったが、そんなことも、るりの性格に影を落しているようでもあり、更には四つ、五つで父と長兄を失ったあとの、風の音にもおびえるような長い暮しがそれ以上に影響したとも考えられる。

「どうなさったの。少し、痩《や》せたようにみえますが、患《わずら》いでもしていたのですか」

もともと、小柄《こがら》で痩せぎすではあったが、今日は顔色も冴《さ》えないし、表情も暗い。

「あまり、お母様のお耳に入れて喜んで頂けることでもないのですけれど、監物《けんもつ》がやはりお知らせしておくようにと申しますので……」

るりが監物といったのは、彼女の夫の浅野監物直道のことであった。

外衛が芸州浅野本家に召抱えられて、るりも母と共に広島へ来たのは十五歳の時で、翌正徳四年二月二十八日に、殿様のお声がかりで、浅野監物との縁組がととのい、一年後の正徳五年正月二十一日に婚儀が行われた。

そのるりが、もう三十のなかばになっている。

夫婦仲もまあまあで、四人の娘と嫡男《ちゃくなん》に恵まれたが、末の娘は出産直後に歿《なくな》っているので、今は四人の母であった。

その長女は、りくの名にちなんで利久と名付けられていたが、十五歳で同じ浅野家中の西尾平左衛門直陳《なおかた》に嫁いで女児を産み、りくは曾孫《ひまご》の誕生に目を細くしたものだったが、昨年の春、僅か三歳で病歿《びょうぼつ》してしまった。

「実は、西尾へ参っている、利久のことなのでございますが……」

普段から、ためらいがちに話す癖のあるのが、一層口ごもりながら、

「平左衛門どのに女が居りまして、それが奉公人だとか……」

つまり女中に手をつけたといった。

「妾《めかけ》の一人二人は世間にままあること故《ゆえ》、仕方あるまいと存じますけれど、我が娘を失って、その悲しみもまだ深いのに、あまりなことだと、監物も立腹して居ります」

そんなことだったのかと、りくは眉《まゆ》をひそめた。

男とは仕方がないものだという思いが胸に浮ぶ。

娘聟《むすめむこ》の浮気に憤慨している監物も、今から十年ほど昔、外の女に子を産ませ、るりを苦しませたことがある。幸か不幸か、妾腹《しょうふく》の娘が三歳で病死し、なんとなく女とも手が切れてしまったが、その時も、りくは娘の、夫に対する嫉妬《しっと》や不信を、我が身に思い合せて、男とは何故《なぜ》……と情ない気持であった。

思い出したくもない思い出だったが、りくが、現在、孫娘が苦しみ悩んでいるのと同じ問題を抱え込んだのは、ちょうど、るりが誕生する前後のことであった。

二

幕命により浅野内匠頭長矩《たくみのかみながのり》が備中松山城請取りの役を済ませた後、大石内蔵助《くらのすけ》良雄は、松山城残在番として、およそ三十余名を率いて現地に残った。

次の城主が決って入城になるまで、城下に何事もないよう留守居をするためで、一カ月に一度くらいの割合で、松山城下の様子を赤穂《あこう》へ報告し、それを内匠頭から幕閣へお届けをするといった案配であった。

で、翌元禄八年五月、上野国《こうずけのくに》高崎の城主六万石の安藤対馬守《つしまのかみ》重博に松山拝領が決り、八月、無事、引渡しを済ませてから、良雄は赤穂へ帰った。

良雄は、その功績を主君からねぎらわれ、同時に中国筋の大名家に、赤穂の浅野家には大石内蔵助という、ものの役に立つ家老がいると評判になった。

りくは周囲の者から、そうした噂《うわさ》を耳にして、夫の名誉を喜んでいたが、一方では、赤穂藩士、及び領民に対して以前にも増してきびしい倹約令が出たことには心を痛めていた。

もともと、今の藩主長矩の祖父長直が笠間から赤穂へ転封になって以来、苅屋城を築き、新田、塩田の開発、更には、幕府より皇居の造営を命ぜられたりして出費が多く、財政上の無理を重ねて来た。

内匠頭長矩の父、長友は若死であったから、長矩が九歳で家督《かとく》を継いだ時、藩の赤字はそっくり残されていて、その財政のたて直しが急がれていた。

加えて、松山城請取りの任務を仰《おお》せつかったことで、又、莫大《ばくだい》な出費である。

算勘に長《た》けた家老の大野九郎兵衛が、こめかみに青筋を立てて、勘定方を叱《しか》りつけ、赤穂藩は殿様をはじめとして、藩中の侍のことごとくが、質素の上にも質素の生活を強《し》いられている。

もっとも、それは赤穂藩だけのことではなく、幕府はこの年八月に、勘定吟味役、荻《おぎ》原《はら》重秀が中心になって、財政逼迫《ひっぱく》を助けるために金銀貨の改鋳《かいちゅう》を断行していた。

秋になって出廻りはじめたこの新しい元禄金銀は、大きさや重さは、それまでの慶長金銀と変りはなかったが、品質はひどく悪くなって、純金銀は五割か六割しか含有して居らず、商人の間では不評であった。

そうしたことも含めて、武士の生活が少しずつ圧迫され、どこの大名家でも大なり小なり財政問題を抱えている時代でもあったのだ。

元禄九年の春に、大石家に一人の若い女がやって来た。

備中松山で、残在番をしていた良雄に奉公していたといい、親が死んで頼る者もなくなったので、困り果てて赤穂へ来たらしい。

松山での一年余りの暮しでは、無論、奉公人の女手がなくては過せなかったであろうし、むこうで適当な下婢《かひ》を雇っていたのに違いないので、りくはあまり深く考えもせず、上へあげて、夫の帰りを待たせておいた。

やがて、お城内から下って来た良雄は、りくの話を聞くと、自分からその女の待っている部屋へ行き、二言三言話をして出て来た。

「当分、この屋敷に奉公させる故、よしなに頼む」

という。

質素倹約が家中の常識だったので、大石家でも奉公人の数は決して多くはない。女手が一人増えるのは助かるようなものだが、その分、費《かか》りも少なくはない。

しかし、りくは夫のいうままに、その女を雇った。

松山では身分卑《いや》しくない者の娘だったと良雄がいうので、他の下婢と一緒にはせず、狭いが一部屋を与えて、奉公人としては優遇した。

女は比左といい、年は二十歳、どちらかというと小肥《こぶと》りで、おっとりしている。

松山で夫が世話をかけたという気持があるので、りくは自分の派手になった着物を縫い直して与えたり、それなりに気を使った。

育ちがいいせいか、比左はあまり気働きのあるほうではないが、針仕事はよくするし、りくの子供達の面倒をみてくれた。

当時は九歳の松之丞を頭《かしら》に、七歳のくう、六歳の吉之進と三人の子がいて、殊《こと》に下の二人はまだ手がかかり、りくの毎日は子の世話で明け暮れているようなものであった。

最初に気がついたのは、奉公人達だったと思う。だが、そのことをりくの耳に入れる者はなかった。

秋になって、りくは比左が大儀そうにしているので、体の具合でも悪いのかと訊《き》いてみた。

「別に、異常はございません」

というのが返事で、体つきはここへ来た時よりも肥ったし、食も進む。

十二月二十四日に、分家の大石信澄の法事があった。

信澄の妻は、夫の死後、近衛家へ奉公して外山局《とやまのつぼね》と名乗り、京に住んでいたが、法要のために久しぶりに赤穂の屋敷へ戻って来た。

分家の当主は信澄の長男の孫四郎信豊で、すでに妻帯していたが、弟の瀬左衛門信清はまだ部屋住みである。

法要が終った翌日に、外山局が良雄の屋敷へやって来た。

昨日の法要に本家の良雄夫婦が出席してくれたことへの礼と、京で歿った良雄の母のくまの位牌《いはい》に香をたむけるためということだったが、りくと向い合うと早速、

「御当家には、比左と申す奉公人が居られますとか」

と切り出した。

何故、外山局が大石家の奉公人のことなどをいい出したのかわからないままに、りくは比左が松山からやって来たことを話した。

「では、最初からお気づきだったのですね。松山で、内蔵助どのの夜伽《よとぎ》をしていた女と御承知の上で、御当家へ置かれたと申すことですか」

外山局の言い方には、険があったが、それ以上に、りくは絶句して声が出なかった。

「りくどのが、なにもかも御存じで、妾を同居させておいでならば、私ごときが口を出すことはなにもございません。世間ではままある例《ため》しではございますし、良雄どののような甲斐性《かいしょう》のあるお方なら、妾の一人や二人、なんということでもありますまい。それ

にしても、あちらは初産《ういざん》でございましょうから、よく面倒をみておあげなさいませ」

全く返事の出来なくなっているりくを尻目《しりめ》に、すいと帰った。

暫《しばら》く、りくは腰が抜けたようにすわり込んでいた。

比左が夫の妾であり、身重《みおも》の体であることが、りくの心にのしかかって来た感じであった。

その衝撃の上に、今まで一つ家に暮しながら、なにも気がつかなかった自分の愚かさが重なっている。

外山局は、おそらく、赤穂へ来て家族の誰かから、そのことを聞いたに違いない。

分家の人々が知っているばかりでなく、浅野家中の大方の評判になっている夫の不行状を、妻だけがぼんやり見のがしていたのが、屈辱であった。

あたりが暗くなって来て、女中がりくの様子をみに来たが、茫然《ぼうぜん》自失の体《てい》をみると慌《あわ》てて下って行った。

奉公人も、知っていたと、りくは気づいた。

外山局がなにをいいに来たか、かんづいていて、息をひそめていたのかも知れない。

素読《そどく》の稽古《けいこ》に行っていた松之丞が帰宅して、りくの部屋へ挨拶に来て、漸《ようや》く、りくは母の立場をとり戻した。

「まあ冷えて参りましたことね、寒くはありませんでしたか」

いつもの母の声になって、りくは立ち上った。

奉公人の手前もとり乱すまいと思う。

比左の話を夫にきり出したのは、夜更《よふ》けて二人だけになった居間でであった。

「今日、外山局さまがお出《い》でになりました」

落着こうとして、りくは声が慄《ふる》えた。

「比左は、あなたが松山にお出でになった頃から御意《ぎょい》に召して……」

良雄が妻の顔を眺《なが》めた。

「それが、どうか致したか」

「私には、なにも仰せになりませんでした」

「屋敷へおいてやれと……」

「それは奉公人として……」

「そうだ。それでよい。別にあの者を妻にするつもりはない。よるべのない身の上故、面倒をみてやって居る」

「みごもっているのを、御存じでございましたか」

「みればわかる」

「私は存じませんでした」

「そなたらしいな」

声に出して良雄が笑った。

「産まれるのは、桜の咲く頃だそうだ。男か女か。男なら、大西坊へつかわして、弟子にしてもよい」

夫が、そんなことを考えていたのかと、りくは口がきけないほど驚いていた。

大西坊というのは、良雄のすぐ下の弟で、早くから出家して京の石清水八幡《いわしみずはちまん》の大西坊の住職になっている専貞のことであった。

妾腹の子が男児なら、そこへあずけて弟子にするというのは、すでに嫡男松之丞があり、次男の吉之進もいる大石家としては当然のことかも知れないが、りくはそんな話を平然と妻にする夫の神経がわからなかった。

とにかく、この夫では口論にもならない。

といって、りくの気持が納得したのではなかった。

悋気《りんき》は恥と承知していても、胸の中に燃え上った怒りは消しようがない。

子供や奉公人の手前、表に出すまいとすればするほど、やり場のない感情が鬱積《うっせき》して、りくを悩ませた。

今まで知らなかった激しい頭痛や、それに伴う吐き気で、食欲がなくなり、その冬はしばしば風邪をこじらせた。

一方、比左のほうはりくの様子には無頓着《むとんちゃく》で、腹部が大きくなるにつれて食べる量も増え、臨月には身動き出来ないほど肥った。

産まれたのは女児であった。これもよく肥っていて愛らしい。

屋敷の中は一日中、赤ん坊の泣き声が聞え、裏の物干場には襁褓《むつき》がひるがえった。

下の二人の子は、まだ幼なすぎて、突然、屋敷に誕生した赤ん坊について、なにも考えていないようだったが、松之丞はおよそ、比左と父親との関係を感じ取ったものとみえる。

家族が食事をしている時なぞに赤ん坊の泣き声が聞えて来ると、母親の顔色を窺《うかが》うようになった。同時に父親に対する態度にも、ぎこちないものがみえて来る。

松之丞のためにも、自分が平静でなければならないと、りくは心をはげました。

良雄ほどの地位にある者が妾を持つのはごく当り前のことだったし、妻妾同居というのも珍らしくはない。

まして、比左の場合は松山で、妻と別居中に出来た関係であれば、止《や》むを得ないというのが男達の判断であった。

「御家老は情の厚いお方である。松山で夜伽に召されたからといって、赤穂へお戻りの時、然《しか》るべく金など与えられたであろうに、赤穂まで慕って来たのを、また、面倒をみて居られる。なかなか出来ぬことじゃ」

などという人もあって、りくはそんな言葉が耳に入る度に、胸が煮え沸《たぎ》った。

だからといって、感情にまかせて、髪ふり乱し、たけり狂うことは、りくには出来ない。

それは、妻としての見栄《みえ》であった。

比左の産んだ子は、良雄によって、りよと名付けられた。

最初のうち、くうと吉之進は赤ん坊が珍らしいということもあって、よく比左の部屋へ行って遊んでいたが、間もなく、ふっつりと止めた。で、それとなく、りくが二人にその理由を訊いてみると、

「兄上が、いけないと仰せられたので……」

と神妙な顔でいいつけた。

いけないというわけは知らされていないものの、漸く、くうや吉之進にも、比左母子の存在があまり面白くないものであるのはわかりつつあるようであった。

子供達になんと話したらよいのかと、りくが胸を痛めていた矢先、良雄はりくになんの相談もなく、赤穂御崎《みさき》に近い家を借りて比左とその娘を移した。

「前から考えていたことだが、適当な家が見当らなかったのだ」

たまたま、藩中の進藤源四郎俊式が世話をしてくれたものだといった。

進藤源四郎の母は大石良勝の娘で、良雄にとっては大叔母に当る。

また、俊式の最初の妻は良雄の父の妹だったが、病死して、後妻にりくの妹の娘を迎

えていた。

おそらくは、りくの縁続きのその妻が、りくの立場を心配して、夫に頼んだものではないかと、りくは想像した。

どっちにしても、自分の縁者にも良雄の不行跡を知られているので、遠からず、豊岡の実家にもわかってしまうだろうと、りくは気が重かった。

それに、りくが妾を追い出したように世間が受け取らないかと不安でもあったが、そんなことよりも三人の子供が目にみえて落着きを取り戻したのが安心であった。

夫のことだから、別居させた比左母子に対して充分、手厚くしているに違いなく、むこうも一つ屋敷で気づまりな暮しをしているより、良いに決っている。

無論、夫との仲が終ったわけではないから、りくの心中の穏やかならざるものがすっかり影をひそめたことにはならないが、同居している時にくらべればこの世と地獄ほどの差がある。

正直なもので、りくの健康も少しずつ回復し、或《あ》る時期は鏡をみるのもためらわれたほどやつれた顔にも年齢相応の若さが戻った。

そうなるとおかしな女心で、比左に張り合う気持になって来て、子供が三人も出来て、なりふりかまわなくなって来た日常が省みられて、ひそかに薄化粧をしたり、着るものにも心をくばるようになった。

そんな時に、豊岡の兄、石束毎明《つねあき》から文《ふみ》が来た。

さりげない時候見舞のあとに、松山より参った女のこと、進藤よりの知らせもあり、内蔵助どのへ文をやって問い合せたところ、そなたを大事に思う気持に少しの変りもないとのこと、なまじ嫉妬《しっと》して内蔵助どのが興醒《きょうざ》めせぬよう、子供達の母として、かたくなに心を閉じたりせぬように、と、相変らず妹思いの文面であった。

さんざんに悩み苦しんだあとだけに、りくは兄の忠告が素直に聞けた。

比左と夫とのことが判《わか》って以来、病気を理由に、夫の求めを拒んでいたが、逆に浅ましく思われて、やがて夫婦の仲が復活した。

とはいえ、りくの心の深いところに、夫への、男への不信の念が汚点となって残ったことに変りはなかった。

三

元禄十一年の夏は殊《こと》の外、暑さがきびしかったが、それも峠を越えたかと思われる八月二十二日に、石清水八幡大西坊住職であった専貞が入寂した。年はまだ三十九歳であった。

大石内蔵助良雄は、これで二人の弟に先立たれたことになった。

その頃、りくは四人目の子をみごもっていた。

大石家に比左が来て以来、とかく、遠慮して足の遠ざかっていた潮田又之丞《うしおだまたのじよう》の妻のゆうが、再び、りくの許《もと》によく姿をみせるようになり、そのゆうの妹で、大石分家の当主、孫四郎信豊へ嫁いだ百も一緒に顔を出した。

百のほうは姑《しゆうとめ》に当る外山局が京で暮しているし、舅《しゆうと》はすでに他界して比較的、のんきな毎日だが、ゆうはけっこうきびしい姑が同居していて、いわば、その息抜きにりくのところへ逃げてくるようなところがある。

ゆうと百の実家は小山家で、当主であり二人の父親に当る小山源五左衛門良師《よしもろ》は、良雄の祖父、大石良欽の四男で小山家へ養子に入った。

で、この二人の女の口から、りくは夫の良雄があまり喋《しやべ》らない大石家の縁戚《えんせき》の噂《うわさ》を聞くことが出来た。

その一つは、分家の長男でありながら、主家を去って、弟の信澄に家督を相続させてしまった大石良総一族のことで、良総は遂《つい》に主取りをすることをあきらめて無人《むにん》と号しているが、長男の郷右衛門良麿《ごうえもんよしまろ》が津軽越中守信政へ召抱えられ、江戸在勤であるので、一家も大津から再び江戸へ出て本所柳島に居を構えているとのことであった。

「こちらの内蔵助さまが長いこと、仕送りをなさって下さったので、無人様は大層、恩に思っていらっしゃるそうですよ」

本来なら、家督を継いだ分家のほうで援助をしなければならないのに、信澄の代では一向に力になってやることもせず、信澄が歿《なくな》って、孫四郎信豊の代になってからも、とかく疎遠《そえん》だったが、外山局が近衛家に奉公している関係で、良麿の津軽家奉公が決ったことから、最近はまた文通などをしているという。

「でも、侍は主家を浪人してしまうと、なかなか、新しい殿様に御奉公するのは難儀なことのようでございますね」

誰から聞いたのか、百がそんなことをいい出した。

「むかしは武芸に秀《すぐ》れていれば、良い主《あるじ》が持てたと申しますのに、今は侍でも算盤《そろばん》に明るくないと御奉公がむずかしくなっているそうでございます」

それは彼女達の実家《さと》の父、小山源五左衛門の口癖だそうだが、ゆうの夫の潮田又之丞は若いのに昔ながらの武辺《ぶへん》者で、

「父がいつも申しますの。ああ融通がきかなくては、とても出世はおぼつかないとか……」

しかし、ゆうはそんな夫にけっこう惚《ほ》れているようで、潮田家にしても、また、分家にしても、天下泰平の毎日らしいと、りくは眺めていた。

翌元禄十二年に、るりが誕生した。

大石本家にとっては、妾腹《しょうふく》のりよを含めると三人目の娘である。

るりが産まれて間もなく、松之丞が疱瘡《ほうそう》にかかった。

幸い軽く済んだが、松之丞は母親似で色白の美少年だったから、疱瘡の痕《あと》が残らないかと、りくもまわりも心配していたが、医者から酒で洗うとかさぶたがとれる時、痕になりにくいといわれて、りくが丹精した甲斐《かい》があり、殆《ほと》んど目立たないまでに治癒《ちゆ》した。

この松之丞の病気の時に、るりは感染を避けるためもあって、進藤家にあずけられた。

進藤俊式の妻は、りくの姪《めい》である。

嫁いで以来、いまだに子が出来ないこともあり、あずかったるりが愛らしくて情が移ったせいもあって、その後、進藤家から、るりを養女にもらいたいとの話が、良雄へもたらされた。

「女の子はいずれ、嫁にやるものだ。進藤家の養女にして聟《むこ》を迎え、家督を継がせるのも悪くはないと思うが……」

進藤家は四百石、持筒頭《もちづつがしら》として足軽二十人を君公よりおあずかりしている。

それに、もともと山科《やましな》に先祖伝来の土地があって裕福であった。

母親になるのが、自分の姪という安心さも手伝って、りくは乳離れをしたら、るりを進藤家へやってもよいと考えるようになった。

あとになって思うと、晩年のりくに残された二人の子は、るりにせよ、大三郎にせよ、一度は親の手をはなれて他家へやられている。

これは皮肉なことであった。

そのるりが進藤家へ行ってから間もなくの元禄十三年二月十七日に、比左の娘のりよが麻疹《はしか》をこじらせて死んだ。四歳であった。

りよの死も、夫ではなく、潮田又之丞の女房のゆうが知らせて来た。

良雄にはすでに又之丞が報告にいったという。

その夜、良雄は更けてから屋敷へ帰って来た。今まで赤穂御崎の妾宅で、娘の通夜《つや》をしていたとみえ、着替えのために懐紙を出すと、その間から数珠《じゆず》がのぞいた。

「早速だが、娘は花岳寺《かがくじ》に葬《ほうむ》ってやりたいと思うが、承知してくれるか」

夫の言葉に、りくはうなずいた。

「それがよろしいかと存じます」

妾腹でも大石家の娘であった。

「比左どのは、どうして居られます」

一人子を失ったのであった。

「あれは、泣くだけでなにも出来ぬ」

当惑げに良雄がいった。

「なにもかも、潮田又之丞が気くばりしていてくれるので助かるが……」

「なにか、私で出来ますことが……」

いいかけて、りくはやめた。

妾の子が死んで、本妻がしゃしゃり出るのはみっともないと気がついたからである。

りよは花岳寺の大石家の墓地に葬られ、小さな墓石が建てられた。

母親の比左が赤穂御崎を引払ったことを、りくは五月になって夫から聞いた。

「やはり、生れ故郷へ戻りたいと申す故《ゆえ》、暇をつかわした」

あっさり告げた夫の表情が、どこか、ほっとしている。

平穏が大石家に訪れた。

だが、それは嵐《あらし》の前の静けさであった。

その大嵐にくらべたら、夫の妾のことなど、とるに足らぬ小事であった。

瀬戸内に面した穏やかな小藩の、千五百石取りの家老職の妻として、四人の子に恵まれ、まるで小春日和《びより》の中に身をおいているようなりくの幸せが突如、ふみ破られたのは元禄十四年のことである。

四

あの大事件から三十年余りも経《た》った今でも、りくは何故《なぜ》、殿様があんなことをなすったのか、よくわからないでいる。

りくばかりではなく、その当時、夫の良雄ですらも、

「どうして、左様なことになったのか」

と合点の行かぬ呟《つぶや》きを何回となく洩《も》らしていたものである。

おそらく、赤穂藩士のすべての人々が、凶変の本当の理由も、主君の心中も正確には知り得ないままに、その後の歳月を過したに違いないと思う。

多くの人々にとって、わけのわからない、それでいて、まさに青天の霹靂《へきれき》ともいうべき大難が赤穂藩にふりかかって来たそもそものきっかけは、主君、浅野内匠頭に勅使饗《ちょくしきょう》応《おう》の役目が命ぜられたことであった。

りくが、そのことを知ったのは珍らしく夫の口からであった。

「殿様に勅使饗応のお役が廻《まわ》って来たそうな」

と良雄がいった時、りくはその意味がわからず、傍《そば》にいた松之丞が父に訊《たず》ねるのを聞いていた。

「それは、どのようなお役目でございますか」

率直に訊《き》いた長男に、良雄は、毎年、正月になると将軍家より朝廷に対して年賀の使というのが江戸から京へ上洛《じょうらく》し、帝《みかど》や上皇様に年賀を述べ、祝儀《しゅうぎ》の品を贈ることになっていると話した。

「すると、今度は、朝廷のほうから勅使や院使が江戸へ下って来て、将軍家、つまり上

様に対して年賀の挨拶《あいさつ》を申し上げるのがならわしになっている。その勅使の方々のおもてなしをする役目が、我が御主君に仰《おお》せつけられたのじゃ」

毎年、饗応の役は、二軒の大名家に命ぜられ、今年は浅野家と伊予吉田三万石の伊達《だて》家がその任に当ることになった。

「そのお役と申しますのは、むつかしいことでございますか」

十四歳の松之丞の問いに、良雄は苦笑した。

「およそ、何事によらず、お上《かみ》の御用を承るのに、容易と申すことはないが、さりとていたずらに心をわずらわすほどのことでもない。ただ、大役を仰せつけられたからには、殿様は申すに及ばず、家臣一同、心を合せ、無事におつとめするよう心がけねばなるまい」

父の言葉に、松之丞が神妙にうなずき、やがて下って行ってから、良雄は衣服を片付けているりくにいった。

「殿様にも御苦労なことじゃ。この前、勅使饗応のお役を仰せつけられたのは天和《てんな》三年、それから、まだ二十年にもならぬのに、もう同じお役が廻って来るとは……」

思わず、りくはいった。

「それでは、殿様には二度目のお役でございますか」

「左様、この前の折は大叔父、頼母《たのも》どのが江戸に居られて、殿様を補佐されたと聞いて居る」

「では、旦那様も御出府なさいますのか」

「いや、この度は江戸家老、安井彦右衛門どの、藤井又右衛門どのがその任に当る」

御主君も、もはや三十のなかば、この前の時は十七歳のお若さであった故、大叔父上もそれなりに御苦労されたであろうが、今はそんなこともなかろう、といいながら、良雄は城内から持って来た書類を机の上に広げはじめた。

それは、どうやら天和三年に饗応の役をつとめた折の、藩の記録のようで、良雄はそれを細かく書き写して、江戸家老へ送るようであった。

この前、内匠頭が、その役目を命ぜられた時、身近にあって万事をとりしきった大石頼母良重は、良雄の祖父の弟であった。

主君、浅野長直の娘を妻に迎えて居り、家老として、また浅野一門として、年若な内匠頭の補佐に当ったが、その年の五月十八日に六十五歳で死去している。

良雄の日常が、また、多忙になった。

江戸からしばしば早馬が来るし、こちらからも江戸屋敷へむけて使者が出される。

「殿が、また物入りじゃ、と安井どのに仰せられたそうな」

江戸から使が来た夜に、良雄がりくにいった。

勅使饗応ともなると、たしかに出費がかさむ。

「お上においては、諸事、倹約の折故、ひかえめにとお沙汰《さた》があったそうだが、慣例のことではあり、なかなか、そうも参らぬであろうよ」

良雄が吉良上野介《きらこうずけのすけ》の名を口に出したのも、その夜のことであった。

高家《こうけ》の吉良上野介義央《よしひさ》という有識故実《ゆうそくこじつ》の指南役に万事、指示を受けるので、多分、そちらからこうこうせよといってくるだろうといい、この前の饗応役の時の入用はざっと四百両であったが、大野九郎兵衛によると、今はその三倍はかかるそうだと軽く顔をしかめてみせた。

りくが夫からそうした話をきいたのは、それが最後であった。

江戸屋敷はともかく、赤穂ではこの前の松山城請取りのような大さわぎをすることもなく、大方がいつもと同じ新春の日々を過していた。

少くとも、その三月、赤穂の桜が盛りを過ぎ、大石家の牡丹《ぼたん》の蕾《つぼみ》が大きくふくらみはじめた十九日の早朝、急使として江戸を発《た》った速水《はやみ》藤左衛門、萱野《かやの》三平《さんぺい》が半死半生の体で、

「殿様、殿中にて刃傷《にんじょう》」

の知らせを運んで来るまで、赤穂城下はのどかな春を満喫していたといってよい。

忘れもしない。

門扉《もんぴ》が慌《あわただ》しく叩《たた》かれた時、大石家では奉公人の大方がもう起きていた。

大体が朝の早い家だったが、とりわけその朝、りくは身じまいをすると、すぐ庭へ下りた。

夫が牡丹の様子を気にしていたからである。

前夜、かなり強く雨が降って、強風でもあった。

大石家の庭の牡丹は、まだ、良雄の弟の専貞が大西坊の住職として健在だった頃に、良雄が特に依頼して、京の植木屋から取り寄せたものであった。

唐渡りの珍種で、とりわけ大きな花が咲くという話だったが、最初に植えたのは、どうしたことか、花も貧弱で色も悪かった。

良雄はたのしみにしていただけに落胆《らくたん》したらしく、わざわざ京へ苦情の文を送って、別の種を送らせ、それが、今、庭に根を下して大輪の花を咲かせている。

雨風で咲きかけた花が痛めつけられていないかと庭へ下りたりくは、夫の呼び声で慌《あわ》てて戻った。

「江戸より急使が参った。すぐ、御城内へ参る」

着替えもそこそこに、屋敷を出て行った夫を見送って、りくは途方に暮れた。

急使というのは尋常ではないが、といって、なにが起ったのか見当もつかない。

子供達を起し、着がえをさせていると、夫の供をして行った若党がかけ戻って来た。

「殿様が、千代田のお城の中で吉良様というお方に刃傷をなさいましたとか……」

りくは、なにかの間違いではないかと思った。

吉良様というかたは、いつぞや夫の話に出て来た高家のお方で、殿様の御指南役をする人のことに違いないが、どう間違ったところで、殿様ともあろうお人が、指南役を斬《き》るということがあるとは考えられなかった。

「なにをうろたえたことを……」

若党を叱《しか》りつけ、

「旦那《だんな》様は、どうして居られます」

と訊いた。

良雄は城内へ入ったきりだという返事であった。

「皆様が続々と御登城なされて、まるで戦《いくさ》がはじまるようなさわぎでございます」

たしかに、太鼓の音は聞えていた。

この屋敷の前を走って行く足音も容易ではない。

「母上、何事でございましょう」

不安そうなくうと吉之進の様子をみて、松之丞がいった。

「手前が御城まで行って参ります」

若党を供にして出かけて行ったが、間もなく戻って来た。

「途中で、孫四郎おじ上にお会い致しました」

分家の当主である。

「やはり、殿様が殿中にて刃傷遊ばした由《よし》にございます」

青ざめた顔でつけ加えた。

「おじ上のお話ですと、殿中にて刀の鯉口《こいぐち》を切っただけでも、重いおとがめを受けるとか……」

「いつのことなのですか」

落着かなければと、りくは低くいった。

「いったい、いつ……」

「十四日とか、聞きましたが……」

すると五日前である。

江戸から赤穂まで百五十五里といわれる道のりを、急使は四日少々でかけつけて来たことになる。

「落着きましょう、何事があろうとも、とり乱さぬことです」

奉公人達にいいきかせ、りくは納戸《なんど》へ入った。

娘の時、母から大事の時には、まず、手許《てもと》にある金の額を確かめておくように教えられていた。

「侍の家には、いつ、なにがあるかわかりませぬ。いざという時に、夫に恥をかかせぬためにも、日頃《ひごろ》、倹約《しまつ》をして財を貯《たくわ》えるのが女房の役目ですよ」

といわれたのを、思い出したからである。

手文庫の中には、千五百石の侍の緊急の用としては恥かしくないだけの用意があった。

改めて、それをいくつかに分けて包み、手文庫に納め直した。

気がついて、奉公人に飯を余分に炊《た》かせ、握り飯を作らせた。

城中からは、なんの連絡もない。

不安な中に、一日が経《た》って夜になった。

城門のほうをみると、赤々と篝火《かがりび》が燃えている。

やがて、次の急使がたどりついた。

原惣右衛門《そうえもん》と大石瀬左衛門だと知らせが来た。

最初の急使の速水藤左衛門は馬廻り百五十石、萱野三平重実は中小姓で十三両二分三人扶持《ぶち》の軽輩だが、次の原惣右衛門元辰は足軽頭で三百石、大石瀬左衛門は大石分家の次男で、つい先年、分家して百五十石馬廻り役として江戸詰めになったばかりである。

しかも、その二人の急使が伝えたのは、浅野内匠頭、切腹であった。

「殿様が御切腹……」

流石《さすが》に、りくは体から血が引いたようになった。

殿様が切腹を命ぜられた時、その所領や居城がどうなるかは、侍の家に生まれただけにまず、想像がつく。

「なんということを……」

更に松之丞が聞いて来たことによると、殿様の切腹は十四日の夕刻、芝の虎の門外の田村右京大夫建顕《うきょうのだいぶたけあき》の上屋敷の庭前においてだという。

仮にも五万三千石の大名が、庭先での切腹というのは異例であった。

江戸の千代田城で、なにが理由で、殿様が刃傷をなさったのかは知らず、すでにその殿様は切腹させられ、大嵐《おおあらし》がこの赤穂へ吹きつけて来たことだけは確かなようであった。

城内では、夜っぴて評定《ひょうじょう》が行われているという。

なんのための評定か、この先、どうなるのか、りくには想像もつかない世界であった。

子供達は着のみ着のままで、とりあえず夜具に寝かせ、りくは仏間に入って燈明《とうみょう》を上げた。

合掌しても、なにを祈ってよいのか、逆上するまいといいきかせながら、りくは雨戸の外を吹いて行く風の音に耳をすませた。

第五章　山《やま》科《しな》へ

一

元禄十四年三月十四日、殿中《でんちゅう》松の廊下で浅野内匠頭長矩《たくみのかみながのり》が吉良上野介義央《きらこうずけのすけよしひさ》に対し刃傷《にんじょう》に及んだ事件について、大石りくがいろいろの話を耳にしたのは、かなり後になってからであった。

しかも、その内容は人によってまちまちで、どれが真相なのか、判断に苦しむほどであった。

例えば、当日、殿様刃傷の知らせが、浅野家江戸屋敷にもたらされた時、長矩の弟、大学長広《だいがくながひろ》がお目付からの御沙汰《ごさた》として、家臣一同に不穏の事のないようにと伝えたのに対し、長矩の奥方、阿久里《あぐり》が、

「吉良様の御生死は如何《いかが》でございましたか」

と訊《たず》ねたのに、大学は動転していて返事が出来ず、

「殿様が命をかけての御刃傷に、その相手の生死も確かめておいでなさらぬとは、何事でございますか」

とたしなめられたという話をする人もあれば、その同じ大学長広が、赤穂《あこう》へ向った急使に、

「札座《さつざ》の処理を迅速《じんそく》にせよ」

という添書を持たせたので、藩札の処理がうまく運んだのだと、大学の機転を賞讃《しょうさん》するような話もある。

たしかに、その当時のことを思うと、藩札の両替の手ぎわはよかった。

藩札はその御領内だけに通用する兌換《だかん》紙幣だから、藩が改易《かいえき》になれば、ただの紙屑《かみくず》になってしまう。

従って、事件が公《おおや》けになれば、藩札を金銀に交換してくれと商人達が殺到して、下手をすれば取りつけさわぎにもなりかねない。

大石内蔵助《くらのすけ》良雄は、同じく家老の大野九郎兵衛に相談して、藩札一貫目に対し、銀六百目という割合で両替をすませた。

普通、こういった不慮の際の藩札は実際の額面の半分、或《ある》いはそれ以下になってしまうものなので、六分替えというのは、領民にとってまことに有難い処置であった。

おかげで城下は混乱もせず、領民も一応、落ちつきを取り戻した。

それにしても、あの時の夫の心中はどのようであったかと、今でもりくはそれを思い出す度に暗然とする。

江戸からの急使は来たものの、肝腎《かんじん》の江戸家老、藤井又右衛門、安井彦右衛門からはなんの書状もなく、刃傷の相手である吉良上野介の生死もわからない。

その中で、ただ不穏のことのないように、城を開け渡す準備をせよと命が下りたのであった。

浅野家の江戸屋敷は、築地《つきじ》の鉄砲洲《てっぽうず》にある上屋敷も、赤坂の南部坂《なんぶざか》にある下屋敷も、内匠頭切腹と同時に幕府に没収となり、十七日には引渡しを終えている。

奥方は髪を下して瑶泉院《ようぜんいん》と号し、実家である浅野長澄の屋敷へ移った。

しかも、内匠頭の弟、大学長広は閉門を申し渡され、赤穂城の請取りとして脇坂淡路守安照、木下肥後守𥡴定《きんさだ》の二人が決定した。

そうした江戸表からの知らせに対応して、赤穂城内では藩士達三百余名が籠城《ろうじょう》殉死説と解散説に分れて対立していた。

「城代家老の大野九郎兵衛どのは、今更、籠城殉死などすれば、公儀に楯《たて》つくことになり、浅野御本家や閉門中の大学様の御迷惑になる故《ゆえ》、おだやかに城を開け渡すようにと主張なされて居られるが、江戸から戻られた原惣右衛門どのが中心となって籠城の上、城を枕《まくら》に討死、或いは切腹して亡君に殉ぜんとする者も少くはござらぬ」

大石家へやって来た進藤源四郎俊式《としもと》が、りくに話した。

「やはり、江戸屋敷に在住の者は、この度の出来事が、吉良上野介に対し、亡《な》き殿が遺恨を持たれて刃傷に及び、無念の思いを残して切腹されたことに激昂《げっこう》して居るそうな。それ故、のめのめと開城解散など出来るものかと思いつめて、内蔵助どのに決断を求めて居る様子で……」

また一方の大野九郎兵衛は算勘に長《た》けた人物だけに、城内にある武器の数や籠城の際の水の問題などをあげて、到底、籠城は無理と過激派を説得しているらしい。

「それで、内蔵助どのはどのようにお考えでございましょうか」

城内へ入ったきり、一度も屋敷へ帰って来ない夫の心中をはかりかねて、りくは訊ねた。

「大夫《たゆう》は、今のところ、籠城殉死のお考えのようだ。京より戻って来られた小野寺十内《じゅうない》どのも同じ御意見と承って居る」

江戸での事件を知った小野寺十内は直ちに鎧櫃《よろいびつ》を背負い、槍《やり》を手にして赤穂へ帰って来た。

「ただ、大夫の御本心は本来、喧嘩《けんか》両成敗であるべきを、一人、亡君のみが切腹、吉良上野介にはおとがめなしでは、公儀の御裁断が片手落ちであるというのが、第一のようだ」

「では、吉良上野介は生きて居りますのか」

てっきり、殿様によって殺害されたと思い込んでいたりくは仰天した。

「江戸から、そのことにつき、漸《ようや》く知らせが届いた。残念なことに、上野介の傷は軽く、将軍家より、神妙である、せいぜい養生せよ、とお言葉まであったそうな」

流石《さすが》に進藤源四郎は無念の表情になった。

「洩《も》れ聞くところによると、殿様が刃傷に及ばれた時、上野介はただ逃げるのみにて、小刀に手もかけなかったとやら申す。それ故、喧嘩ではないという公儀の判断だろうが、原惣右衛門どのによれば、殿様が殿中もかえりみず、刃傷に及ばれたのは、上野介よりさまざまの無礼を受けた故と申されて居る。されば、ことの起りは上野介にある」

「なにが原因だったのでございますか。なんの理由で、殿様は刃傷を……」

「それがわからぬ。原惣右衛門どのにも、しかとした心当りはないようじゃ」

「でも、理由もなしに……」

「その通り、理由はあったに違いない。ただ、殿様がそれを家臣の誰にもお洩らしにならなかったようだ」

そのことを、江戸から戻って来た家臣達は、

「殿様はお一人でお苦しみになり、耐えられていた」

と涙を流しているという。

赤穂に居る間、りくはとうとう、殿様の刃傷の理由というのを知ることが出来なかったが、後に山科へ移ってからは、内蔵助を訪ねて来る旧藩士の話から、どうやら金の多寡《かた》がことの起りだったのではないかと考えるようになった。

それは、もともと、内匠頭が勅使饗応《ちょくしきょうおう》のお役を命ぜられた時、その指南役である高家《こうけ》、吉良上野介へ挨拶《あいさつ》に行く際は、附届《つけとどけ》として金一枚を持参する慣例があったのに、今回は二度目だからと、形ばかりの手土産にしてしまったことに始まるという。

金一枚は十両であった。

赤穂五万三千石の浅野家としては、たいした金額ではない。

それを出し惜しんだような恰好《かっこう》になったのは、内匠頭が最初の附届を挨拶料、つまり、学問の師などに贈る束脩《そくしゅう》と考えていたからで、初対面の挨拶はすでに、この前、饗応役を仰《おお》せつけられた時、高家、吉良上野介へ対して慣例通りにしているから、今回は、万事が終ったあとの謝礼として金一枚を御用がすみ次第に持って行くよう、江戸家老に命じ、江戸家老もそれに従って附届を省いてしまった。

内匠頭と一緒に饗応役を務める伊達《だて》左京亮《さきょうのすけ》のほうはしきたり通りに、最初の附届をしているので、高家としては内心、内匠頭を吝嗇《りんしょく》とさげすみ、自然、扱いを粗略にし、意地悪に振舞ったのではないかというものである。

加えて、勅使の御馳走《ごちそう》のための費用も、御馳走役の負担となるのだが、それについて公儀から、近来、何事によらず華美になっているので、御馳走役の費用も年々、うなぎ上りになっているが、それが前例となってはならぬから、質素につとめるようにという注意があった。

で、浅野家ではこの前、といっても十八年前だが、その時の費用を調べてみると、およそ四百両であった。

また、近頃の例としては元禄十年に伊東出雲守《いずものかみ》が務めた折には千二百両もかかったということが知れた。

それらを参考にして、内匠頭は今回のかかりを、七百両と見積って、高家の月番に当る畠山民部大輔《みんぶのたいふ》に差し出しておいたところ、格別の沙汰はなかった。

ところが、これも後になってわかったことだったが、吉良上野介は、この年の正月、将軍の名代として上洛《じょうらく》し、天皇や上皇に年賀の祝辞を述べる大役をつとめていた。内匠頭が饗応役を仰せつかった朝廷からの勅使は、それに対する答礼である。その勅使は三月十一日に江戸へ到着したが、上野介が京から江戸へ戻って来たのは、その直前に近く、従って、ぎりぎりまで、浅野家にしろ、伊達家にしろ、上野介との打ち合せが出来なかった。

殊《こと》に、内匠頭は物事をきっちり決めて行う性格なので、かなり苛々《いらいら》と上野介の帰るのを待っていたらしい。

しかも、上野介は七百両という浅野家の見積りに対し、それでは朝廷の御使に対し失礼に当る、前年、前々年の例からしても、これでは倹約にすぎる、と、畠山に不満の意を示した。が、それは浅野家には伝わらず、すでに浅野家のほうではその見積りで準備をはじめていて、その結果、上野介の考えていることと、浅野家の方針がどんどん行き違って来て、殿様がいやな思いをなさった結果、ああいうことになったのだという話で、りくはそれを聞いた時、夫の内蔵助が以前、殿様が算勘にくわしく、また大野九郎兵衛や勘定方の者が、藩の財政について細かいことまで殿様のお耳に入れるのは、あまりよいことではないと話したのを思い出した。

「上に立つお人は、銭金のことにあまりくわしくないほうがいいのだ」

といった内蔵助の言葉が今更ながら心にしみて納得させられたものであった。

それにしても、金一枚は無論のこと、饗応に千両が二千両、費したところで、無事にお役目が済めば、殿様が御切腹なさることもなく、お城を開け渡すか、討死するかで大騒動になる筈《はず》もなかった。

あとになれば、殿様とてそう思われたに違いなく、それにつけても世の中は一寸先が闇《やみ》とはよくいったものだと、りくは思った。

二

四月十九日の開城まで、赤穂城内は揺れに揺れた。

大石内蔵助は、最後の手段として、城請取りの目付、荒木十左衛門政羽《まさはね》、榊原采女《うねめ》政殊《まさよし》の二人が江戸を出発する前に、使者を送って吉良上野介に対する正当な処分と、浅野大学によって、たとえ一万石、二万石であっても浅野家再興の歎願《たんがん》をさせようとした。

使者にえらばれたのは多川九左衛門と月岡治右衛門で、内蔵助がしたためた歎願書を持って三月二十九日に赤穂を出発し、四月四日に江戸へ到着したが、その時、すでに赤穂城請取りの目付は江戸を発ったときかされて、仰天して江戸の家老や浅野大学のところへ相談に行ったところ、逆に歎願書を取り上げられ、穏やかに城を開け渡すよう内蔵助に伝えよ、という命令を受けて、四月十一日に赤穂へ帰って来た。

ここにおいて内蔵助は開城の決心を固め、その旨《むね》を藩士一同に申し渡した。

その前日に、江戸の藩邸にあった御用金千両が赤穂へ送られて来た。

それ以前から、藩士達に手当金を配分する支度がされていて、大野九郎兵衛は身分の高下によって配分を決めようといい、大石内蔵助は身分にかかわらず平等にと反論していた。

結果、内蔵助の意見が支持されて、知行高《ちぎょうだか》百石につき十八両、百石増すごとに二両減、九百石以上は一律というような、むしろ微禄《びろく》者に割のいい配分となった。

江戸から送られて来た千両も、当然、この配分の中に加えられたのだが、その分配を行っていた札座の小役人の中に、金を少しばかり盗み取って逃亡した者があった。

そのことが、報告されると、大野九郎兵衛は、

「こうしたどさくさにはありがちなことだが、案外、他にも大金を着服した者がいるかも知れぬ」

といった。

激怒したのは勘定方で札差奉行の岡島八十右衛門《やそえもん》で、

「なにを根拠に、左様なあてつけをいうのか。奉行として黒白《こくびゃく》をつけたい」

と大野九郎兵衛の屋敷へ乗り込んだ。

慌《あわ》てた九郎兵衛は居留守を使い、翌日は病気と称して城中へ出なかった。

四月十一日、九郎兵衛は家族ともども、夜のうちに赤穂御崎《みさき》の知人の家へ退去し、十三日の朝には新浜浦から船出をして大坂へ行き、赤穂塩問屋五郎兵衛の離れを仮住いとした。

これがきっかけで、藩士の中には家財をまとめ、配分された金を持って退散して行く者が多くなった。

その中で、内蔵助は原惣右衛門や岡島八十右衛門に命じて、残金の整理をし、やがて開城の折に必要な帳簿、書類をととのえ、藩士達は城中の清掃をすませた。

内蔵助が屋敷へ戻って来たのは、その頃《ころ》になってからだったが、りくは進藤源四郎や分家からの知らせで、家財の整理をし、いつでも屋敷を出られるように準備していた。

「進藤源四郎は山科へ戻るそうだ。むこうで適当な住居をみつけておいてくれと頼んでおいたから安心するように……」

りくに告げたのは、そのことで、

「るりは進藤の妻女が伴って行ってくれる。まだ幼い故、そのほうがよかろうと返事をしておいた」

といった。

更に上使が到着し、城の開け渡しが終るまで、りくと子供達は赤穂御崎の、かつて妾《しょう》宅《たく》にしていた家へ移るようにと指示した。

妾《めかけ》が住んでいた家へ移るというのも、この際、体裁をかまっている余裕もなかった。

翌日、りくは手廻《てまわ》りの荷を赤穂御崎の家へ運ばせ、屋敷の内外をきれいさっぱりと片付けた。

子供達は足ごしらえをして、召使と外へ出ている。

屋敷の中を見廻り、りくは庭へ出た。

牡丹《ぼたん》は大方が散っていたが、それでも二、三本、白い花のが残っている。花鋏《はなばさみ》で、りくはそれを切った。紙にくるんだ牡丹を手にして門をくぐる。

弟と妹の手をひいている松之丞を呼んだ。

「お城にお別れを致しましょう」

母と三人の子が、赤穂の城に深く頭を下げた。

「父上は、どうなさるのです」

松之丞が訊《き》き、りくは答えた。

「お役目が終り次第、赤穂御崎へお出《い》でになるそうですよ」

そのことは、昨夜、夫にたしかめていた。

開城と決めたときいてはいても、夫がお城の開け渡しのすんだあとで切腹しないとは限らなかった。

「どうぞ、御本心をおあかし下さいませ、私も武士の妻、決して取り乱しは致しません」

必死ですがりついたりくに内蔵助は笑った。

「心配するな。わしにはまだしなければならぬことがある」

なんとしても、大学様による浅野家再興が悲願だといわれて、りくは納得した。

「では、あちらでお待ちして居《お》ります」

みつめ合った時、夫の眼《め》が安心していろとうなずいていた。それが、りくの唯一《ゆいいつ》のたよりであった。

四月十八日、荒木十左衛門、榊原采女の目付が到着、続いて、十九日には脇坂淡路守と木下肥後守が乗り込んで来て、赤穂城の開け渡しはつつがなく終った。

りくとの約束通り、内蔵助は赤穂御崎の家へ帰って来たが、その夜から高熱を発した。疔《ちょう》であった。

腕が丸太のように腫《は》れ、体のふしぶしまで痛みが走るという。

そんな最中にも、藩士の何人かが行き所がないといって相談に来たり、城下の商人が見舞にやって来たりする。

五月の末に、山科へ去った進藤源四郎から使が来た。

進藤家の屋敷から辰巳《たつみ》の方角に、京の医者で堀玄龍という者の持っている宅地があったので、それを買い取り、大工を急がせて家を建てているが、六月なかばには、なんとか体裁もととのうから、それを目安に赤穂を退去するようにとのことであった。

「殿の百カ日の法要だけでも、花岳寺《かがくじ》で済ませて発《た》ちたいと思う」

内蔵助の言葉に、りくはうなずいた。

「そのつもりで支度を致しましょう」

立ち退《の》いてしまえば、再び赤穂へ戻る日があるかどうか。

六月二十四日、内蔵助は亡君の百カ日の法要をすませ、二十五日に新浜浦から船に乗った。

船上で、りくは赤穂の塩浜の方角を眺《なが》めている夫の傍《そば》へ行った。

豊岡から嫁に来て、十五、六年の歳月を過しただけの自分ですら、遠ざかって行く赤穂の陸地に、胸を締めつけられるような思いなのだから、父祖の地として、そこに生まれ育った内蔵助の心中はどんなだろうと推量したのだったが、りくをふりむいた夫の言葉は意外なものだった。

「塩浜の者達が祝いをしたそうだ」

意味がわからず、りくは首をかしげた。

「浅野家が改易になり、やがて新しい領主の来ることを喜んで居るのだよ」

「何故《なぜ》、そのような……」

「人のせいにはしたくないが、大野のやり方は、わしが感じていた以上に苛斂誅求《かれんちゆうきゆう》であったようだ」

塩浜で働く者を含めて、領民から厳しく税を取り立てていたのだと内蔵助は少し憂鬱《ゆううつ》そうにいった。

「藩の財政はそのおかげで多少とも余裕が出来ていたのだが、こうなってみると悲しいものがあるな」

りくはなにもいえなくなった。

夫にいわれるまでもなく、浅野家の財政はもっぱら、大野九郎兵衛の算勘によって取り行われて居り、亡君もそれをよしとして居られたのは、りくですら承知している。

考えてみると、亡き殿様が贔屓《ひいき》にされたのは大野九郎兵衛をはじめ、算勘の才のある者ばかりであった。それも、藩の財政の建て直しを急がれたからに違いないが、殿様がもっとも信頼されていた大野九郎兵衛が一番先に家財を売り払って赤穂を逃げ出したのであってみれば、内蔵助が悲しいものがあると呟《つぶや》いた心中が理解出来る。

船の上では、くうと吉之進がはしゃいでいた。

久しぶりに父と母が一緒なのが嬉《うれ》しいらしい。

流石《さすが》に松之丞は寂しげに遠くなった陸地をみつめている。

りくにしても口には出さなかったが不安であった。

山科へ行き、夫はそれから何をしようと考えているのか。

当座の暮しを支えるほどの金は用意しておいたもので間に合うが、その先はどうなることか。

藩の公用金を藩士に分配した折、内蔵助は自分は一文も受け取らなかった。

配分の金額について苦情をいわせないためにも、家老の内蔵助が割当分を辞退するのが一番の良策だが、これからの歳月を思うと、りくにはそれもつらかった。

だが、そうした不満を口にはするまいと決心していた。

海をみつめている夫の心中になにがあるのかは知らず、何事があろうとも、ひたすら夫について行くのが妻であろうと思う。

赤穂御崎はもう、みえなくなっていた。

三

山科の進藤家の旧《ふる》い屋敷は、敷地が広かった。周囲を土塀《どべい》で囲み、土蔵がいくつもある。

母屋《おもや》は藁《わら》葺《ぶ》きの大屋根で、黒光りのする大黒柱が支えている。

流石に山科進藤家と呼ばれる旧家の屋敷らしかった。

一足先に赤穂を退散した進藤源四郎が、内蔵助の頼みで用意しておいてくれた家は東山の東側の中腹で、近くには花山稲荷《いなり》がある。

裏手の山は伏見の稲荷大社へ続く近道で、後に内蔵助が伏見の撞木町《しゅもくまち》に通うには便利な場所であったが、移って来たばかりのりくは勿論《もちろん》、そんなことは夢にも思わなかった。

木の香のする新しい家に、子供達は目を見張り歓声を上げたが、りくも亦《また》、幸せな気分であった。

赤穂の大石家は、そこに自分が嫁入りして来たという感じだったが、これは自分達夫婦の家といった印象が強い。

奉公人は暇を出してしまっていたので、一層、家族水入らずの感があった。

もっとも、進藤源四郎の妻女が心配して、近くの百姓の娘を下婢《かひ》としてやとっておいてくれたので、それが朝やって来て飯を炊《た》いたり、掃除、洗濯《せんたく》を手伝って夕方に帰って行く。

「仮にも千五百石の御家老の奥方様が水仕事なぞ……」

と進藤家の人々はいったが、りくは別につらいとも恥かしいとも思わなかった。

夫は主家を失って浪人したのであってみれば、妻も安閑としてはいられない。

もともと、大石家の家風が、奥方といえども奉公人にまじって、立ち働くようになっていたから、りくも家事雑用に馴《な》れていた。

山科へ来て最初のうち、内蔵助は家にいる限り、のんびりしていた。

庭で土いじりをすることが多い。西野山村の植木屋に命じて牡丹を取り寄せて植えさせたり、菊畑を作ったりしている。

一方で外出も多かった。

京の公卿衆《くげしゆう》に知り合いの多い小野寺十内を仲介にして、浅野家に同情を寄せる公卿を通して、幕閣へ浅野家再興の口添えをしてもらう下工作をしたり、原惣右衛門に命じて、京都六波羅《ろくはら》の普門院の義山和尚《おしよう》に助力を求めた。

義山和尚は元浅野家祈禱所《きとうじよ》である遠林寺《おんりんじ》の住職であった。

その縁で、義山和尚に、将軍綱吉と生母、桂昌院が帰依《きえ》している真言宗大僧正護持院隆光を動かしてもらって、浅野家再興の裏面工作をしようというものである。

やがて、原惣右衛門や小野寺十内などは、しばしば山科の大石宅へ姿をみせるようになった。

夜が更《ふ》ければ泊って行くこともあるし、酒や飯の用意が必要になる。

りくはなるべく男達の話の席には顔を出さないようにしていたが、それでも、時折は話の内容を小耳にはさむ。

どきりとしたのは、内蔵助が二人を相手に冗談らしくいった言葉であった。

「吉良殿つつがなきは、大学様次第じゃ」

その前後の会話から判断すると、吉良上野介が無事でいられるのは、浅野大学様に対して公儀がどういう処置をなさるかによるぞ、という意味であった。

つまり、夫やその仲間の人々が考えているのは、大学様によって浅野家が再興され、亡君の恥辱がそそがれる時はともかく、そうでなければ、吉良上野介を討って、殿様の無念を晴らし、公儀の片手落ちを糾弾するというものらしいと気がついた。

敵討《あだうち》は、即《すなわ》ち公儀に対する謀叛《むほん》となる。

りくは神仏に祈り出した。

なんとしても、浅野家が大学様によって再興されますようにと、山科に近い石清水八幡宮に祈念する。

だが、江戸では堀部安兵衛、高田郡兵衛、奥田孫太夫《まごだゆう》などが中心になって敵討の連名状まで出来ているという。

よい加減にしてもらいたいというのが、りくの本心であった。

殿様が事件を起し、主家が潰《つぶ》れて、夫は浪人した。この上、敵討をしてどうなるというのか。

第一、聞くところによると吉良上野介の屋敷は江戸呉服橋にあるらしい。

進藤源四郎の話だと、そこは千代田城の御曲輪《くるわ》内で大名小路《こうじ》と呼ばれ、譜代の大名の上屋敷が軒を並べている場所であり、そこへ斬《き》り込んだらどんなことになるか、それこそ、瞬時に皆殺しにされてしまうだろうと、りくでも想像がつく。

「江戸の若い連中が間違いを起さねばよいが……又、大夫《たゆう》がそれに巻き込まれては一大事じゃ」

温厚な進藤源四郎が眉《まゆ》をひそめていった。

彼は、山科へ来てから隠居して、可言と名乗っていた。

二度と侍奉公をする心算はなく、先祖の地である山科で生涯《しょうがい》を全《まっと》うしようと考えている。

りくには、進藤一家が羨《うらやま》しく思えた。

八月の末に、江戸からの書状が着いて、りくはそれを夫に取り次いだ。

秋の気配を感じる午後のことで、松之丞は吉之進と共に近くの寺へ学問に通って居り、くうは進藤家へ遊びに行っていたから、家の中には夫婦が二人きりであった。

で、りくは思い切って、書状を読んでいる夫の前にすわっていた。

読み終えた内蔵助が、りくをみて苦笑した。

普段、そうした時、文の取り次ぎはしても遠慮してすぐに部屋を出て行く妻である。

多分、内蔵助はその時のりくの気持を推量したのだろうと思う。

書状を手文庫にしまいながら、いつもと同じ調子で話し出した。

「これは、堀部から来たものだが、亡《な》き殿は御命も、父祖代々の御家も捨てて、上野介を討ち果そうとなされたのに、梶川与惣兵衛《かじかわよそべえ》にさまたげられて、遂《つい》に本望をお遂げなさらず御切腹になった。その怨《うら》みを忘れて、大学様による御家再興にことよせて敵討を見送ろうというのは、我が命を惜しむものではないかとなじっているのだ」

内蔵助が堀部といったのは、前の江戸留守居役で、今は隠居し、家督を養子の安兵衛にゆずっている堀部弥兵衛のことであった。

七十五歳の老齢だが、長く浅野家の江戸屋敷にあって、今度の事件の折も、藩邸の開け渡しには藩士を指揮し、万事、遺漏《いろう》なく使者に挨拶《あいさつ》してのけた。しかも、自分の長屋を立ち去るに及んで、床の間に探幽《たんゆう》の三幅対《さんぷくつい》の掛物をかけて行ったので、代りに移って来た酒井家の家老が感嘆したという話も伝わって来ている。

そうした人柄《ひとがら》の老武士だけに、殿様の御無念を思う気持も強かろうと内蔵助はいった。

「こうも申して居る。江戸表では諸大名、旗本まで、浅野家は古い家柄だから、さだめし義を心得る武士も多かろう。主君の敵《かたき》を見逃しておくことはあるまいと、もっぱら噂《うわさ》をしているそうじゃ」

「旦那様《だんなさま》は、どのようにお考えなのでございますか」

遂にりくはその問いを口に出した。訊くことは怖《おそ》ろしかったが、今日こそは訊いておかねばならないと思う。

「わしか……」

居間から見渡せる菊畑へ顔をむけて、内蔵助は穏やかにいった。

「わしは、世間がこういうから、こうせねばならぬとは思っていない」

ただ、親代々、浅野家の家老職の家に生まれた自分として、今、思うのは、ひたすら、殁《な》くなられた殿様のお気持だと、内蔵助はしんみりした口調で続けた。

「たしかに、浅野家は堀部が申すように古い御家柄だ。その上、亡君の曾祖父《そうそふ》に当る長重公は東照神君の御養女を奥方に迎えられ、以来、譜代大名のお扱いを受けて居る」

それだけの由緒《ゆいしょ》ある家柄を、御自分の代でむざと改易にしてしまった亡君、内匠頭の心中は如何《いか》ばかりか、と内蔵助は眼を閉じた。

「御先祖の御霊《みたま》に対し奉《たてまつ》り、あいすまぬお心を抱いて、あの世へ旅立たれたであろう」

浅野家の家老として、自分が第一に成すべきは、改易になった御家をなんとしてでも再興することで、

「大学様にて浅野家が存続出来れば、亡き殿が背負うて逝《ゆ》かれた重荷も少しは軽くなられよう。まず、なによりもお喜びなされるであろう」

その上、御家再興ということは、このたびの殿中刃傷《にんじょう》が必ずしも、内匠頭だけの罪ではなく、上野介にも非があったと公儀が認めることになる。

「即ち、御裁決のやり直しということになるのだ」

それで、亡君の面目も立つ。

「では、敵討をなさらずとも……」

ほっとしたりくの表情から、内蔵助が視線を逸《そ》らせた。

「理屈はそうなろう」

りくは、夫の眼の中に不思議な光が、まるで炎のように燃えるのをみた。

「わしは殿様がおかわいそうでならぬ」

殿中で吉良上野介に斬りつけるまでに、どれほどの葛藤《かっとう》があったかは、もはや知る由《よし》

もないが。

「殿はそれほどの怒りをこめて、上野介を討とうとなされた。にもかかわらず、梶川に抱きとめられ、上野介が逃げて行くのをみられた時、もはやお手むかいは致さぬ、と神妙に申された由、どれほどの御無念であったことか……」

内蔵助の双眸《そうぼう》がうるみ、彼はそれを指の腹で押えた。

「更には、その日のうちに、殿は田村家の庭前にて御切腹となった」

本来なら然《しか》るべき日数をかけ、双方が取調べを受け、慎重な裁きが下る筈《はず》のものだと内蔵助はいった。

「いうてみれば、事件の真相も、ものの黒白《こくびゃく》も定かにならぬうちに、殿はお腹を召され、浅野家は断絶した」

世の人は亡君を短慮といい、そこまで亡君を追いつめ、仮にも四千二百石の旗本でありながら、ただ逃げ走り、後疵《うしろきず》まで受けた吉良上野介が、神妙であるとしておとがめもなかった。

「これでは亡き殿が浮ばれぬとわしは思う。古来、君辱《はずか》しめられる時は、臣死す、と申す」

ふっと声をのんだ夫を、りくは茫然《ぼうぜん》とみつめた。

それは、激しい男の怒りであった。女は到底、受けとめることの出来ない、男の本能のようなものである。

うなだれたまま、りくは泣いていた。

気がついた時、夫の姿は居間にはなく、菊畑のほうで植木屋に、穏やかに花の咲き時を訊《き》いている声が聞えている。

それが又、悲しくて、りくは新しい涙を流した。

四

内蔵助が咲くのを楽しみにしていた黄菊白菊が花の盛りを過ぎた頃に、りくは夫が江戸へ出かけようとしているのに気がついた。

旅支度はりくに命じられることなく、万事、小野寺十内が用意した。

「上野介が隠居を願い出て許され、呉服橋の屋敷から本所《ほんじょ》松坂町へ移ったのだ」

それでも、出立《しゅったつ》の日が決ると、内蔵助はりくに話してくれた。

「江戸の若い者共が、これまでは御曲輪内で手が出せなかったが、本所ならばと勇み立って居るそうな。今、軽はずみをすれば、大学様による御家再興は水の泡《あわ》と、原惣右衛門が江戸へ参ってなだめて居るが、なかなかおさまらぬようじゃ」

頭に血の上った連中に、水をかけに行ってくると笑った。

「それに、泉岳寺《せんがくじ》へ参って、殿様の御墓前にも香華《こうげ》をたむけたい。瑤泉院様の御日常もお見舞せねばならぬ。加えて、浅野家再興に御尽力下さって居る方々にも御挨拶を申し上げて来る」

供について行くのは、奥野将監《しょうげん》、河村伝兵衛、岡本次郎左衛門、中村清右衛門といった分別盛りの侍である。

「道中何事もなく、御無事でお帰りを心よりお待ち申して居ります」

前夜、二人だけの寝間で手をつかえたりくを、内蔵助はひきよせた。

山科へ来てから、夫婦の房事はむしろ頻繁《ひんぱん》になっていた。

内蔵助は四十を越えたばかり、りくは十歳年下である。

すでに四人の子を生《な》して、夫婦の情熱も穏やかになっていたのが、山科へ来てから内蔵助が変った。

外泊しない限り、りくを求める夜が多い。

殊《こと》に江戸に発つ前夜は激しかった。りくは夜着の袖《そで》を嚙《か》んで声を押し殺したが、夜明け頃には自分がどうなっているのか、すべてが夢うつつであった。

鶏鳴《けいめい》を聞きながら、りくを腕に抱いてとろとろとねむっただけで、内蔵助は江戸へ出立して行った。

夫の留守の山科の家は、ひどくのどかなものになった。

もはや、訪ねて来る浪士もなく、りくは子供達の相手をしながら、冬の支度の針仕事に一日を過すようになった。

豊岡の石束家からは、兄の毎明《つねあき》が山科の家へ、始終、たよりをよこしていたが、十一月には使をよこして、子供達の衣類と金を少々、ことづけて来た。

暮しむきはどうかと文の中でも案じている。

金は初春の入用にと書いてあって、りくは肉親の情に涙をこぼした。

その日の暮しに困るほどのことはなかったが、夫の心の中にあるものを知った今は、万一の時のために、夫の恥にならぬだけの金を手つかずで残しておく必要がある。

江戸へ出た内蔵助は一カ月足らずの滞在のあと、何事もなく山科へ帰って来た。

やがて、年があけて元禄十五年正月十五日に、山科の大石家へ原惣右衛門がやって来た。

「萱野《かやの》三平が切腹致しました」

茶を運んで行ったりくの耳に聞えたのは、惣右衛門の言葉で、襖《ふすま》を開けたりくには夫の絶句した顔が正面にみえた。

「いつのことだ」

間をおいて、内蔵助が訊《き》き、

「十四日の早暁《そうぎよう》ときいて参りました」

と惣右衛門が答えた。

前夜は遅くまで、父や姪《めい》などと世間話をしていて、その数刻後に自分の部屋で腹を切ったという。

「これが、三平より大夫に宛《あ》てた遺書でございます」

惣右衛門が封書を出し、内蔵助が黙礼して封を切った。

りくはそのまま、茶を出して下って来たが、夜になって、松之丞が、父から教えられたといって、萱野三平切腹の事情を話してくれた。

「三平は父から敵討に加わることを止められたそうでございます」

すでにねむってしまっている弟や妹の耳を怖れるように、松之丞は低く告げた。

「三平の父は大島出羽守と申されるお方に奉公している由で、一族には紀州家の槍《やり》奉行をつとめて居る者も居りますとか……」

もし、三平が敵討の仲間に加わって、公儀のおとがめを受けることになると、一族は無論のこと、その者達を召し抱えている主家にも迷惑を及ぼすことになる。三平の父はそれを怖れて、悴《せがれ》に脱党をうながしたらしい。

「母上」

松之丞が、更に小さな声でいった。

「敵討と申すのは、左様な罪になるのですか」

りくは返事が出来ず、辛《かろ》うじていった。

「御公儀では、みだりに徒党を組むことを禁じて居られます。それに、お許しのない仇討は、おとがめを受けるとか……」

「しかし、もしも、浅野家の侍が、吉良どのを討つと届け出た場合、御公儀はお許しになるでしょうか」

母の顔色をみて、頭を下げた。

「よしなきことを申し上げました。お許し下さい」

そっと部屋を出て行く松之丞の背丈が、山科へ来た頃よりも、更に大きく伸びている。

その松之丞を夫が内輪で元服させたのは、昨年の暮、十二月十五日であった。

前髪を落し、主税良金《ちからよしかね》と名乗るように内蔵助が告げた時、松之丞はさわやかな笑顔で、はっきりと礼を述べた。

「ありがとう存じます。父上のお心にそむかぬ男となりとう存じます」

そして、りくにむかって、これまでの養育を感謝する旨《むね》をいった。

我が子の元服は母親にとって嬉《うれ》しい筈であった。

だが、りくはその時、魂の一部をけずりとられるような苦痛をおぼえた。

この時期に、夫が嫡男《ちゃくなん》を元服させたことの意味を、どう解釈したらよいのか。

りくは未《いま》だに、思い迷っている。

だが、松之丞の態度は変らなかった。

赤穂にいる時から、母親にとってはたのみになる長男であった。

昨年三月の異変の時も、内蔵助が城内へ入ったきり何日も戻って来なくとも、松之丞がいるだけで、りくは心細いと思わなかった。

こまやかによく気がつき、母や弟妹をいたわる心が深い少年でもある。

成り行きで、夫が敵討に出かけるのは止めようがないと、りくは心の底であきらめていた。

けれども、まだ十五歳になったばかりの松之丞が、その一味に加わる必要はないと思う。

だが、夫はなにを考えているのか、りくには見当もつかない。

その日、内蔵助は仏壇に香をたむけ、萱野三平の遺書を供えて、静かに読経《どきよう》を続けていた。

りくが妊娠に気づいたのは二月になってからのことである。

第六章 離　別

一

みごもったことを夫に告げるのを、りくはかなり躊躇《ちゆうちよ》した。

理由はうまくいえないが、自分の年齢が三十を過ぎていることだの、主家が断絶して、この先、どうなるかわからない不安の状態であるのに加えて、どうやら、夫が亡君の敵《あだ》討《うち》を考えているらしい時に、妻が妊娠したと聞かされたら、喜びよりも当惑のほうが大きいのではないかと先走った考えが浮んで、今までのように、嬉《うれ》しさと恥かしさだけで、子供が出来たらしいと口に出すことが出来なかった。

皮肉だったのは、四人の子を懐胎《かいたい》した過去の経験から、悪阻《つわり》は、それほどひどくないと思っていたのに、心に重荷があるせいか、かつてないほど激しかった。

もっとも、妊娠初期に、その状態が起った時、ちょうど良雄が江戸へ出かけていて留守だったこともあり、りくは食欲のないのも、胸のむかつきも、単に体調を崩したとしか考えていなかった。

実際、良雄が帰ってくると、りくの気分は拭《ぬぐ》ったようによくなったし、食欲も出て来たので、やはり夫のことを心配する余り、神経が異常になっていたせいだと判断した。

だが、一月のなかばになって再び、なんともいえない不快感と嘔吐《おうと》に悩まされ、殆《ほと》んどなにも口に出来ない有様になった。

幸か不幸か、山科へ戻って来た夫は、正月早々から京大坂へ出かけることが多く、外泊も続いていたので、夫の前で醜態をさらす怖《おそ》れは少かったが、主税《ちから》は母の異常に気がついて、

「お具合が悪いのではありませんか。医者にお診せになったほうが」

とおろおろした。

とはいっても、この辺りにはまともな医家もなくて、

「手前が進藤の小父上に申し上げて、京あたりに御存じの医者がないか、お訊《たず》ねして参ります」

と主税はいったが、その都度、りくは、

「たいしたことではありません。私は昔から土地や水が変ると、こんなふうになる癖があって、赤穂《あこう》に嫁入りした当座も、ちょうど、このようでしたから……」

間もなく馴染《なじ》むといいつくろって来た。

が、その頃《ころ》は、流石《さすが》のりくも、自分の妊娠を否応《いやおう》なしに思い知らされていて、病気ではないのだからと安堵《あんど》する一方、さきゆきが心もとなく、ともするとぼんやり思案に暮れてしまうのであった。

きっかけは、夫のほうからである。

珍らしく大酔して帰っての翌日、梅干で茶を飲みながら、ぽつんといった。

「吉田忠左衛門を江戸へやったよ」

忠左衛門を知っていたか、と訊《き》かれて、りくは少しばかり笑った。

「お体の大きなお方でございましょう。何度か、屋敷にお出《い》でになりました」

身分は足軽頭で加東郡代。二百石だったが、浅野家譜代《ふだい》の家臣で、よく大石家に出入りをしていた。

「もう、還暦を過ぎていらっしゃいましょう」

「今年六十二だそうだ。しかし、相変らず矍鑠《かくしやく》として居る。忠左衛門でもないと、江戸の連中を説得は出来ぬと思うてな」

「また、堀部様が、なにか、おっしゃっていらしたのでございますか」

赤穂浪士の中でも、いわゆる過激派は江戸にいる堀部安兵衛や奥田孫太夫達だとは、りくも承知している。

「若い者の血気盛んは仕方がないが、なだめ役の堀部の爺《じい》までが一緒になって、いつまで待たせる、我々を飢え死にさせる気か、自分は老骨、明日にも死ぬかも知れぬが、どうしてくれると喚《わめ》いて居るそうな」

うつむいたりくをそっとみた。

「そなた、子が出来たのではないか」

突然の話の変りようだったので、りくは絶句し、それから頰《ほお》を染めた。

「やはり、そうか。主税の話を聞いていて、おそらくそうではないかと察したのだが……」

柔かな笑顔になった。

「でかしたぞ。何故《なぜ》、もっと早くに教えなんだ」

りくは夫の表情を読み取ろうとした。

「お喜び下さいますのでしょうか」

「喜ばぬと思ったのか」

「このような時でございましたから……」

再び、うなだれた妻を良雄はいたわるようにみつめた。

「このような時だからこそ、わしはそなたとわしの子を一人でもよけいに欲しいと願っていた」

手を伸ばして、りくの肩を軽く叩《たた》いた。

「喜んでいるのだ。真底、でかしたと申して居る」

夫の手の触れたあたりに温かさが在って、りくは涙ぐんだ。

「ありがとう存じます」

「主税にも真実を教えてやるがよい。そうじゃ、豊岡の義父上《ちちうえ》にもお知らせ申さねば……」

その言葉通り、良雄はやがて机にむかい、長い文をしたためていた。そして、それは翌日、飛脚を頼んで豊岡の石束家へ送られたのを、りくは承知していた。

もともと、良雄はまめな性格で、これまでも子が出来ると必ず、りくの実家へ喜びの文を出していたし、今度もそうとばかり考えていたりくは、三月になって、豊岡の父から夫にあてて書状が来た時も、単純に祝いの返事とばかり思い込んでいた。

だが、その夜、夫の部屋へ夜の支度をするために入って行くと、手あぶりに両手をかざして考え事をしていたような良雄が、いつもの声でいった。

「暫《しばら》く、実家《さと》帰りをしてはどうかと思うのだが……」

りくはてっきり、実家の父か母が病気にでもなったという知らせが来たのかと錯覚した。

「この家は来客が多すぎる。それに、近所には思わしい医家も産婆《さんば》もないそうだ。そなたも、すでに三十を越えておる。大事をとったほうがよいと思うが……」

「実家へ参って、身二つになれとおっしゃいますのか」

「そのほうが、そなたも安心であろう。この家には奉公人も居らぬ」

「でも……。進藤の家も近うございますから……」

進藤源四郎の妻は、りくの姪《めい》であった。いざという時には頼みになると、りくはいいたかったのだが、

「進藤家をあてにするのはひかえたほうがよい」

と良雄は遮《さえぎ》った。

「源四郎どのは隠居されて、もはや武士を捨てられた」

得度《とくど》こそ受けていないが、法体《ほったい》である。

「わしのこれから行く道は、場合によっては進藤家にも迷惑をかける。それ故、今のうちに袂《たもと》を分っておこうと思う」

敵討のことだろうか、と、りくは身を固くした。そんな妻をみて、良雄は口許《くちもと》をゆるめた。

「案ずるな。今、わしが申すのは、最悪の場合のことじゃ」

なんにしても、この家はいよいよ、男達の出入りが多くなるだろうと、良雄はいった。

「大学様跡目相続のことは、この春が勝負どころになろう」

松の廊下での刃傷《にんじょう》事件はこの三月で丸一年となる。幕閣としても、当然、浅野大学に関して最終の決断を下すことになろうと、良雄は考えているらしい。

「とすれば、我等もここを先途《せんど》と諸方に手を尽さねばならぬ。そのためには会合も増えよう。意見の相違も出るかも知れぬ。そんな騒々しい中で、そなたが心安らかに安産出来るとは思えないのだ」

りくは夫ににじり寄った。

「では、実家で赤児《ややこ》を産み、その後はここへ戻って参ってよろしいのでございますね」

「その通りだが……」

火鉢《ひばち》にかざした手を軽くこすり合せた。

「一寸先は、このわしにも読めぬ」

「では、豊岡へは参りません」

思わずきつい調子になって、りくは反射的に耳をすませた。廊下をへだてた部屋には子供達が眠っている。気がついて、りくは声を落した。

「私、もう四人の子を産んで居ります。こたびが初産《ういざん》というわけではございません。あまり、お気づかい下さいませんように」

来客が多かろうと、人手がなかろうと立派に子を産んでみせるといいたかった。如何《いか》なる大事がひかえているかわからない時に、夫の傍《そば》を離れる気持はなかった。

良雄の口調は変らなかった。

「この際だから、まともなら生涯《しょうがい》口に出来ぬことをいうが、わしはそなたと夫婦になってよかったと思っている」

赤穂へ入る峠で、りくの花嫁行列を出迎えた時、誰が今日のこの有様を予測したかと良雄は続けた。

「おそらく、そなたとて大石家へ嫁入りし、良い子を産み、つつがなく夫婦が共白髪まで添いとげると信じていたであろう」

一寸先は闇《やみ》といったのは、そういう意味だと、良雄は正面からりくをみつめた。

「わしが案ずるのは、万に一つの場合なのだ。万に一つ、わしが天下の大罪人となった時、幼い子供達を頼むといえるのは、そなただけなのだ」

りくの背筋を氷のようなものが貫いた。

「誓っていうが、わしは夫として父として、決して犬死はせぬ。だが、侍には場合によっては妻子を捨ててもということがある」

良雄の、男にしては柔かい手が、りくの手を包み込んだ。

「すまぬ。その時は許してくれ」

暫くの間、りくは化石のように動かなかった。不思議なことに涙も出ない。

「りく……」

夫が摑《つか》んでいた手を軽くゆすぶった時、はじめて言葉が出た。

「私一人が豊岡へ参るのではなかったのでございますね」

「吉之進とくう、それに、るりも伴って参ってくれ」

りくの目が火を吹きそうになった。

「主税は……」

「あれは残して行ってもらいたい」

「万一の時のお供に加えるのでございますか」

「よく聞くのだ」

りくの耳に口を寄せるようにした。

「主税は十五を越えた。もはや成人した者としての扱いを受ける。万一の時、謀叛人《むほんにん》の子はお上《かみ》の処分を受ける。幼い者には慈悲があるが、成人して居る者にはそれがない。同じことなら、侍として晴がましい道をえらんでやるのも親心ではあるまいか」

絹をひき裂くような声が、りくの体の深いところから出た。良雄が失心しかけている妻を抱きしめた。

「そなたらしくもない。万に一つの揚合には、こうして抱いてやるわしは、もはや、そなたの傍には居ないのだぞ」

しっかりしてくれと体をゆすられて、漸《ようや》くりくは目を開けた。

良雄が上からりくの顔をのぞき込んだ。

「わしの妻だ。耐えてくれ」

夜は夫婦にとって悲痛なものになった。

まんじりともしないで朝を迎えて、りくは心が空白になったまま、夫に手をつかえた。

「仰《おお》せの通りに致します」

二

山科から豊岡への道中を思うと、あまり臨月に近づかないほうがよいと良雄もいったし、りく自身もそう思う。

すでに、豊岡の父からは良雄の依頼に応《こた》えて、いつでも、娘と孫を迎えると返事が来ていることでもあった。

今月中に発《た》て、と夫に指示されて、りくは支度にかかった。

進藤家のほうに、出産のため、豊岡へ行くと告げると、

「それならば、供が要ろう」

と老僕を貸してくれることになった。

りくの留守中は下婢《かひ》をやとって家事をやらせることになり、その女も決った。

お軽といって、京の二条寺町、一文字屋次郎左衛門という者の娘だというのを、りくはなんとも思わずに聞いた。

りくが山科を発つ朝は、この季節にしてはよく晴れていた。

良雄は途中まで送るといい、るりを抱いてついて来た。主税も十三歳と十二歳の妹と弟を左右にして黙々と歩いてくる。

街道へ出たところに、大きな桜樹があった。

遅咲きらしく、今が盛りを過ぎたところで、風もないのに、しきりに花片が散っている。

良雄が足を止め、子供達をふりむいた。

「お前達の母上が、この父のところへ嫁いで参った時、赤穂の桜はちょうど、このようであったのだぞ」

主税が唇《くちびる》を噛《か》みしめ、うつむいた。吉之進とくうが不安そうに兄をみている。

立ちすくんでいるりくに、良雄が微笑した。

「産《さん》は女の大事と申す。体に気をつけて、よい子を産んでくれ。秋に戻って来る時には、この先の峠まで出迎えよう」

りくの心がその言葉にすがりついた。

「必ず……」

良雄がるりを吉之進へ渡した。

「これからは、そちが一家の柱として姉や妹の力になるのだぞ」

吉之進がるりの手をひいた。

「さらば、参れ」

りくは夫をみつめ、主税をみつめた。これが見おさめになるのではないかと胸が慄《ふる》えた。

「早く行け」

夫の言葉に突きとばされるように歩き出すと、三人の子がなんとなく続いた。しんがりには、吉助という老僕が当座の荷を背負って従っている。

子供達は何度かふりむいて、父と兄へ手を振ったが、りくは一度もふりむけなかった。ただ泣くまいという思いが、りくを気丈にしていたし、表情をこわばらせていた。

道中は遅々としたものであった。

りくは身重の体であるし、三人の子のうち、一番下のるりは四歳になったばかりであった。

進藤家で供につけてくれた老僕がよく気のつく男で、りくや子供達の様子をみては早めに宿を取り、三日がかりで、漸く豊岡へ入った。

但馬国《たじまのくに》豊岡は京極甲斐守《きょうごくかいのかみ》高住を国守とする城下町である。

流石に、りくはほっとしていた。

自分の生れ育った町である。山にも川にもなつかしさがある。

父、石束源五兵衛毎好《つねよし》の屋敷は御城内にあった。

川から水を引き入れた堀割に面した屋敷は、どこも、りくの記憶のままである。兄の屋敷もすぐ近くで、こちらも堀沿いである。

りくの一行が屋敷にたどりついた時、ちょうど、父の源五兵衛は本丸から退《さが》って来たところであった。

六十を過ぎている父が、りく達の姿をみて遠くから走り寄って来た。

「りくか、よう戻った。待っていたぞ」

疲れ果てている娘をいたわって、門内へ入った。

奥からは知らせをきいて、母のやすが出迎えてくれた。

女中達にすすぎの水を運ばせ、母が手ずからりくの草鞋《わらじ》の紐《ひも》をほどこうとする。

山科から耐えて来たものが一度に胸を突き破った感じで、りくは母にすがりついて泣いた。

「りく、なにをして居る。子供達が驚いているではないか」

兄の声が聞えて、りくは顔を上げた。

「母親が泣いてどうする。いい年をして、りくは相変らず泣き虫だな」

父と兄が子供達を奥へ連れて行き、りくは改めて足を洗った。

「苦労をしたようですね。随分、やつれて……」

母が不愍《ふびん》そうに呟《つぶや》いた。

りく自身は気がつかなかったが、ふっくらした娘が赤穂へ嫁入りして二十年足らずの歳月で痩《や》せやつれ、年をとったようにみえるのが、母には悲しいようである。

その日は、話をする暇もなかった。

子供達は、はじめて対面したにもかかわらず、忽《たちま》ち、祖父母になじみ、伯父になついた。

血縁とは、こんなにもよいものかと、りくは体中の力が抜けたようになって、庭を走り廻っている子供達の声をきき、母のいれてくれたお茶を飲んでいた。

こんなにゆったりしたのは、何年ぶりだったかと思う。

「そなたは心配することはない。浅野家のことは、京極家中でも同情する者が多い。必ず、内蔵助《くらのすけ》どのの願いが通って、大学様にて再興のお許しが出るであろうよ」

兄はりくにいい、子供達にも、

「豊岡に居る間に体をきたえ、学問をして、今よりももっと良い子にならねばならぬ。次に、そなた達の父上にお目にかかった時、賞《ほ》めて頂けるようにな」

などと話している。

それを聞いていると、夫がいった万一というのは、本当に万に一つのことで、万事がよい方角へ向い、再び、幸せな日が戻るのも夢ではないように思えて来た。

二日、豊岡に逗留《とうりゅう》して吉助は多くの土産物をもらって山科へ帰って行った。

豊岡での春は、りくとその子供達にとってのどかなものであった。

「りくを静養させてやりましょう」

と母と兄が、さして遠くない湯治場《とうじば》へ伴って行ってくれたりしているうちに、瘦せとがったりくの顔が優しくなって、艶《つや》を失っていた髪も旧に復した。

やがて胎内の子の動きが感じられ、この夏には子を産むのだというのが実感になった。

山科では、良雄は、世間を憚《はばか》って池田久右衛門と称していたが、その名前で豊岡の石束家へ礼状が来た。それは、りくや子供達の様子を源五兵衛が知らせてやったからだったが、その文中に、場合によっては吉之進を出家させることになるかも知れないので、もしも、よき師僧の心当りがあったら何分よろしくということがあった。

源五兵衛はそれをりくには告げず、ひそかに長男の毎明《つねあき》に相談した。

「やはり、大学様による浅野家再興がうまく行っていないということでしょうか」

毎明が眉《まゆ》をひそめ、源五兵衛がうなずいた。

「只今《ただいま》の将軍家は、あまり人の意見をお用いになることなく、何事も御自身で裁断なさるということ故《ゆえ》……」

そもそもの松の廊下の刃傷事件の時も、老中に裁決をさせず、即刻、浅野家を処罰してしまった将軍綱吉である。

生類憐《しょうるいあわれ》みの令一つを取ってみても、暴君といった印象が下々《しもじも》にある。

「吉之進はまだ幼少だが、男子ではある。内蔵助どのの頼みを無にしてはなるまい」

遠い縁戚《えんせき》に当る僧に、京の南禅寺の大休和尚《おしょう》というお方がある、と源五兵衛はいった。

「聞く所によると、但馬の美含《みくみ》郡須谷村の国通寺に大休和尚の隠居所が出来て、そこに移られたとか、近い中《うち》に訪ねて行ってみようと思う」

「手前が参りましょうか」

「いや、大事な孫をお願い申すのじゃ。まず、わたしが行こう」

五月に源五兵衛が国通寺に大休和尚を訪ね、六月には毎明が吉之進を伴って出かけた。

もはや、りくに内密にすることも出来ず、

「今、出家させるのではない。様子をみて、万に一つの場合のことを、大休和尚にお願い申しておくのだ」

その時のために、あらかじめ、国通寺を吉之進にもみせ、大休和尚に対面させてくると兄に聞かされて、りくのこの数カ月、くつろいでいた心に改めて緊張が戻った。

そうした折も折、山科の進藤家から、りくに宛《あ》てて文《ふみ》が来た。

内容は、一度、進藤家の養女としたるりを、内蔵助が改めて取り戻し、進藤家とはかかわりのないものにしたいといって来たので、承知したというのであった。

たしかに、るりは赤穂にいた時、進藤家に望まれて養女になったが、りく達が山科へ移ってからは以前のように大石家で寝起きをするようになり、今度もりくに伴われて豊岡へ来ている。

りくとしたところで、我が子は一人たりとも他人に渡したくないのが母親の気持で、それはそれでよいのだが、何故《なぜ》、今頃、良雄が進藤家へそうした申し入れをしたのか、またしても不安の材料が増えた感じである。

しかも、進藤源四郎の文は、るりの問題とは別に、最近の内蔵助の行状を知らせることにより多くの筆を費していた。

つまり、内蔵助の女遊びである。

「大夫《たゆう》には、このところ、撞木町《しゆもくまち》やら島原へのお出かけが多く、居続けになるのも珍しからぬことにて、撞木町にては一文字屋の夕霧、島原にては仲之町の浮橋と申す天神が贔屓《ひいき》とやら、加えて、山科の家へ参りし軽と申す女は、下婢とはまっ赤な偽り、近頃《ちかごろ》、京にて流行《はや》りの月決めの女と判明致し、ただただ仰天仕《つかまつ》り候」

りくはその文を家族の誰にもみせなかった。

両親や兄によけいな心配をかけまいと考えたし、良雄を悪く思われまいという女心でもあった。

良雄の放蕩《ほうとう》は、以前、松山から来た女のことで苦い思いをしている。

山科へ移ってから、夫が伏見の撞木町などへ出かけているのも知らないわけではなかった。

「色里は、さりげなく人に会うには具合のよい場所だ」

と、良雄もかくそうとしなかった。

りくにしても小娘ではないから、色里が単に人と密談するだけに使われるとは思っていなかったが、赤穂離散以来、重荷が肩にのしかかっているような夫の立場を思うと、たまには遊里での気晴しでもなければたまるまいと嫉妬《しっと》もさして起らなかった。

りく自身も境遇の変化に順応するのがせい一杯で、細かなことにこだわっている余裕がなかったこともある。

それに、山科にいる限り、夫のりくに対する愛情は濃すぎるほどであった。

だが、山科と豊岡に分れて暮す今、進藤源四郎の文の内容は、りくを傷つけた。

殊《こと》にお軽という女が、月決めの妾《めかけ》であるというのは衝撃であった。

そういえば、以前、良雄が京都留守居役だった小野寺十内から聞いた話だといって、京には江戸と同じく、諸藩の京屋敷というのがあるから、そこへ在勤する小野寺十内のような役目の侍が、当座の便宜に素人《しろうと》の女を月決めいくらで妾にする習慣があるといったことを、りくは思い出した。

「残念ながら十内には糟糠《そうこう》の妻がべったりついて居るから、そうした不埒《ふらち》も出来まいが、そういった月決めの女と申すのは、落ぶれた公卿侍の娘だの、貧窮している舎人《とねり》の女房だの、けっこう面白い素性の者がいるそうだ」

　格式ばかり高くて、内実は火の車という公卿衆の多い京師《けいし》ならではだと、良雄は面白そうに語っていたが、お軽というのも、そうした女なのかと考えると、すぐにも山科へ帰って女を叩《たた》き出してやりたい気がする。

　ひょっとすると、自分や子供を豊岡へやったのは、その女を家へ入れるための方便だったのかと思い、りくは人にかくれて涙を流した。

　夫の裏切りは、憎い口惜しいでもすむが、りくにとって心配なのは、山科の家へおいて来た主税のことで、母親のあとに入って来た女が父の妾と知ったら、どんな思いをするだろう。おまけに父が家を留守がちとなれば、三度の飯は、どのようなものをあてがわれているのかと、りくの焦燥は果しがない。

　だが、いくら気を揉《も》んでも豊岡と山科と、へだたって暮している身はどうしようもなく、七月の産み月も近づいていた。

三

　七月なかばに、豊岡の石束家へ一人の青年が訪ねて来た。

「大石三平《みつひら》が訪ねて来たと、りくどのにお取り次ぎ下さい」

といわれて、用人が奥へ行った。

「大石無人《むにん》様の御次男です。どうぞ、こちらへ……」

身づくろいして出迎えたりくに、三平は人なつこい笑顔で挨拶《あいさつ》をした。

大石家の分家は、本来、三平の父の無人が継ぐところを、殿様の御機嫌《きげん》を損じて浪人してしまったので、無人の弟の信澄が継いだが、既に歿《なくな》っていて、長男の孫四郎が家督を襲っている。

その信澄の妻が、今は近衛家に奉公して外山局《とやまのつぼね》と称して居り、その縁で三平も近衛家に仕えているときいていたのだが、

「子細あって、近衛家を浪人致しました。父が江戸に居りますので、手前も江戸へ向う途中、山科をお訪ねしたところ、内蔵助どのより、急がぬのなら豊岡へ寄って御出産を見届けて来いと命ぜられましたので……」

という。

夫が自分のお産のことを気にかけてくれていると知っただけで、りくは嬉《うれ》しかった。

その上、山科の日常を訊《たず》ねると、

「以前、居りました下婢を親許《おやもと》へ返されたとかで、お屋敷は主税どのとお二人でした」

炊事などは、近所の百姓の女房に頼み、雑用は主税が片づけているらしい。

三平が良雄にいいふくめられて嘘《うそ》をついているのかと疑ってみたが、三平の様子はさ

っぱりしているし、大体が、そんな小細工の出来る夫でもない。

「ところで、橋本平左衛門と申す者を御存じですか」

夕方になって汗を流し、もてなしの膳《ぜん》へ向ってから三平が大坂の話をした。

「私は知りませんが……」

「赤穂藩士の一人だったそうですが、今月十五日に大坂の新地蜆川《しじみがわ》の淡路屋のはつという女と心中をしたそうです」

「なんですって……」

「浅野家浪人と遊女の心中だというので、大坂ではかなり評判になったそうです。手前は知りませず、山科で内蔵助どのよりうかがったのですが……」

「夫は、なんと……」

「主家の名を左様なところで出すとは、不忠者、不心得者だと……」

「ほんに……」

「浪々の身で金に詰っての情死でしょう。気の毒な気も致しますが……」

父親が早く浪人して、子供の頃から苦労して来た三平の口調は多少、橋本平左衛門に同情的であった。

「心中がよいとは申せませんが、侍は主家を離れると、みじめなものがありますので……」

三平が豊岡へ来て二日目に、石束源五兵衛が御城からとんでもない知らせを持って帰った。

「浅野大学様の御処分がきまったそうじゃ」

閉門は解かれたが、所領三千石は没収となり、芸州《げいしゅう》広島の浅野本家へお預けの身となったという。

「なんというむごい……」

りくが絶句し、三平も沈痛にいった。

「これで、浅野家再興の望みは断たれましたな」

至急、山科へ発《た》つといった。

「内蔵助どのの周辺は急を告げていることでしょう。なにかのお役に立ちたいと思いますので……」

すぐ身支度をして豊岡を出立した。

三平を見送ったりくの胸中に浮んでいたのは、いつぞや山科の家に旧浅野藩士が集った時、夫の洩《も》らした一言であった。

「吉良《きら》殿つつがなきは、大学様次第じゃ」

吉良上野介《こうずけのすけ》が無事でいられるのは、浅野大学によるお家再興が成就してこそと内蔵助は考えていた。

その望みの糸が切れた今、夫の歩き出す道は、りくに、もうみえていた。亡君のお怨《うら》みを晴らし、公儀の片手落ちに抗議すること、それは、敵討《あだうち》の他にはない。

自分になにが出来るのかと、りくは怨めしく思った。

三平のように、まっしぐらに山科へ走って行けない身が情ない。

石束家の庭には涼風が吹いていた。

池の汀《みぎわ》の百日紅《さるすべり》は今が盛りである。

花が花を連想させた。

赤穂の峠の桜の下で、嫁いで来る自分を待っていてくれた夫。

良雄は山科を去れとりくに告げた夜、あの峠のことを口に出した。

花の下で自分を迎えた時、誰が今日の不幸せを予測したか。

その予測しない不祥事に立ちむかいながら、良雄の心中にはいつも、妻子を如何《いか》にして守るかがあった。

りくの耳に良雄の声が聞えた。

「よい子を産んでくれ」

自分とりくの間に一人でも多くの子が欲しいといった夫であった。

命の形見を一人でも妻の許に残して行きたいといった良雄の心の裏には、やがて歩き出さねばならない侍の道がはっきりみえていたに違いない。

「あなた」

小さく、りくは口に出して夫を呼んだ。

「良い子を産みます。今の私に出来ることは、それ一つだけでございますね」

夕陽《ゆうひ》の中で、蟬《せみ》が啼《な》き出した。

翌日、りくは産気づいた。産婆《さんば》がかけつけ、やがて誕生したのは、男児であった。

内蔵助にとって三番目の男の子である。

名は、源五兵衛が代三郎とつけた。

父親に代って名づけるという意味であったが、菩提寺《ぼだいじ》の僧から、それはよくないといわれて、数日後に大三郎と改めた。

そして、源五兵衛は、りくには知らせず、ひそかに大三郎の養子先を探しはじめていた。

それは、祖父として、やがて起る聟《むこ》の大事に対し、孫を守るための用意であった。

大三郎はひよわな赤児《あかご》であった。

りくの乳も今までにくらべて出が悪い。

それを口実にして、源五兵衛は乳母《うば》を探して来た。

これも、やがてに備えての処置だったが、りくはそこまでは気がついていない。

この年、豊岡は八月になって急に気温が下り、早い秋になった。

朝夕はめっきり涼しくなって、海の色にも夏が消えた。

その八月の末、漸《ようや》く産後の肥立を終えたりくは、足ならしの意味もあって屋敷の外へ出ていた。

城下町といっても、町家はそれほどの数ではなく、それを抜けると円山川《まるやま》の岸辺へ出る。

そのあたりは萩《はぎ》が多かった。

紅紫や白い花が、そこここに咲き乱れている。

ぼんやり花を眺《なが》めていたりくは人の気配でふりむいた。

自分の目がどうかしたのかと思った。

汗と埃《ほこり》にまみれた顔を笠《かさ》の下からのぞかせて、主税がせい一杯の笑いを浮べ、母をみつめている。

気がついた時、りくは大きな体を丸めるようにして、自分へむかってとび込んだ主税の体を抱きしめたまま、萩の中に倒れていた。

「母上、大丈夫ですか。母上……」

主税が母親の手をひっぱり、りくはその息子の手が僅《わず》かの間にたくましくなっているのに気がついた。

「いつ、ここへ来ました」

「今です。たった今、着きました」

「お父様のお使いですか」

主税がまばたきをした。嘘のつけない子であった。止《や》むなく嘘をつく時は、決して母の目をみない。

「いえ、そうではありません。ただ、豊岡には手前の弟が誕生したとききました。それで顔がみたくて……」

嘘だと、りくはわかった。

良雄は、自分がいいつけたといってはならないと、我が子に教えたに違いなかった。

豊岡へ行って、母や弟妹に会って来い。

それが、なにを意味するのか、りくは胸が苦しくなった。

「よろしいでしょう。母上、弟の顔をみたら、すぐ山科へ戻ります」

侍の妻というものは、こうした場合、我が子を追い返すのだろうと、りくは思った。

父に内緒でやって来たという以上、すげなく帰れと叱《しか》るべきものかも知れない。

だが、りくは主税に手をあずけたまま歩き出した。主税は母の手をいささか照れくさそうに取ったまま、ついて来る。

背丈からいえば、りくより遥《はる》かに大きい長男であった。だが、小さくひきしまった母親似の顔は幼く、まだ少年の面影《おもかげ》が濃い。

石束家の前に父と兄が立っていた。立ち話といった恰好《かっこう》だったが、りくに気がついた兄が、すぐにいった。

「主税か」

そういわれてから、りくは取り乱した。

「申しわけありませぬ。背ばかり伸びても、まだ子供で……。山科から弟の顔をみに……」

りくの弁解を父も兄も聞いていなかった。

「よく参った」

「話には聞いていたが、立派な若者でございますな」

「わしが祖父《じじ》じゃ」

「伯父じゃ」

男二人が主税を囲んで当然のように屋敷へ入って行く。りくは夢中であとに続いた。

大声で源五兵衛が風呂《ふろ》の支度を命じている。

「酒は飲むのか」

と訊《き》いているのは、毎明であった。

「少々は飲みます」

背のびをしているような主税の返事が聞え、

「それは、たのもしいな」

毎明の笑い声が続いた。

そわそわと、りくは台所へ下りた。せめて主税の好物をと、下婢《かひ》が買って来たばかりの籠《かご》の中の魚をのぞいていると、母が父の浴衣《ゆかた》を持って来た。

「湯上りに、これを主税に……」

別に新しい下帯が添えてある。

風呂には毎明が一緒に入るようであった。

母が女中を呼んで、毎明の着替えを取りにやらせている。

「主税はなにが好きですか」

誰の思いも同じとみえて、

「赤穂は、魚が多いのでしょうから……」

父の源五兵衛が顔を出した。

「浜へ使をやれ。よい魚を、なんでもよい、片端から買うて参れ」

屋敷の中を大風が吹いて行くようだったが、家族の思いは一つであった。

何故《なぜ》、主税が豊岡へ来たかも、おおよそわかっている。

はじめて、娘の長男に対面した喜びは、そのまま別れにつながっているのであった。

誰も、それは口に出さず、どうしたら主税が喜ぶかに、夢中であった。

湯上りのさっぱりした顔で、主税はちょうど学問所から帰って来た吉之進やくうに取り巻かれ、るりを膝《ひざ》に抱いて、いっぱしの兄さんらしく振舞っている。

夕餉《ゆうげ》の席は賑《にぎ》やかであった。

主税はたいして喋《しゃべ》らず、もっぱら、妹や弟の話を聞き、祖父や伯父の酒の相手をしている。

僅か五カ月たらずの中に、我が子が大人びたとりくは眺めていた。

母と弟妹の去った家で、この長男がなにを考え、自分の未来になにをみつめて生きて来たのか。おそらく、悩みも苦しみもあったに違いなかろうが、この席でみる主税は母のりくですら息を呑《の》んでみつめるほど、涼やかに、健気《けなげ》であった。

食事が終って、ふと気がつくと、主税は時折、居ねむりをしていた。

旅の疲れが出たのだろうと、りくがなにかいいかける前に、母が目くばせをした。

「奥に夜の支度が出来ていますよ。つれて行っておやりなさい」

うなずいて、りくは主税の傍《そば》へ行った。

「もう寝《やす》みなさい。おじいさまや伯父様に御挨拶をして……」

主税は少し恥かしそうに両手を突いて、おやすみなさい、といった。

母のあとから奥の座敷へ来る。

「申しわけありません。少し、酒に酔ったようです」

「あまり飲まないのに無理をするからですよ」

夜中に咽喉《のど》が渇くといけないから、水を取って来ましょう、といい、りくが台所へ行き、水差に水を入れて戻って来ると、主税はもう夜具の中に入って鼾《いびき》をかいていた。

居間へ行くと、兄は帰って居り、父も寝所へ去っていた。

母が吉之進とくうとるりを寝かせてくれている。

「お父様が、主税になにもいってはならぬとあなたに伝えるようにと……」

りくは母にうなずいてみせた。

「なにも……とても言葉にはなりませんもの」

ふっと母が目を押え、りくは自分の部屋へ入った。

先刻、気がついて納戸《なんど》から出して来た真新しい晒《さら》し木綿《もめん》を裁《き》って下帯を二枚、肌襦袢《はだじゅばん》を二枚、心をこめて縫った。

出来上ったのは、もう夜あけ近くである。

りくは足音を忍ばせて、主税のねむっている奥の部屋へ行った。

行燈《あんどん》の暗くした灯《あかり》の下でみた我が子は、安らかで、あどけない寝顔であった。

体の奥底から千切れるような痛みがりくを襲って来た。この子が間もなく、死の旅に発つかも知れないと思うと、胸がかきむしられるようである。

心の痛みをどうしてよいかわからず、りくはそっと夜具の上から主税により添った。

まだ幼い日、主税を寝かしつける時にそうしたように、布団《ふとん》の上からそっと抱いた。

この子の命に、自分の命が替えられるものなら、いつでも死ねると思う。

それが出来ないのが、ひたすら悲しかった。

とめどもなく涙を流しながら、泣き声をたてまいと歯をくいしばりながら、りくは雀《すずめ》の声を聞くまで、主税を抱きしめていた。

朝になって、主税は元気に起き出して来た。

庭でひとしきり、弟と妹を遊ばせて、乳母の抱いて来た大三郎の顔をのぞいた。

「昨日も、そう思ったのですが、吉之進の幼い時に似ていますね」

などと、りくにいう。

りくのほうは泣き腫《は》れた顔を化粧で漸くとりつくろっていた。

家族そろっての朝餉がすむと、毎明が来た。

それをみて、主税がみんなに頭を下げた。

「すっかり、お世話をおかけ申しました。では、今から山科へ戻ります」

せめてもう一日という言葉が、誰の口からも出なかった。山科を出た時から主税の日程が決っているのは、誰にもわかっていたからである。

おそらく、良雄はせめて一晩、母の許《もと》で過して来いと主税を発たせたのに違いなく、山科へ帰れば、即刻、東下《あずまくだ》りの日が待っているものと思えた。

「わしが国境《くにざかい》まで送る。りくも川のあたりまで来い」

毎明は草鞋《わらじ》の支度をしていた。

主税にとっては祖父と祖母が、吉之進、くう、るりを伴って屋敷の外まで見送る。大三郎は祖母に抱かれていた。

「兄上」

と吉之進が呼び、主税がその肩に手をおいた。

「早く大きくなれ」

くうとるりにもいった。

「病などするでないぞ」

祖父母には、丁寧に頭を下げた。

「御長寿をお祈り申します。母のこと、何分、よろしくお願い申し上げます」

源五兵衛の唇《くちびる》が慄《ふる》え出した。

「案ずるな、祖父にまかせよ」

主税が歩き出し、毎明が両親にうなずいて、りくとあとに続く。

無言で川のほとりまで来た。

萩《はぎ》の花が一面に咲きこぼれている。

毎明が主税にいった。

「わしは先にむこうの橋の袂《たもと》まで行って居る。母に別れを告げて来い」

ほとんど走るように川岸を去った。

主税がりくをみつめた。

「母上」

小さな声だったが、力があった。

「昨夜はありがとう存じました。やはり、来てよかったと思いました」

りくは声が出なかった。夢中で主税の手を握りしめる。

「母上に頂戴《ちょうだい》した下着は、その時のために大事に持って参ります。主税はここへ来て漸くわかりました。母上の心は、いつも私をみていて下さる。私に寄り添っていて下さる。もう、なにも怖《おそ》れるものはありません。心残りもなくなりました」

「主税……」

声がかすれて、りくは自分の心をたて直そうとした。

「せめて……命をいとおしゅう……」

「はい、犬死は致しません。父上も左様、仰《おお》せられました」

そう、夫は確かにそういったと、りくは思う。けれども、我が子までが、どうしてという未練は消せなかった。

「お達者でいて下さい。なにがあっても、あまりお泣き下さらぬように……主税は母上のお心を抱いて参ります」

おさらばといい、思い切ったように、母の手を突きはなした。

くるりと背をむけて、川岸の道をまっしぐらにかけて行く。

よろめいて、りくはべったりと道にすわり込んだ。

みるみる、主税の後姿が遠くなる。やがて、それはりくの涙でなにもみえなくなった。

川風が、りくの涙の上を吹く。

もう一度、我が子の姿をみたいと立ち上ったりくの足許に、白い萩が新しく散った。

第七章　遠　い　雪

一

十月末、石束家の裏庭の公孫樹《いちょう》の葉があらかた落ちた頃《ころ》に、大石三平《みつひら》が人目を忍ぶようにして訪ねて来た。

この前は侍姿だったのに、今度は行商人風に身をやつしている。

「なるべく目立たぬように動き廻れ、と、内蔵助《くらのすけ》どのに注意されて居《お》りますので……」

持って来たのは、その内蔵助からの書状で一通は石束源五兵衛、もう一通がりくに宛《あ》てたものであった。

りくが豊岡へ来てから、時折は夫からの文《ふみ》があり、殊《こと》にりくが大三郎を出産したことを知らせてやった返事は喜びと労《いたわ》りのこもった長い手紙であった。

が、その後、主税《ちから》が豊岡へ訪ねて来て以来、ふっつりと音信がなかった。

「まず、手前から御報告を申します。先月九月十九日に主税どの、間瀬久太夫《ませきゅうだゆう》どのが介添して東下りなさいました」

つとめて抑えた口調で、三平は源五兵衛とりくに話し出した。

「お文にも書かれてあるかと存じますが、それと申しますのも、七月二十八日に京都の円山《まるやま》の重阿弥《じゅうあみ》に同志の方々、十九人がお集まりなされ、その席にて内蔵助どのより、大事決行のお話があったからです」

つまりは敵討《あだうち》の公式宣言で、江戸からやって来た堀部安兵衛などは涙を流して喜んだという。

これまでの赤穂《あこう》浪人の動きは、なにがなんでも亡君の仇《かたき》、吉良上野介《きらこうずけのすけ》を討つという江戸在住の急進派と、ともかくも浅野大学によるお家再興を歎願《たんがん》してといった穏健派の上方《かみがた》組に分れたような恰好《かっこう》になっていたのが、七月末の円山の集まりで、敵討一筋の道を行くことが確認されたわけである。

「同志でもない手前が、かようなことを申すのは如何《いかが》かと存じますが、残念なことにここにおいて、かなりの離脱があったようです」

三平が知っているだけでも、番頭《ばんがしら》で千石の知行を頂いていた奥野将監を筆頭に、およそ三、四十人が脱盟していて、その中には大石一族である進藤源四郎、小山源五左衛門、大石孫四郎もいると、無念そうに告げた。

進藤源四郎は母が内蔵助の曾祖父《そうそふ》の娘だから、内蔵助の父の従兄弟《いとこ》に当る。山科《やましな》の住いを用意してくれたのも進藤源四郎で、なにかと厄介《やっかい》になって来た。

しかし、りくは夫が進藤源四郎には生命を賭《か》けて敵討の仲間に加わる気持のないのを、とうに見抜いていたと思った。

山科に落ちついてからの源四郎は隠居して可言と称し、穏やかな余生をのぞんでいるようにみえた。

だからこそ、内蔵助は一度、養女にやったるりを取りかえして、りくと共に豊岡へ旅立たせている。

「主税どのは、なにも申されませんでしたか」

夏の終りに、主税が豊岡を訪ねたことを三平は知っている様子であった。

「進藤可言が敵討に加わらぬとわかってから、内蔵助どのは山科の家を出て、京都の四条にある金蓮寺《こんれんじ》と申す寺の梅林庵《ばいりんあん》というのに移られていたのですが……」

りくは、かすかに首を振った。

「いいえ、存じませんでした」

だが、主税がそれを口に出さなかったのは進藤源四郎の妻が、母の姪《めい》だったからに違いない。

石束家の一族を妻にしている男が、敵討の盟約を裏切ったと、母の実家ではいえなかった主税は、山科を移ったことも話せないまま、母の実家の人々に別れを告げて去った。

「進藤どのはまだしも、小山家は気の毒なことになりました」

源五兵衛とりくの表情をみて、三平が話を移した。

小山源五左衛門良師《よしもろ》は大石内蔵助の父、良昭の弟だから血縁では内蔵助の叔父になる。その良師が大石良欽《よしたか》（内蔵助の祖父）の弟、小山喜左衛門良秀の養子になって小山家の当主となった。

しかも、源五左衛門の二人の娘のうち、長女のゆうは同じく旧浅野藩士、潮田又之丞の妻になっているし、その妹の百は大石家の分家の大石孫四郎信豊に嫁《か》していた。

「源五左衛門どのが離脱されたので、潮田又之丞はゆうどのを離別されました」

りくはぎょっとして顔を上げた。

潮田又之丞の妻のゆうは、赤穂で平穏な日々を送っている時分、よく大石家へ来て、りくの話相手になり、手助けをしてくれた。りくのほうでも妹のような気持で面倒をみたし、親しい間柄《あいだがら》であった。

「潮田又之丞は女房の縁にひかれて、自分も一味を裏切ると思われるのが心外だったようです」

深い嘆息がりくの唇《くちびる》を洩《も》れた。

仲のよい夫婦であった。

又之丞もゆうも明るい性格で、りくの前では夫婦で冗談をいい合ったりしていた。

「せつは……、せつどのはどうなさいましたか」

又之丞とゆうの間に生まれた娘であった。たしか、六歳になっている筈《はず》である。

「又之丞は娘を母の許《もと》へあずけたそうです」

その母親は又之丞の姉婿《あねむこ》の渡辺与左衛門に身を寄せて播州の北条村にいるとのことであった。

「それから、分家の孫四郎ですが、妻女の百どのは、母御の外山局どのの口ききで仁和《にんな》寺《じ》の守恕《しゆじよ》法親王の乳母として奉公しているそうですが、源五左衛門どののほうから離縁状が来たといいます」

父親が娘の離縁状を取ったということらしい。

「どうして、そのような……孫四郎どのは大事に加わらないわけでございましょう」

「孫四郎は脱けましたが、弟の瀬左衛門は兄と縁を切って主税どのと一緒に江戸へ向いました。そのあたりのことを、源五左衛門どのは考慮されたのかも知れません」

三平の口調が抑えても抑え切れない怒りを滲《にじ》ませていた。

父の代に赤穂の浅野家をお暇《いとま》になって今度の事件とは直接かかわり合いがないが、よそながら父の無人と共に内蔵助の手助けをしている三平にしてみれば、一族のこの期《ご》に及んでの裏切りは腹にすえかねるものがあるようで、ともすると非難がましい口ぶりになる。

それまで黙っていた石束源五兵衛が訊《き》いた。

「内蔵助どのは、小山どの、分家どのの離反をどのようにいうて居られた」

自分の身内から脱落者の出たことで、さぞかし苦しい立場にあるだろうと源五兵衛は思いやったのだったが、

「お心の中は、おつらいものがおありだろうと存じます。ですが、手前の父に、大事決行までには、まだ脱ける者があるであろうとお洩らしになったそうです」

人はそのどたん場にならないと性根がみえないものだと苦笑していたと三平はいう。

「つい、憤懣《ふんまん》が先に立ち、よけいなことばかりお耳に入れ、肝腎《かんじん》のことが後になりました」

主税を先発させた内蔵助は、十月七日に京を出立したといった。

「お供には、速水藤左衛門、近松勘六、潮田又之丞、三村次郎左衛門などがつきまして、内蔵助どのは垣見《かきみ》五郎兵衛と変名なさり、近江《おうみ》の郷士が江戸へ訴訟のために参ったという体裁でございました」

三平は江戸の父の許にいたが、

「同志の吉田忠左衛門が鎌倉の雪の下まで出迎えに行かれたのに、一足遅れてついて参りました」

そして、内蔵助がとりあえず川崎在の平間村にある富森助右衛門の母の隠居所へ落ちつくのを見届けて、内蔵助から文使いを依頼されて豊岡へ来たという。

川崎に滞在しているのは、すぐに江戸へ入って目立つことを避けたので、富森助右衛門の母の隠居所というのは、以前、浅野家江戸屋敷に出入りの大百姓苅部五兵衛の持ち家で、まず安全な隠れ家らしい。

「いずれは、江戸に入られましょうが……」

同志の人々が内蔵助の指示で、さまざまの準備をはじめている。

「いずれ又、お知らせに参ると存じます」

手紙は万一、紛失したり、奪われたりした場合を考えて、具体的なことは書けないので、それを三平が口頭を以《もっ》て伝える使者の役目を引受けたということであった。

「これより京大坂に参りますので……」

先を急ぐという三平に源五兵衛が低くいった。

「大事は近いか」

三平がうなずいた。

「と存じます。なれど、こればかりは相手の動向を知りませんことには……」

迂闊《うかつ》には決行出来ないだろうと答えた。

三平が発《た》ってから、源五兵衛がりくにいった。

「至急、吉之進を大休和尚の許へ送り、出家をさせる。又、大三郎については然《しか》るべき所へ養子に出そうと思う。幼い者を手放すのはさぞつらかろうが、子供達の命を守るためじゃ。得心するように……」

りくはうつむいたまま、弱々しく頭を下げた。

とうとう、その日が来るのだという気持であった。

夫が亡君の敵を討ち、その結果、公儀からお咎《とが》めを受けることになれば、罪は一族に及ぶに違いなかった。

そのために、内蔵助はりくを実家へ返したのだったが、だからといって安全とは限らない。まして、男の子は尚更《なおさら》であった。

「父上」

かすれた声で、りくがいった。

「私を石束家から義絶して頂きます。もしもの時に、父上に御迷惑がかかってはなりません」

実家へ帰っていても、大石内蔵助の妻であった。自分の身になにがあっても覚悟は出来ているが、老いた両親を巻き添えにはしたくなかった。

「そのことなら案ずるに及ばぬ」

源五兵衛が沈痛な面持《おももち》で、三平が持って来た自分宛の書状を、そっとりくの前へおいた。

「見るがよい」

手に取ってみて、りくはそれが離縁状であるのに気がついた。

「悲しむでない、内蔵助どのの思いやりじゃ」

蒼白《そうはく》になって慄《ふる》えている娘に、源五兵衛はいいきかせるように続けた。

「もとより、これは方便じゃ。そなた達母子を守るため、この石束家に迷惑をかけまいとする内蔵助どのの真情を無にしてはならぬ。さりながら、これはこれとして、わしは内蔵助どのを終生、聟《むこ》と思う。そなたも夫と思うてよい。去り状は世をあざむくためじゃ。そう思うて耐えることだぞ」

父の言葉は慈愛に満ちていたが、りくは去り状を受けた衝撃から容易に立ち直れないでいた。

別れて暮していても、その人の妻だという思いがりくの支えであった。

父のいうように、これは方便だと思っても、体中の力が抜け、目の前が暗くなる。

源五兵衛は、そうしたりくを不愍《ふびん》そうにみていたが、やがて出かけて行った。

帰って来た時は、兄の毎明《つねあき》と一緒であった。

毎明が吉之進を呼び、嚙《か》んで含めるように、大休和尚の弟子となる旨《むね》を話している。

十二歳になっている吉之進は、おおよそのことはわかっているようで、伯父の言葉を神妙にきいていたが、その目からは今にも涙がこぼれ落ちそうになっている。

二日後に吉之進は祖父に伴われて、但馬国《たじまのくに》美含《みくみ》郡須谷村の国通寺へ行き、大休和尚の弟子となって剃髪《ていはつ》し、祖錬《それん》と名乗った。

「さぞかし、つらくも悲しくもあったであろうに、涙もみせず、殊勝であった」

孫を寺に残して帰って来た源五兵衛のほうが泣いた。

更に、その月のうちに、大三郎の養子先が決った。

丹後国《たんごのくに》熊野郡須田村の眼医者で林文左衛門というのが養父になると知らされて、りくは返す言葉もなかった。

なにもかも、父と兄が子供達のために心を砕いて計ってくれたことであり、そうするように頼んだのは、子供達の父親である内蔵助であった。

「大三郎には今ついている乳母《うば》をつけてやる。養家には充分のことをしてあるから、決して大三郎を疎略《そりやく》にはするまい。暫《しばら》くの辛抱だぞ」

兄の毎明にいわれ、りくは手を合せた。

二

豊岡の気温は一日一日と低くなって、日本海から吹いて来る風が厳冬の前触れのように城下町を通り過ぎると、翌朝は霜柱が黒土を割って並立する。

風の音に心を驚かされるというのは、今の自分のような境遇をいうのかと、りくは思った。

いつ、その知らせが来ても不思議ではないと、父も兄も考えているのがよくわかる。

殊に、兄の毎明は連夜、父の屋敷へ来ている。

父の居間で、男二人がなにを話しているのか、りくにはおよそ想像が出来た。

時折、茶を運んで行くと、

「相手の屋敷の図面などは入手したのであろうか」

とか、

「もし、討入《うちい》って、相手が不在であったりしたら、取り返しがつかないが……」

などといった言葉が耳に入る。

りくの母も、そうした男達の話に耳をそばだてているらしく、たまたま、りくと一緒に針仕事をしている時、

「そなたは浄瑠璃《じようるり》坂《ざか》の敵討の話を聞いたことがありますか」

といい出した。りくが知らないというと、

「私も、昔、そんな話を聞いたような気もしますが、なにしろ三十年も前のことで、すっかり忘れて居たのですよ」

昨日、毎好がその話を口にしたという。

野州宇都宮の城主、奥平家の一門で奥平内蔵允《くらのすけ》という者と奥平隼人《はやと》というのが争いを起し、内蔵允が重傷を負って死んだので、その子の源八というのが敵討をした話だが、

「それこそ、四年がかりの敵討で双方に一族が味方して、結局、敵の隼人のほうは江戸の市ヶ谷の浄瑠璃坂というところに六十人もの一族郎党を集めて、源八はこれまた一族四十人ばかりで斬《き》り込んで敵討をしたのだそうですけれど……」

平素、寡黙《かもく》な母が珍らしく雄弁に話すのを、りくはあっけにとられて聞いていた。

「お父様がおっしゃったのは、その敵討に対しての公儀の御裁決なのですよ」

敵討をした源八とその一党は島流しになったが、後、赦免されて江戸へ帰ったという。

漸《ようや》く、りくは母が苦労してその話をしはじめた理由が判《わか》った。

赤穂浪人が首尾よく亡君の敵を討っても、必ずしも、公儀が重罪人として処分するとは限らない、せめて命だけでも助かるのではないかと、母は希望をつないでいるのであった。

「世間の話では、浅野の殿様が刃傷《にんじょう》のあげく御切腹遊ばしたことに対して、御公儀の処分がきびしすぎると同情しているとやら申します。ですから……」

その敵討に寛大な処置があるかも知れないと老父母が果《はか》ない期待を抱いている。

りくは、兄の毎明にそれを告げた。

「わしが案じているのは、そんな先のことではない。首尾よく、目的を果せるかどうかなのだ」

吉良上野介には米沢《よねざわ》の上杉家がついている。

上野介の養子の左兵衛義周《さひょうえよしちか》は上杉綱憲《つなのり》の子であり、その上杉綱憲は上野介と上杉綱勝の姉、富子との間に誕生したのが、上杉家へ養子に入ったのであって、吉良家と上杉家とは二重のつながりになっている。

「赤穂浪人が主君の敵を討とうとしているのは、吉良方にもわかっているであろう。三平の話でも上野介を上杉家へ引取るという噂《うわさ》もあるそうじゃし、本所《ほんじょ》松坂町の吉良家には上杉家からの侍が大勢、万一に備えて配置されていると思う」

内蔵助達が攻めて行って、果して勝てるものかどうか。

「下手をすると返り討、或《あるい》は肝腎《かんじん》の上野介を取り逃がすこともあろう」

更には江戸へ入った内蔵助が吉良家や上杉家の刺客《しかく》に襲われるという懸念《けねん》もあると毎明はいった。

「わしとしては、こうなったからには、是《ぜ》が非でも、本望《ほんもう》を遂げさせてやりたい。父上も、同じ思いでおいでなさる。目的を達した後の公儀の御処分までは考えている余裕がないくらいなのだ」

たしかに兄のいう通りだと思った。

今更ながら、夫が、

「犬死はしない」

といった言葉が甦《よみがえ》って来る。

夫にとって、一党にとって、敵討がすべてであった。

失敗は犬死であり、とりかえしはつかない。

その日から、りくは茶断ちをした。

世間に目立つことは出来ないので、深夜、地にひれ伏して祈念した。

やがて気がついてみると、父も母も茶を飲まなくなっていた。石束家の食膳《しょくぜん》からは魚も消えた。仏壇に長いこと合掌している母の姿をみることが多くなった。

子供達も敏感に、なにかを嗅《か》ぎつけているようであった。くうは口数が少くなり、前よりもるりの面倒をよくみるようになった。

りくが、なんとか家の中を明るくしなければと思っても、所詮《しょせん》、無理であった。

家族の誰もが、雨戸《あまど》を叩《たた》く風の音にとび起きるほど、神経をとぎすましている。

十二月、豊岡は大雪が降り、積った。

その雪が消える前に、又、大雪があった。

十日、十三日とたて続けに吹雪《ふぶ》いて、豊岡の町はまっ白に埋まったが、そのあとは晴天で気温もやや上った。

殊《こと》に二十三日はよく晴れて、夜になると満天の星であった。

二、三日前から風邪をひいて熱を出しているるりのために、りくは深夜、起きていて頭を冷やす手拭《てぬぐい》をかえていた。

表で戸を叩く音が聞えた。

用人の声が慌《あわただ》しく、父の居間のほうで聞える。

討入りという言葉が耳に入って、りくは夢中で部屋を出た。

暗い廊下を行くと、むこうから若い僧が用人に支えられて来る。

居間からは父の源五兵衛が出て来た。

「京より大西坊の覚運どのが参った」

たしかに近づいて来たのは覚運であった。

大石一族の小山源五左衛門良師の末子だが早く出家して石清水《いわしみず》に居り、内蔵助の弟で、すでに他界している専貞のあとつぎになっていた。

どういう理由があったのか、りくは夫がなにもいわないので知らないままだったが、出家してから内蔵助の養子分となって、石清水での修行中もよく仕送りなどをしてやっていたから、山科へ移って二度ばかり訪ねて来たことがある。

貞享《じょうきょう》四年生れだから、主税よりも一歳年上だが、背が高く、一人前の青年僧といった感じがする。

「まず、お知らせ申します」

居間へ入ってから、ややかすれた声で話し出した。

「昨日、大石三平どのが石清水へお出《い》でなさいまして……十二月十四日深更、本所松坂町吉良上野介どのの屋敷に赤穂浪人四十七人が討入り致し、早暁《そうぎよう》、吉良どのの首級をあげ、高輪泉岳寺《たかなわせんがくじ》にひきあげられましたとのこと」

りくは息が詰ったようになり、片手で胸を押えた。

「吉良どのを討ったのだな」

源五兵衛が、これもかすれた声で訊く。

「はい。たしかに……」

「討入ったのは四十七人とな」

「三平どのは左様、申されました」

「内蔵助どのも、主税どのも、無事であろうな」

「お怪我《けが》もないと聞いて参りました」

三平は他に知らせるところがあって、豊岡への伝言を覚運に頼んで休む暇もなく立ち去ったといった。

「私は、師の坊のお許しを頂きまして、まっしぐらにこちらへ……」

「それは、御苦労であった」

腹がすいているのではないか、と源五兵衛がいい、りくは台所へ行った。起き出して来た下婢《かひ》を制して、自分で湯づけを作る。

敵討の実感は、まだ、りくになかった。

江戸と豊岡と遠いせいでもあり、夫も主税も無事と知って心がゆるんだ為《ため》でもあった。

源五兵衛はまた覚運になにかと訊《たず》ねていたが、大石三平が見届けたのは泉岳寺へひきあげるところまでであり、そのあとのことは覚運も知りようがない。

「これは、三平どのがお持ちになりました、連名状でございます」

覚運が源五兵衛に渡したのは、討入りを果した四十七人の連名で、その筆頭には大石内蔵助良雄と大石主税良金《よしかね》の名が並んでいる。

それが目に入ったとたんに、りくは体中が熱くなった。

とうとう、こうなったという思いだけが脳裡《のうり》をかけめぐっている。

毎好が仏間に入って燈明《とうみょう》をあげた。

使いをやったのか、毎明が慌しく入って来た。

覚運が毎好に話したのと同じことを、繰り返し報告している。

るりの泣き声で、りくは居間を出た。

江戸と豊岡は何故《なぜ》、こんなにも遠いのかと思う。

赤穂浪人討入りの報はその後、数日経《た》つと豊岡まで聞えて来た。

京極家では石束源五兵衛に対して、大石内蔵助の家族について書き出したものを提出するように命じた。

「御公儀からの御沙汰《さた》じゃ。しかし、案ずることはない。わしにはわしの覚悟も分別もある」

自分で筆を取って、りくがすでに大石家を離縁になっていること、次男吉之進は出家して大休和尚の弟子であり、三男、大三郎は他家へ養子に出したことなどをこと細かに書きながら、源五兵衛はりくをはげました。

「今から、そのような案じ顔をしてどうなる。そなたの試練はまだはじまったばかりと思わねばなるまいぞ」

その通りだと、りくも考えていた。

夫は本望をとげたが、その結果はこれからであった。

暮も押し詰って、大石三平が来た。

広島の浅野本家、瑶泉院の実家である三次《みよし》の浅野家を廻って、敵討の顚末《てんまつ》を報告し、播州や京大坂に居る四十六人の家族のうち、いくつかを訪ねて来たといった。

「ところで、こちらに寺坂吉右衛門が参りませんでしたか」

と訊《き》く。

寺坂吉右衛門の名は、この前、覚運が持参した四十七人の連名の中にあったので、一応、記憶はしていたが、りくはその人物に記憶がなかった。

第一、何故、四十七人の中の一人が豊岡へ来るのかわからない。

「寺坂は吉田忠左衛門どのの組下の足軽《あしがる》でございましたとか。左様な軽輩でありながら、吉田どのの傍《そば》を離れず奉公して居りましたが、どうやら討入りには加わらなかった様子です」

そのあたりについては、討入り直後に江戸を出て来た三平にも事情がわからないのだが、

「偶然ですが、小野寺十内どのの御妻女をお訪ねした折、そこで寺坂と出会いました」

小野寺十内の妻のお丹は仏光寺通東洞院《ひがしのとういん》西入ルという所に仮住いをしているが、三平がそこを訪ねたのは、今度、討入りをした人数の中に小野寺十内はもとより、養子の小野寺幸右衛門、その幸右衛門の兄で、十内には甥《おい》に当る大高源吾、又、源吾の姉の子である岡野金右衛門と一族縁者合せて四人が加わっていたからで一刻も早く討入りの首尾を知らせたかったのと、

「今一つ、十内どのの御妻女は浅野家中の灰方藤兵衛《はいかたとうべえ》どのの妹だそうですが、その藤兵衛どのは、この夏の円山での話し合いの席に加わっておいでだったにもかかわらず、その後、脱盟され、十内どの御夫婦とは義絶されたそうです。それ故《ゆえ》、よるべのない御妻女のことを十内どのが殊《こと》の外、お心にかけられておいでしたので……」

三平自身も近衛《このえ》家に奉公していた頃《ころ》、浅野家京都留守居役だった十内には随分、厄介《やっかい》をかけたこともあって、見舞方々、報告に寄ってみると、そこに寺坂吉右衛門が来ていたのだと告げた。

「当人は、内蔵助どのより、あまりに軽輩まで伴って敵討に参ったといわれるのは、浅野家の恥辱《ちじょく》になる故とさとされて、討入る一党を見送り、その結果を見届けてから、播州へ知らせに来たと申していますが……」

どことなくあやふやな点もあって、三平は吉右衛門が討入りぎりぎりに逃亡したのではなかったかと疑っている様子であった。

「ひょっとすると、こちらへも参るかも知れませんが、お気をお許しになりませんように……」

といった。

りくは、そんなことより、むしろ、三平がはじめて話してくれた、江戸へ入ってからの夫や主税の動静や討入りまでの苦労話のほうに心を打たれていた。

内蔵助は川崎の平間村から十一月五日に江戸へ入り、先発した主税が近江の郷士、垣《かき》見左内《みさない》の偽名で投宿していた日本橋石町《こくちょう》三丁目の小山屋という旅籠《はたご》へ草鞋《わらじ》を脱いだ。

「小山屋と申しますのは、あまり上等の宿とは申せませんが、諸国から訴訟や公事《くじ》で出府してくる者達が多く宿泊致しますので、恰好《かっこう》な宿でございました」

その一方で江戸にいた神崎与五郎や杉野十平次、前原伊助などが吉良家の様子を探って居り、

「殊に、この秋からは神崎が、松坂町の吉良家の裏門近くに米屋五兵衛と名を変えて店を出した前原伊助の隣に、美濃屋善兵衛と称して煙草《たばこ》や扇子などを商う店をかまえましたので、ここが一味のよりどころになりました」

吉良家に近いので、買い物客からなにかと情報も入るし、物干に上れば吉良家の一部も見える。

「かなり、きわどい働きをして居りますので、内蔵助どのも御案じなされていましたが、やはり討入りに際して吉良家の建物や庭などの配置を知る上でも役に立ったようでございます」

最初に彼らが入手したのは松坂町の吉良家に、それ以前、住んでいた旗本松平登之助《のぼりのすけ》の頃の絵図面だったが、上野介が住むようになって、かなり改築もされているのが判明し、討入りまでに随分と正確な吉良家の見取図が完成したのは、前原や神崎、岡野金右衛門などの手柄《てがら》だと三平は熱をこめて語った。

「手前の父も申して居りましたが、吉良が松坂町へ屋敷がえになったことは、浅野家遺臣にとって、幸運でございました」

もともと、吉良上野介の屋敷は鍛冶橋《かじばし》内にあったのが、元禄十一年九月六日の火事で

焼け、その後、呉服橋内に代替屋敷を拝領していた。

それが松坂町へ移されたのは、殿中刃傷事件のあと、上野介が隠居を申し出たためで、高家の当主であればともかく非役の者が江戸城の曲輪《くるわ》内に住むのは先例のないこととして本所へ転居となったものであった。

「そのことは、内蔵助も山科に居ります頃、申したものでございました。江戸城丸の内に住いがあっては討入りもむずかしかったが、本所なればと……」

つい、りくもいった。

それにしても同志の人々の苦労が目にみえるようであった。

「吉良家の見取図の他に、同志の方々が心を砕いたのは、上野介が必ず屋敷にいる日に討入りを決行せねばならぬと申すことです」

討入ったはいいが、相手が不在ではもの笑いである。

「その件に関しては大高源吾どののお手柄でありました」

吉良家の嫡子《ちゃくし》、左兵衛の茶の湯の師が四方庵《しほうあん》山田宗徧《そうへん》であることを、堀部安兵衛がかねて親しくしていた神道家の羽倉斎《はくらいつき》という者から聞いて来た。

「内蔵助どののお指図で茶道の心得のある大高どのが呉服屋新兵衛となって四方庵へ弟子入りしたのです」

最初、十二月六日に吉良家で茶会が催されることを四方庵から聞き出して来たのも大高源吾であった。

「討入りは五日と決っていたのです。ところが、その日、松平右京大夫の屋敷へ上様がお成りになるとのことで、茶会は延期になり、十四日となったそうです」

三平が夢中で話し、石束家の人々も、りくもひたすら聞いた。

その三平がふと声を詰らせたのは、彼にとって従兄弟《いとこ》に当る大石瀬左衛門信清の話をした時であった。

「すでに御承知と思いますが、瀬左衛門の兄は同志から脱けて居り、瀬左衛門は兄弟の縁を切って江戸へ下って参りました。手前が会った時は着のみ着のまま、それも単衣《ひとえ》でして十月の江戸の寒空に、まことに哀れでございました」

金にも困窮していて、大石無人は早速、三平に金や衣類を届けさせた。

「世が世であれば大石一族の一人、百五十石の侍が寒さと飢えに苦しみながらも、亡《な》き殿のお怨《うら》みを晴らすまではと歯を食いしばって居りました」

貧苦に耐えていたのは瀬左衛門一人ではなかった。

赤穂退散の後、裕福に暮せた者は一人もないといってよいので、殊に討入りした四十六人のうち、家族のある者は僅《わず》かの金でもあとに残される者達のためにと心がけ、つつましい暮しに甘んじて来た。

「身分の低い者達だけではありません。手前がこの度、大坂にて原惣右衛門どののお身内にもお目にかかって来ましたが、二十二歳になられた御長女のお繁どのと、五歳の重次郎どのの間に三人のお子があり、御妻女の御心労は並々ではありませんでした」

大石家と同じように五歳の男児は大坂谷町の長久寺の住職、日春和尚を頼んで仏門に入れた。

また、長女には縁談が決っていて、その娘の祝言《しゅうげん》の晴れ着の注文のことまで、討入り前の惣右衛門から何通もの文が来ているのを、三平は惣右衛門の妻のおみやからみせられたという。

「晴れ着はせめて新しいものを用意してやってくれ、また、出家した重次郎どのが患《わずら》いでもせぬよう灸《やいと》をすえてやるようにと……到底、涙なくしては読むことが出来ませんでした」

夜が更《ふ》けても三平の話は尽きず、やがて朝になると、

「江戸のことが気がかりです。その後の様子も知りたいと存じますので……」

一睡もしないままに旅立って行った。

正月になって、豊岡に内蔵助のその後を伝える文がもたらされた。

四十六人は、細川家、松平家、毛利家、水野家の四組に分けられて、おあずけとなって居り、内蔵助は高輪の細川越中守の屋敷に、主税は愛宕《あたご》下の松平隠岐守《おきのかみ》の屋敷に居るとわかった。

その頃になると京極藩中でも江戸屋敷からさまざまの情報が伝って来て、討入りの当夜、吉良邸にいた上杉家からの付き人は新見弥七、山吉新八、村山甚五左衛門の三人で、彼等は吉良左兵衛義周《よしちか》について来た侍であったとか、その三人のうち、村山甚五左衛門は狼狽《ろうばい》して刀を寝間においたまま逃げ出したが、新見弥七は義周を守って戦い、斬《き》り死し、山吉新八は重傷を負ったが命だけはとりとめたらしいなどということも聞えて来た。

また、敵の吉良上野介は三尺手拭い帯で刀を持ち、屋敷中を逃げ歩いたあげく台所で首を討ち取られたのだが、生き残った吉良家の侍が台所で殺されたのでは外聞が悪いと、玄関の上り口の座敷で斬り死していた鳥井理右衛門という者の死骸《しがい》と、首のない上野介の死体を取りかえたとか、吉良家の侍でその夜、討死した者は十八人、怪我《けが》人は二十人だというようなことまでが、石束源五兵衛の耳にも入った。

そして、江戸は勿論《もちろん》、諸大名の間で一番の関心は、四十六人の処分についてだということも否応《いやおう》なしに知らされる。

そんな中で、源五兵衛は一族の木下勘兵衛というのを丹後の須田村へやって、大三郎を引き取らせた。

これは、大三郎を養子に出した林文左衛門のほうから、かかわり合いを怖《おそ》れて養子縁組の解消を申し入れて来たからで、大事な孫をそんな者にあずけてはおけないと、直ちに取り戻したものであった。

日が経つにつれて、赤穂浪人の敵討の評判は高くなる一方のようであった。石束家にもさまざまの人がやって来て、やれ京で聞いただの、大坂の蔵屋敷で教えられただのといい、討入りに関する話を持ち込んで来た。

そのどれが確かなことなのか、りくにも判断のしようがない。

それよりも、当時のりくの本心をいえば、豊岡からなんとしても江戸まで行って、夫や主税に一目なりとも会いたかった。だが、それが許されないのもわかり切っていた。りくは離別された妻であった。大石家から出戻った女として、子供達を、ひいては石束家を守らねばならない立場では、江戸へ出て行くなど思いもよらない。

りくはひたすら奥にひきこもって、くうやるりのためにお手玉を縫ったり、戻って来た大三郎の世話に明け暮れた。心の中で祈るのは、夫と我が子の助命であった。遠島でもいい、とにかく命だけはと未練を承知で神仏に合掌する。

世間では四十六人を忠臣義士と喧伝《けんでん》しているが、それを細川家にいる夫は、どんな気持で聞いているのだろうか。松平家にいる主税はどんなものを食べ、どんな暮しをしているのかと心がかりは尽きない。

二月になって、りくは毎夜のように主税の夢をみた。

夢の中の主税は少年で、りくの前を元気よく歩いている。何故かいつも顔はみえず、それでもりくには主税だとわかるのが不思議といえば不思議であった。

二月四日、幕府の上使が細川家、松平家、毛利家、水野家に対して、赤穂浪人達の切腹を伝えたことを、りくは無論、知らなかった。

豊岡へ早馬が来たのは三日後である。

そのことを源五兵衛はりくに伝えなかった。

伝えるにしのびなかったのだったが、毎明がいった。

「どうかくしていても、知らずにすむことではありません。手前が話します」

決心して妹の部屋へ行った毎明だったが、りくの顔をみるとなにもいえなくなった。

少しばかり春の気配のある庭で、くうがるりを遊ばせている。

毎明は縁側に立って、二人の子をみていた。

こんな可憐《かれん》な者達が、父と兄を失ったのかと思う。

主君の敵を討った忠臣を切腹とはむごい。この先、りくは、四人の子はどうなるのだと怒りが胸の中を過《よぎ》ったとたんに涙が滲《にじ》み出た。

りくは、そんな兄の姿を部屋の中からみつめていた。

兄が何故、なにもいわずに泣いているのかと考えて、心に白い閃光《せんこう》が走った。

「内蔵助どのが……殁《なくな》られたのですか」

ゆらりと立ち上りかけたりくを毎明が制した。

「今月四日とのことだ」

「どのような御最期を……」

武士の妻だと、りくは自分を支えた。

大石内蔵助の妻がとり乱すものではない。

「切腹とのことだ。武士らしく、せめて……」

「主税も……」

兄の手が、しっかりとりくの肩を押えた。

「そうだ、主税も……父と同じく……四十六人がことごとくだ」

りくは庭で遊んでいるくうとるりをみつめた。

「兄上」

低くいった。

「少しの間、二人の娘をみていて下さいまし」

「どこへ行く」

兄は手をはなさなかった。

りくはひきつった笑いを浮べた。

「大丈夫でございます。私は死ねません。子供達が居りますもの……」

「だから、どこへ行く」

「仏間へ参って、お燈明をあげとうございます」

兄が妹の目の中をのぞき込むようにした。

「子供達のことを忘れてはならぬぞ。内蔵助どのは、そなたに子供達を托《たく》して逝《ゆ》かれたのだ」

りくが毎明の手を握りしめた。

「承知して居ります。本当に大丈夫でございますから……」

足をふみしめるようにして廊下を行くりくを毎明は涙のたまった目で見送った。

仏間にはすでに燈明が上っていた。誰が献じたのか、線香の煙が薄くなびいている。

正面に、りくはすわった。

泣けなかった。

視線が線香の煙の行方を追い、ぼんやりと膝《ひざ》へ落ちる。

その時、りくの瞼《まぶた》の中に浮んだのは、絢爛《けんらん》と咲く桜の花の塊《かたま》りであった。

第八章　去り行く人

一

元禄十六年の春を、りくはよく憶《おぼ》えていない。

その年の春は早く訪れたのか、花の咲くのは例年にくらべてどうだったのか、雨が多かったのか、風がよく吹いたのか、そうした季節の思い出がなにもない。

春だけではなく、夏も秋も、再びの冬までもが同じであった。

自然の風物に目をとめる余裕のない、せっぱつまった、激しい一年であった。

極端なことをいえば、夫と長男の死を悲しみ歎《なげ》いている暇すらなかったように思う。

その最初は大三郎をめぐるてんやわんやであった。

騒動になってから、りくは知ったのだったが、大三郎は父の毎好《つねよし》があらかじめ、大石内蔵助《くらのすけ》の子として処罰されぬために、丹後国《たんごのくに》の熊野郡須田村の林文左衛門の養子に出していた。毎好はその時、まず大三郎を京極家中の雲伝茂兵衛という者の養子にし、その上で林文左衛門の養子とするというような二重の手続を取っていた。

少しでも、大石内蔵助の縁から遠ざけようとした配慮であり、最初から大石内蔵助の子として林家へ出すのを避けたい気持もあったようだが、赤穂《あこう》浪士の敵討《あだうち》の結果、幕府は四十六人のすべてに親類縁者を明らかにするよう命じた。

無論、養子に出した者も出家した者も届け出ねばならず、なまじ、かくし立てをすると厳罰に処せられるというものであった。

大石内蔵助良雄《よしたか》の届書には、昨年秋に妻のりくを離縁して実家へ戻していること、次男は出家して祖錬と名乗り、大休和尚について修行中であること、くうとるりの二人の娘は母親と実家方《さとかた》にいること、三男は林家へ養子に出したことなどがあり、幕府はそれにもとづいて、りくの実父、石束源五兵衛の主君、京極甲斐守《きょうごくかいのかみ》にあてて、大石内蔵助の遺児に関する問い合せを行った。

ところが、大三郎が須田村の林家へ養子に行っていることから、須田村の領主、奥平熊太郎の家来を出頭させ、問いただしたが、江戸では在所のことはわからないと返事をされて、更に奥平家に命じ、領地宮津へ使者をさしむけて取調べを行うよう指示をした。

宮津藩では、林文左衛門、その妻、大三郎の乳母《うば》のきくを呼び出して一々《いちいち》、口供書を取り、それを幕府に提出するという大仰なことになった。

林家では勿論《もちろん》、連座を怖《おそ》れ、大三郎を返したいと申し出て、それを仲介に立っていた雲伝茂兵衛から聞いた石東源五兵衛は、

「如何《いか》なるおとがめを受けましょうとも、大三郎は私の孫でございます。手許《てもと》にひき取りたいと存じますので……」

と甲斐守に願い、京極藩と宮津藩との話し合いのあげく、源五兵衛の弟に当る木下勘兵衛が実際の交渉をして三月二十五日付で、正式に大三郎を林家から取り戻すことになった。

すでに、赤ん坊の大三郎はそれより先、内々に石東家へ帰って居り、りくの手許で養育されていたが、ここで、改めて、本来なら遠島になるところを幼少のため十五歳までは石東源五兵衛預りという幕府の御沙汰《さた》が下りたのであった。

また、次男の吉之進、出家している祖錬に対しても、すでに大休和尚の門弟ではあり、幼少のこともあって、とりあえずはそのまま、という旨《むね》が伝えられた。祖錬は十三歳であった。

その年の四月二十七日に、すでに切腹した赤穂浪士の遺児のうち、十五歳以上になっていた吉田伝内、村松政右衛門、中村忠三郎、間瀬定八の四人が大島へ流罪《るざい》となった。

吉田伝内は吉田忠左衛門の子で、兄の沢右衛門は父と共に討入りをし切腹している。沢右衛門は東下《あずまくだ》りの時、大井川で歌舞伎《かぶき》の女形《おやま》と間違えられたほどの美男で、伝内も

その兄に似て美少年だが、蒲柳《ほりゅう》の質であった。

また、村松政右衛門は村松喜兵衛の次男で彼も、父と兄、三太夫が討入りに加わっていた。

中村忠三郎は中村勘助の子、間瀬定八は間瀬久太夫の子で、彼も兄の孫九郎が二十三歳で父と共に義挙に名を連ねた。

「流罪になったのが四人とは、まだ、ありがたいことと思わねばなるまい」

江戸からの知らせをりくに話しながら、源五兵衛がいった。

四十六人の赤穂浪士の遺児の中に男子は十九人であり、島流しになった四人の他はすべて出家させられていた。

その中に、祖錬と大三郎もいるわけである。

「くれぐれも目立たぬように……それが子供達の命を守る唯一《ゆいいつ》の道じゃ」

夜、無心にねむっている大三郎の寝顔をみながら、源五兵衛のいったのが、りくの胸に重く沈んだ。

この先、どれほどの歳月を息を殺し、世を憚《はば》かりながら生きねばならぬことかと思う。

自分はまだしも、祖錬にせよ、大三郎にせよ、くう、るりの二人の娘にしても、およそ幸せとは縁遠い生涯《しょうがい》を、なにをたよりに生きて行くことかと、心がまっ暗になる。

人目を忍ぶようにして、りくは手箱の中にしまってある夫の文《ふみ》を読んだ。

りくが豊岡へ来てから、それほど多くのたよりがあったわけではないが、大三郎の誕生を知らせた返事などには、愛らしい元気そうな我が子を一目でもみたいものだと書き、敵討に死んで行く身を、因果のめぐり合いと妻にだけは歎息《たんそく》してみせた夫の気持を文の中から感じ取ることで、夫をいつまでも身近かに生かしておきたいと願ったりすることに心のよりどころを求めている自分が、りくには悲しかった。

豊岡から播州の赤穂へ嫁いで十数年、ひたすら蚕が糸を吐き出して繭《まゆ》を作るように、幸せで自分の周囲を囲もうとしていたのが、一瞬にして砕け散った。

それも、殿様の御短慮が元と思うと、歿《なくな》った殿様をお怨《うら》み申したい気持が沸々《ふつふつ》と湧《わ》いて来る。

そうして輾転《てんてん》反側し、眠れず朝をむかえたあげくにたどりつくのは、今更、なにを考えたとて夫も主税《ちから》も帰っては来ないのだという虚《むな》しいあきらめであった。

そうした中で、大三郎は日に日に大きくなった。

歯の生えるのが、他の子供よりも早くて、乳母の乳首を噛《か》み、そこが化膿《かのう》して、止《や》むなく授乳をやめ、重湯《おもゆ》に切りかえようとすると火がついたように泣いて乳房を求める。

りくの乳はとっくに出なくなっているので、大三郎の抵抗が身にこたえた。

離乳がうまく行かなくて、腹をこわし、瘦《や》せこけて泣いてばかりいる大三郎を、くうもるりも不安そうにみている。

また、りくがそのすべてを耳にしたわけではなかったが、この頃《ころ》になると、さまざまの方面から、赤穂浪士四十六人の処分に至るまでの事情が洩《も》れ聞えて来た。

幕閣の諸侯の中では、阿部正武は、僅《わず》か五万三千石の小大名にもかかわらず四十六人もの忠義の士のあったことは武徳隆盛して天下長久の基である、と称賛したというし、一方、小笠原長重が、徒党を組むことは天下の法にそむき、殊《こと》に夜陰に弓矢を携えて貴族の邸《やしき》に乱入した罪は軽くない、という意見であって評定《ひょうじょう》は一向にまとまらず、遂《つい》には将軍自ら儒官である林大学頭《だいがくのかみ》に下問したところ、

「赤穂の旧臣大石良雄等四十六士、故主の仇を報ずるは天下の大義なり。之《これ》を誅《ちゅう》せられるならば、なにをもって人臣を奨励せらんや」

と述べ、彼らは義士なり、武士の手本なりと強調したが、将軍の側近、柳沢吉保《よしやす》が荻《おぎ》生徂徠《ゆうそらい》の意見を求め、結局、天下の大法はまげられぬとして死罪に決定したなどと、一々、石束家にも伝って来る。

その中で、りくの心に衝撃を与えたのは、石清水《いわしみず》の大西坊にいる覚運からの文の中にあった、日光門主《もんす》、公弁法親王《こうべんほうしんのう》の言葉であった。

赤穂浪士の処分に迷った将軍綱吉が、たまたま登城された法親王に相談したところ、その場では、なんの返事もなさらなかった法親王が、やがて切腹のことを聞かれて、

「かれらは年月、身を苦しめ、思いをこがし、主の仇を討とうとして、その志はすでに

成った。その上で、今はこの世に思い残すことはないと公儀に届け出たのであるから、今更、罪を許したとしても、二君に仕えるわけにも行かず、あたら忠義の士を飢餓させることになりかねまい。むしろ、武士らしい最期を与えれば、天下の法もまげられず、四十六士の名誉を傷つける心配もないのではないかと思う故《ゆえ》に、今度の処置をよかったと考えている」

とおっしゃったということである。

法親王ともあろうお人が、随分と身勝手なことをいわれるものだというのが、その時のりくの心情であった。

仮にも御出家なら人の心もおわかりになりそうなものを、死んでよかったとはあまりに非情と、りくは憎く思った。

夫や子の死に、打ちのめされている家族の気持は、高貴な身分の人には虫けらのあえぎとしか映らないのかも知れないと訴えたりくに、母がいった。

「こんなことを話しても、そなたにはなんの慰めにもなりますまいが、赤穂浪士の御処分のあと、柳沢様のお屋敷へ石を投げる者が未《いま》だにあとを絶たないとか、多くのお方は、歿った者達のために、御同情下さって、涙を流して居られるのですね」

その同情の心が、一日も早く、四十六人の遺児達を天下晴れた身にしてくれるのではないかと、母は孫達のためにのぞみをつないでいる。

だが、六月の末に、覚運からはもっとすさまじい出来事を知らせて来た。

六月十八日、京都本圀寺《ほんこくじ》の塔頭《たっちゅう》、了覚院で小野寺十内の妻、丹が絶食して死んだという。

たまたま、七月に、兄の毎明《つねあき》が藩の御用で京に上ることになったと聞いて、りくは自分も京まで行って来たいと、毎明に相談した。

「小野寺様には、歿った内蔵助の弟、喜内どののことで大層、お世話になったことがございます。せめて、了覚院へ参り、お供養《くよう》の真似事《まねごと》でもしたいと存じます」

小野寺家には子がなかった。

丹は実家と、この度の討入りのことが原因で義絶していると聞いてもいる。

野辺《のべ》送りや法要がどうなっているのか心もとなかった。

毎明は妹の頼みを聞くと、すぐに父と相談し、上司にも願って、りくを京へ同行する許しを内々で得た。

「子供達のことは心配せずと、道中、気をつけて、法事をすませたら早く帰ってくるのですよ」

と母がいい、父は道中の路銀《ろぎん》の他に、

「むこうへ行って、どんな入用があるやも知れぬ故、持って参れ」

充分すぎる金包をりくに渡した。

一応、世間の目を憚かって、りくのほうが一足先に豊岡を出て、お城下を出たところで兄と合流した。

もっとも、毎明のほうも連れがあるわけではなく、供の若党も石束家の奉公人だから、りくにしても気がねはなかった。

「お丹どののお気持を思うと、たまらないのです」

りくは、道中、兄に訴えた。

「おつれあいの十内どのの他に、御養子の幸右衛門どの、甥御《おいご》の大高源吾どの、岡野金右衛門どのと御一家御一族がことごとく、御切腹になって、さきゆき、なんのたよりもない。思いつめられるのも御道理でございます」

まして、小野寺十内は長いこと、浅野家の京都御留守居役であった。夫婦そろって京の藩邸に住み、文人墨客とのつきあいもあり、その日常は華やかであったに違いない。

今更、この世に長らえて憂《う》い思いをするよりもとお丹が覚悟を決めたのもわかるような気がする。

「たしかに、小野寺どの御妻女のことは止むを得なかったと、わしも思う」

毎明が妹に答えた。

「しかし、死ぬだけが人生でもあるまい、生き残った者には、その務めがあろう。たとえば、いつの日にか、吉之進を、大三郎を、世に出すことだ」

内蔵助の二人の遺児を、やがて時が来たら立派な侍として然るべき筋へ仕官をさせるのが、死んだ者への供養だ、と毎明は力をこめて話す。

「そんな日が参りましょうか」

四十六人は天下をさわがせた罪で切腹となり、その遺児は島流し、或いは出家させられている。

「お上《かみ》が彼らを謀叛人《むほんにん》ときめつけても、天下の人々は忠臣よ、義士よと感涙を流してくれた。その人の心がたよりとなろう」

幕閣の中にも、四十六人の助命を主張する者が少くなかった。それが切腹となってすべての者が死んで行っただけに、惜しむ気持は更に強くなったと毎明はいった。

「人の心というものは、時としては法を突き動かすものだ。そう長い先とは思わぬ。吉之進にも大三郎にも、晴れて大石内蔵助の子として胸を張って世に出る日が必ず来る。その日のためにも、二人の子を立派な男に育てねばならぬ」

兄がそこまで考えていたとは、りくにしても、はじめて知ったことである。

それは、りくにとって蛍火《ほたるび》のような淡い希望ではあったが、打ちのめされていた自分をはげます灯《あかり》には違いなかった。

京へ着いて、兄がりくのために用意してくれたのは、京極家へ出入りをしている白河という呉服装束《しょうぞく》商の隠居所であった。

場所も御所に近く、川水を引いて作った池が風雅で京の夏の蒸し暑さをやわらげている。

毎明が石清水八幡の大西坊へ使をやってくれて、覚運がりくを訪ねて来た。

「小野寺様の御妻女は十内様の四十九日の法要をおすませになると、暫《しばら》くお体を悪くしておひきこもりとうかがって居りました」

折あらば見舞にと心がけていたのが、果せないうちに了覚院からの知らせを聞いたという。

「野辺送りには手前も参りました。遺書に添えて金包があり、それを葬式料にと書かれて居りまして……」

ささやかな法要ではあったが、十内夫婦とつきあいのあった人々が伝え聞いて参会し、けっこう賑《にぎ》やかであったという。

覚運に案内されて、りくは本圀寺を訪れた。

本圀寺の僧の話によると、丹はなくなった夫や一族の者の菩提《ぼだい》のために、三七二十一日のおこもりをしたいと願い出て、了覚院へ入った。

「おこもりの間は日に二度、食事を運びました」

行をしている人の心を乱さないために、小さな、それこそ猫《ねこ》が出入りでもしそうなくぐり戸があって、そこから食事をさし入れておくと、からになった鉄鉢が外へ出されている。

「四日目でございましたか、鉄鉢が外に出ておりませず、不審に思って声をかけましたが返事もございません」

堂内に入ってみると、丹がうつぶせになって死んでいたという。

それまでにさし入れた食物は全く手つかずで片すみにまとめてあり、

「おそらくおこもりに入る以前から食を絶っておいでだったに違いないと、医者の方も申されました」

遺品の中には辞世の一首があった。

　夫《つま》や子の待つらんものを

いそがまし　何かこの世に

　思いおくべき

如何《いか》にも歌道のたしなみのある丹らしい最期だったと、僧は合掌した。

用意した金で、丹の回向《えこう》を頼み、本圀寺から戻って来ると、客が待っていた。

「りくどのは、私を憶《おぼ》えておいでですか」

髪はすっかり白くなり、赤穂にいた頃よりも肥《ふと》って、正座するのも大儀なようにみえたが、無論、りくが忘れる筈《はず》がない。

大石家の分家、信澄の妻であった女《ひと》である。

夫の死後、京へ出て近衛《このえ》家に奉公し、外山局《とやまのつぼね》と名乗っていたが、今は辞して娘聟《むすめむこ》の進藤大膳大夫《たいぜんのたいぶ》の許《もと》へ身を寄せているといった。

「あなたが京へ出て来られたことを、覚運どのより知らせて参りましたのでね」

りくには、赤穂へ嫁入りして以来、この人に関してはいい思い出が一つもないが、考えてみれば、外山局も次男の大石瀬左衛門を討入り、切腹でなくしている。

「世間の人は、孫四郎を卑怯《ひきょう》者のように申しますが、一家の跡取りが死んでは、その家督はどうなります。弟の瀬左衛門が一味に加わっているのですから、とやかくいわれる筋はございますまい。内蔵助どののところだとて、二人のお子が残っているのですから……」

挨拶《あいさつ》がすんで、早速、外山局がいい出したのは、長男の孫四郎が脱盟したことへの弁解であった。

今更、なにをいうのかと、りくはうとましく思った。

分家の孫四郎は内蔵助に敵討の同盟に加わることを約し、一度は連判状に名を連ねていた筈である。

それが、どたん場になって同志を裏切り、その兄に怒った瀬左衛門は縁を切って江戸へ下った。

一味に加わらなかったといっても、当時十二歳だった吉之進や赤ん坊の大三郎と比較出来る話ではない。

「下々《しもじも》の者は道理を知らぬので困ります。忠臣の義士のと申したところで、天下の大法を破ってお仕置《しおき》になったのに、生き残った者を人でなしのようにいうのは可笑《おか》しいのです。どうせ、あなたのことも、夫に死におくれた妻のようにいっているのでしょうが、気になさることはありませんよ」

いい縁談でもあれば再婚するのが子供達のためだとまでいわれて、りくは唇《くちびる》を嚙んだ。昔から言葉に毒のある人だったが、夫に死に遅れた妻とはよくもいってくれたと歯ぎしりする思いであった。

明らかに、外山局は後追い自殺を遂げた小野寺十内の妻のことを、りくにあてつけていっている。

「小野寺どのは、まことに仲のよい御夫婦だったそうですね」

果して、外山局の口からその名前が出た。

「とりわけ、お二人と親しかった金勝慶安《こんしようけいあん》様からうかがいましたが、五十、六十というお年になって、あのようにおむつまじい方々をみたことがないとおっしゃっておいでした。十内どのは討入りの際、御妻女の縫った小袖《こそで》を身につけて居られたとか……。江戸へ下られてから御切腹までの間に、お二人の歌のやりとりは度々のことだったと聞きました」

外山局の言葉を、りくは耳をふさぎたい思いでやりすごした。

夫婦仲がむつまじかったから、妻は夫の後を追って自殺をしたというのは、死にもせずにいるりくが、まるで内蔵助と不仲であったといわんばかりで、残された子供達のために必死になっているりくの心情など思いやる気持もないらしい。

この人の始末に負えないのは、自分の言葉がどれほど相手を傷つけているかに対して無頓着《むとんちゃく》すぎることであった。

いいたいことだけをいって外山局が帰ってから、りくはやりきれなさをもて余した。

内蔵助が討入りの時、どんな小袖を着て行ったのか、りくは知らなかった。

夫の身につけるものは、大方、りくが縫っていたし、山科《やましな》に移ってからは尚更《なおさら》であった。

もし、山科から持って行った小袖なら、りくの手仕事だが、江戸へ入って調達したものかも知れない。

内蔵助からの文も、そう多くはなかった。歌のやりとりなど、したこともない。

だからどうなのだといいたかった。

夫婦のことは夫婦にしかわからない。

小野寺丹には彼女なりの死に方があったように、りくにはりくの生き方がある。

そう割り切ったつもりでも、りくにとって京の夜は寝苦しいものになった。

二

次に、りくが訪ねたのは、大坂の原惣右衛門の遺族であった。

惣右衛門の母は、元禄十五年の八月十一日に八十一歳で歿《なくな》っていたが、その頃、りくはすでに出産のため豊岡へ帰っていたから、夫の文で知らされただけで焼香に行くことも出来なかった。

その心残りがあったのと、いつぞや、豊岡へ来た大石三平《みつひら》から、惣右衛門の家族がかなり逼迫《ひっぱく》した暮しをしていると聞いていたからであった。

惣右衛門は赤穂浪人以来、内蔵助の片腕となって浅野家再興に働いていて、山科の家にも始終、訪ねて来ていたし、時には何日も泊って行った。

年齢は内蔵助より十一歳上で、分別のある実直な人柄《ひとがら》だったから、りくも良い印象を持っている。

女房運が悪く、浪人した当時は三度目の妻で、二人の先妻との間に生まれた子と合せて四人の娘と一人の幼い男児を抱えて居り、その上、老いた母がいるので暮しむきは決して豊かとはいえないと内蔵助から聞いていたので、くうや吉之進の小さくなった衣類

を洗い張りし仕立直して、

「お子達に着て頂けませぬか」

とことづけたこともある。

それだけに、惣右衛門の切腹した今、まだ若い妻が子供達と、どんな心細い思いをしているだろうかと気になった。

幸い、毎明が御用の暇に、大坂まで同行してくれるというので一緒に京を発《た》った。

大坂では宿を取り、翌日に天満《てんま》九丁目の住居を訪ねた。

惣右衛門の妻のおみやは子供達に手習をさせながら、賃仕事《ちんしごと》らしい縫い物をしていたが、突然、声をかけたりくをみると、一瞬、息を呑《の》み、次には体を丸めるようにして入口にひれ伏した。

「御家老の奥方様が、このようなむさ苦しいところに……」

りくは慌《あわ》てて遮《さえぎ》った。

「いいえ、今の私は、あなたと同じ赤穂浪人の後家でございますよ」

背後にいた兄を、改めておみやにひき合せ、用意して来た手土産を子供達に渡した。

「ともかくも、お上り遊ばして……」

狭いところにおみやが座布団《ざぶとん》を出し、二番目の娘だろう、父親の惣右衛門に面《おも》ざしの似たのが、手早く茶の支度をする。

あとの二人は丁寧に挨拶をすると、さりげなく上の子が下をうながして邪魔にならぬよう外へ出て行った。

「実は、小野寺様の奥様のことで京まで出て参りましてね」

りくが話し出すと、おみやは目をうるませた。

「御立派な御最期《さいご》と洩《も》れ聞きました」

どこか恥かしげにうつむいたのをみて、りくはこの人も自分と同じ気持なのだと思いやった。

いさぎよく夫に殉じた丹を貞女の鑑《かがみ》というならば、生きている者は世間に対して肩身が狭い。

原惣右衛門の老母の墓は谷町の長久寺にあった。

「この墓を建てましたのも、御家老様が格別にお心遣い下さいまして……」

内蔵助からの香奠《こうでん》で永代供養《えいたいくよう》料まで寺へおさめることが出来たと、おみやは改めてりくと毎明に頭を下げた。

「夫は、とりわけ、母親思いの人でございました」

赤穂を退散して大坂の弟を頼って来た時も道中の大方を、惣右衛門は母親を背負って旅をしたという。

「八十をすぎまして立居振舞も不自由な姑《しゅうとめ》が、私の足手まといになるのではないかと、随分、案じて居りましたが……」

その母親は惣右衛門が討入りをする前に、天寿を全《まっと》うしてあの世へ先立った。

「今頃《いまごろ》は仏様のお傍《そば》で、手を取り合って居りましょう」

淡々と涙もみせずに話すおみやに、りくのほうが泣いた。この人の苦労にくらべたら、自分などの悩み苦しみなど、ものの数ではないと思う。

「申し上げる言葉もございませぬが、せめて御家族様、お達者で……」

豊岡の父から余分に渡された金の大半を、辞退するおみやに押しつけるようにして、りくは別れを告げた。

考えてみれば、四十六人の中《うち》、まだ妻帯していなかった者は二十六人であった。二十人が妻を、或《あ》いは妻子を残している。

その遺族の一人一人がこの先、どんな生き方をして行くのかと思うと、敵討というもののむごたらしさに胸がふさがれる。

毎明も同じ感慨を持ったものらしく、

「武士道といい、武士の意地といっても、女子《おなご》のそなた達からみれば、口惜《くや》しくも、怨《うら》めしくもあるだろうが、とどのつまりは、浅野内匠《たくみ》どのの事件の折に、今少し公平のお裁きがあれば、こうした結果にはならなかったかも知れぬ。が、御政道を非難したところで、隆車に向う蟷螂《とうろう》の斧《おの》じゃ」

実際、それをやってのけた四十六人は死罪となった。

「忍ぶしかないのだろうな。忍んで時を待つしか……」

りくにとって、悲しみと苦しみが倍加したような京大坂への旅だったが、豊岡へ帰って来ると、やはり旅に出る以前より心が落ちついている。

亡夫に身近かだった小野寺十内と原惣右衛門と、二人の遺族を違った形で見舞ったことで、りく自身の性根《しょうね》がすわったのかも知れなかった。

だが、りくを襲った不幸はまだ終らなかった。

翌元禄十七年は三月十三日をもって宝永元年と変ったが、その春の終り頃から、くうが寝ついた。

冬の間に何度も風邪をひき、それがこじれたまま、体の芯《しん》に病気の根を張ったようで、微熱が下らず、食欲がなくなって、医者が首をかしげているうちに骨と皮ばかりに痩《や》せて起き上ることも出来なくなった。

源五兵衛が手を尽して、京大坂から薬を求め飲ませたものの、その夏を越すのがやっとで、九月二十九日、十五歳の若すぎる命の火があっけなく消えてしまった。

更に、その四十九日を目前にして、りくの母が倒れ、意識が戻らないまま、逝《い》った。

母を失って、りくは事実上、石束家の主婦の座についた。

六十四歳になる父の身の廻《まわ》りの一切から、奉公人への指図《さしず》やら心遣いやら、京極家家老職の家のきりもり、世間づきあいのすべてをりくがやりこなし、それで父も兄も、ほっと安堵《あんど》するようになった。

豊岡の実家にどっかり腰がすわったようなりくの許には、時折、江戸の柳島に住む大石三平からの文が来た。

主として四十六人の遺族の近況を知らせるものだったが、それとても年々、消息のわからなくなる者がいる。

りくが心を打たれたのは、亡君の奥方が四十六人の赤穂浪人の三回忌に、自分に仕えている仙桂尼という者の名で泉岳寺《せんがくじ》の四十六人の墓所に供養の地蔵尊を寄進したことと、増上寺にすがって、配流《はいる》されて大島にいる四人の遺児の赦免《しやめん》を歎願《たんがん》しているという知らせであった。

今は髪を下《おろ》して瑶泉院《ようぜんいん》となっている亡君の奥方は、浅野家に嫁いでも幕府のとりきめによって常に江戸の藩邸に居住していたから、国許にいたりくはお目通りをしたこともなかった。

僅《わず》か九歳で嫁ぎ、二十七歳で夫に先立たれるまで夫婦仲は円満であったとはいえ、内匠頭は一年ごとに参勤交代で赤穂と江戸を往復していたわけだから、夫婦が同居出来たのは十年にもならない。

三次《みよし》五万石の城主の姫君で、若く美しい一人の女が御後室と呼ばれ、今井の下屋敷に逼塞《ひっそく》して居られることを、りくはかねがねお気の毒と思っていたのだったが、その瑶泉院がただ、息をひそめて成行きを眺《なが》めているのではなく、自ら、行動を起し、遺児達に救いの手をのべようとして居られることが、りくには新しい驚きであった。

もう一つ、三平からの知らせの中に、堀部弥兵衛の妻のわかが浅野家の縁戚《えんせき》である丹羽若狭守《わかさのかみ》の隠居、涼台院様に召し出されて、高島と名乗り御奉公しているというのがあった。

わかは、三平の母の妙栄と親しかったので、夫と聟の切腹の後も、時折、柳島の無人《むにん》の住いに顔を出していたらしい。

一人ずつ、時の流れの中で生きている、というのが、その頃のりくの思いであった。

三

広島の国泰寺《こくたいじ》の境内は、そのまま海へ向って白砂が続いている。

梅雨の上ったばかりの夏木立では蟬《せみ》の声が姦《かしま》しかった。

あれから何年と、りくは木かげの石に腰を下して、海を眺めながら指を折った。

肉親と死別した者は、折に触れて歳月を数えることが、家族揃《そろ》って息災に暮している者よりも多いという。

六十歳を過ぎて、りくは自分が頻々《ひんぴん》と指を折るのに気がついていた。

一日のうちに何度、死んだ人の年を数えていることかと思う。

夫内蔵助と主税が歿って三十年、くうと豊岡の母は二十九年前、二年の間に四人の肉親と別れた悲しさは勿論《もちろん》だが、その次に来た悲痛は他の意味もあって更に歎《なげ》きが深かった。

亡君の敵《かたき》として、吉良上野介《きらこうずけのすけ》を討った四十六人に対する幕府の扱い方は、彼等の切腹を境に年々、好転した。

それは、四十六人を憐《あわ》れみ、惜しむ世論の力のせいといってよい。

四十六人は、赤穂浪人ではなく義士と呼ばれるようになった。

彼等を忠臣、武士の鑑と賞《ほ》めたたえる声は彼等の死と共に、更に高く大きくなって行った。

元禄十六年の十一月に江戸に大地震があり、その後、小石川の水戸屋敷から出火して江戸の三分の一を焼く大火事になり、湯島聖堂まで瓦礫《がれき》となった時、誰ともなしに赤穂義士のたたりだという風評が立った。

湯島聖堂は学問奨励のために五代将軍綱吉が建てた、いわば現将軍の象徴ともいうべき建物である。

それが焼失したことで、赤穂義士を切腹させた将軍への庶民の鬱憤《うっぷん》がいわせた噂《うわさ》であった。

事実、赤穂事件は将軍綱吉の人気を落す一つのきっかけになった。

それ以前にも、生類憐みの令などで、忿懣《ふんまん》やる方なかった民衆の怒りが、義士の切腹でふき上げたともいえる。

宝永三年九月に、大島に流されていた四人の遺児に対して御赦免があったのは、増上寺からの働きかけもあったが、そうした世論に幕閣が敏感だったせいでもあろう。

四人の遺児のうち、間瀬定八は一年前に大島で病死して居り、戻って来たのは、村松政右衛門、中村忠三郎、吉田伝内だったが、この三人はとりあえず瑶泉院がひき取って出家をさせた。

けれども、将軍綱吉の失政は宝永五年に宝永通宝を発行したことで、その極に達した。

これは、京都の銭座で銅銭を改鋳《かいちゅう》し発行した新しい貨幣だったが、宝永通宝一文《いちもん》でそれまでの宝永通宝の十文に通用させせたにもかかわらず、新銅銭の目方は旧銅銭の三倍で品質も悪く、実際には殆《ほと》んど通用しなかった。

加えて、この年は閏《うるう》一月に富士山が噴火し、関東、東海に灰が降り、三月には京に大火があって禁裏《きんり》や仙洞御所《せんとうごしょ》まで焼失するかと思うと夏には大雨で洪水《こうずい》が近畿《きんき》、四国を襲った。

更に、疫病《えきびょう》が流行し、死者の数は増える一方となった。

翌宝永六年三月朔日《ついたち》に、祖錬と称し、仏門に入っていた吉之進が麻疹《はしか》で急死した。二十四年も経《た》った今、りくが唇《くちびる》を嚙《か》みしめるほど口惜しく思うのは、吉之進が死ぬ二月前、その年の正月十日に将軍綱吉が病歿《びょうぼつ》したことである。

皮肉なことに、綱吉も亦《また》、麻疹だったと公表された。

将軍の死は、およそ天下をあげて喜んだように、りくは感じた。

たまたま、前年に焼けた仙洞御所の御造営のため、京極藩にも割当が来て、総奉行として石束源五兵衛が京に出かけていたのだったが、その父から文が来て、公卿衆までが将軍の死を喜び、公然と五代将軍の治政三十年には良いことは一つもなかったと口外さえしていると書いて来た。

その文の中で、おそらく、新将軍家の世になれば、赤穂義士の遺児に対しても温情があろうから、吉之進を元の武士に戻すことも夢ではあるまいと期待している。

吉之進の死の知らせは、父の文をりくが手にして一カ月余り後のことであった。

泣くにも泣けないというのは、あの折の自分だったと、今のりくは思う。

吉之進は十九歳になっていた。

大三郎は十一歳年下だから、まだ八歳である。

吉之進の祖錬は大休和尚が入滅した後、祖父の源五兵衛が少しでも近くの寺にと奔走して但馬国《たじまのくに》豊岡城崎《きのさき》郡宝谷《たからだに》の大雲山興国寺に移っていた。

これは豊岡の石束家から近く、修行の間には屋敷に顔を出すことも出来、それだけに書を良く書き、学問も進んだ我が子の姿に、りくはやがて還俗《げんぞく》の日を心ひそかに胸に描いていたものである。

長男の主税を失い、次男吉之進を見送って、りくの手許《てもと》に残った男児は大三郎一人になった。

大三郎が、よく、りくに対して自分を主税と比較していると立腹することがある。

「兄上は、たしかに忠臣義士でしょう。しかし、手前にはなんの関係もない。兄上とくらべるのはやめて頂きます」

大三郎が荒れ狂っている間、りくはなにもいわなかったが、こうして、つくづく考えてみると、くらべているのは、主税であったり、吉之進であったりだと思う。

それに、主税のほうはなにはともあれ死花《しにばな》を咲かせて逝ったことで、悲しみの中にも義士の一人と、世間様が哀惜して下さるが、吉之進には、それすらもなく、まさにこれからはいい世が来るというところで命を終ってしまったのは不運としか考えようがない。

それに、死別した時、主税は十六歳、吉之進は十九になっていた。

屋敷へ戻って来る時には、大三郎のために手習の本を持って来てくれたり、興国寺で作っている薬草などを、

「祖父上様に……」

干して煎《せん》じて飲むと、体によいからと優しいことをいう。

時には、針仕事に疲れているりくの肩を揉《も》んだりしながら、寺での日常を話して行く。

興国寺での評判も悪くはなく、学問好きの優しい性格が周囲から愛されているようにみえた。

あの吉之進が、今、生きていてくれたら、と、海をみつめながら、りくはまたしても思ってしまう。

良い子はみな死んで、悪い子が残っているといったら、大三郎にはあまりにもむごい言葉だろうが、現実には、そう歎きたくなる毎日が続いている。

「寿栄様、寿栄様……」

本堂のほうから若い僧が、りくを呼んでいた。

夫に死別した時、髪を下すのは父と母が泣いて嫌《いや》がったし、子供達のためにもよろしくないと兄にいさめられて、有髪の尼のつもりで香林院「寿栄」の名をもらっていた。

それを広島へ来てから、漸《ようや》く本名代りに使えるようになっている。

若い僧をみただけで、りくは祖錬を思い出す自分をたしなめながら、慌ててそっちへ歩いて行った。

「お屋敷からお使の方がみえて居ります」

方丈の外に、下僕の姿があった。弥助といい、広島へ来てからの奉公人であった。

「旦那《だんな》様のお留守に、あちらから使が参りまして、奥様にはお取次ぎが出来ませんので……」

あちらというのが妾宅《しょうたく》だと、りくにはすぐわかった。

「外衛は、まだ御城内ですか」

大三郎の成人した名前をいった。

「いえ、旦那様はとっくにお城をお下りになりまして、また、お出かけになりました」

「行く先は……」

「なにも仰《おお》せになりませず……」

「お松どののところではないのですか」

妾《めかけ》の名を口に出した。

「そちらから、旦那様にすぐお出《い》で頂くようにと使が来たので……」

となると、りくにも大三郎の出かけた先はわからない。

「すぐ来いというのは、どのような用事なのでしょう」

お松という妾は大人しい女で、あまり自分のほうから大三郎を呼び出したりしない。

「それが……」

弥助がなんともいえない表情をした。

「お弥津さまが歿《なくな》られたとか……」

「なんですと……」

弥津というのは、大三郎の妾腹の娘であった。

「いったい、どうして……」

だが、りくは無意識に走り出していた。

「参りましょう。とにかく、私が……」

りくにとって、孫娘であった。

妾腹であろうと、情に変りはない。

砂地に足をとられながら急ぐりくを浜風と潮騒《しおさい》が追った。

第九章　大三郎の出世

一

息子の妾宅《しょうたく》が孫六堀の近くにあるのを、りくは承知していた。

だが、その門をくぐるのは、今日がはじめてである。

こぢんまりした町家風の住いであった。

りくが、その家の玄関を入った時、奥から初老の男が出て来た。りくのほうはその男の顔を知らなかったが、むこうはりくを大石外衛の母とわかったようであった。

「これは、御隠居様……」

慌《あわただ》しく小腰をかがめた。

「手前は梅花楼の主、仙右衛門と申します」

梅花楼というのが、この御城下で指折りの料理茶屋の名であることに気がついて、りくは頭を下げた。

外衛が妾《めかけ》にしているお松という女が、もともと茶屋女だったことを知らないわけではない。

お松に産ませた弥津という娘を、本宅に引取ろうとした時に、外衛の本妻が、

「身分卑《いや》しい者の産んだ子なぞ真っ平でございます。第一、どこの誰の子か知れたものではございません」

と突っ撥《ぱ》ねたのを、それでもたった一人の孫だからと、りくが取りなしかねたのは、お松が金で自由になる女だったからである。

奥、といっても、廊下のむこうの部屋だが、女の泣き声が聞えて来た。

「昨日までは、どうということもございませんでしたのに、昨夜、ひきつけを起し、朝になって医者を呼びましたが、どうにも手のつけようがなかったそうでして……」

仙石衛門が、ぼそぼそといい、

「折角、お出《い》で下さいましたのですから、一目なりとお弥津さんに逢《あ》ってやって下さいまし」

と、りくをうながした。

拒む気はなく、りくは案内されて部屋へ入った。

九歳になっている娘は、夜具に横たわっていた。

大三郎の幼顔によく似ている。色白で目が大きく、鼻が低い。

りくにとって、はじめて対面する孫娘であった。まるで、ねむっているようだが、死顔である。

「あの人は来てくれないのですか」

傍《そば》から女が叫んだ。

土気色《つちけいろ》の顔に乱れた髪が二筋三筋へばりついている。

弥津の母親のお松に違いなかった。

「こんな時だというのに……あの人は……」

仙右衛門が、お松を制した。

「お屋敷へ使を出したが、まだ、お帰りではなかったのだよ」

「どうせ、喜代の所ですよ。決っているじゃないか」

喜代のところ、といったのが、りくの耳に残った。

本能的に、それが息子の別のかくし女の名だろうと悟った。仙右衛門が困ったようにりくをみたのが、そのことを裏付けた。

「とにかく、御隠居様が来て下さったのだから……」

お松が憎しみのこもった目で、りくをみつめた。

「女好きは親ゆずりだとねえ」

低い声であった。

「親のほうは敵討《あだうち》のためって、いいわけが出来たけど、悴《せがれ》のほうはなんといって、世間様にとりつくろうのか……」

言葉の終りは陰気な笑い声であった。

どうやってその家を辞したのか、気がついた時、りくは息子の屋敷へ戻っていた。

ふりむいてみると、りくを妾宅へ案内した弥助が不安そうに背後に突っ立っている。

「御苦労でした。今日のことは誰にもいわぬように……」

漸《よう》くの思いで、それだけをいって、そっと自分の居間へ入った。

仏壇に燈明《とうみよう》をあげると、自分の手が慄《ふる》えているのがわかる。

体中が怒りで燃えている感じであった。

よりによって、息子の妾に、亡《な》き夫を貶《さげす》まれたのが骨身にこたえて口惜《くや》しかった。

大石内蔵助《くらのすけ》は、女癖の悪い男だったという評判が世間にあるのを、りくは知らないわけではなかった。

その一方で夫が山科《やましな》にいた時分、島原や撞木町《しゆもくまち》で遊蕩《ゆうとう》したことを、吉良方の敵の目を眩《くら》ますためというふうに喧伝《けんでん》されているのも聞いている。

どちらも、りくの気持からいえば真実ではなかった。

夫とつれ添った歳月をふりかえってみると、とりわけ女好きということはなかったと思う。

松山城請取りに長いこと、赤穂《あこう》を留守にした時、むこうで女が出来て、その女が赤穂までやって来たことぐらいが、りくにとっての嵐《あらし》であった。その他にも、りくの知らない夫の女遊びがあったのかどうか。

山科へ行ってからの夫の遊蕩を、今のりくは止《や》むを得なかったと理解していた。

あの頃《ころ》の夫の胸の中にあったものは、浅野大学様による浅野家再興の悲願と、それが出来なかった場合の敵討であった。

どれほどの不安と動揺と、そして迷いを夫は抱えていたことかと思う。

武士として潔《いさぎよ》く死ぬことと背中合せに人間としての未練が、夫を含めた四十六人の誰にもあったに違いないと、りくは推量している。

四十六人の誰にも、親兄弟、或《ある》いは女房子供があってみれば、当然のことであろう。ましてて、夫は常に中心人物であった。

敵討の決心をしてからも、仲間の数はみるみる減って行った。

りくが知っている限りで、最初、百二十五人といっていたのが、結果的には四十六人になってしまった。

当時の内蔵助としては、遊興でもしていない限り、心のやり場がなかったのだろうと思う。

およそ、男でも女でも、この世の名残りに求めるものは一つで、心中する者は最後には必ず契《ちぎ》り合って果てるという。

心中と敵討を一緒にしては申しわけないと思いながら、りくは、そう考えることで晩年の夫の遊蕩を許していた。

それを、なにも知らぬ者から、やれ女好きだの、敵討のためだっただのと、勝手にきめつけられてはたまらない。

自分でも知らないうちに、りくは涙を流していた。

いきなり障子がひき開けられて、りくは顔に懐紙を押し当てたまま、ふり返った。

「母上」

と呼んだ外衛の声が酔っていた。

「なんのために、孫六堀へ行かれたのですか。あまり、よけいなことをなさらないで頂きたい」

切り口上であった。

この息子と向い合う時は、まず自分が冷静にならなければとかねがね思っていたのに、りくは逆上した。

「そなたこそ、今までどこに行っていたのです、仮にも我が子が死んだというのに、父親としてのつとめもせず……」

母の剣幕に、外衛が少しばかり、たじろいだ。

「手前が参らずとも、するべきことはして居ります。とり込みのところへ、手前が顔を出したら、かえって恥さらしになりましょう」

「理屈からいえば、そうかも知れません。でも、人の情において……」

「母上は、死んだ弥津の顔をみてやれば、それで御満足だったわけですか。生きているうちに、なにもしてやらなくとも……」

「なにもさせなかったのは、そなたではありませんか」

「別に、手前は、母上がなにをなさろうとも、お止めするつもりはありませんでした」

「なにを今更……」

声を抑えるのが、せい一杯であった。

「それより、母の問いに答えなされ。今まで、どこに行っていたのですか」

せせら笑いをしているような息子の顔を睨《にら》みつけた。

「喜代と申す女のところですか」

外衛が顔色を変えた。顳顬《こめかみ》がぴくぴく痙攣《けいれん》しはじめている。

「どうして返事が出来ないのです」

「そのようなこと、答える必要がありません」

「外衛……」

遂《つい》に、りくは涙声になった。

「どうしてわかってくれないのです。そなたが放埓《ほうらつ》をすれば、歿《なくな》られた父上までが放蕩者の汚名を着ることになるのです」

「血ですよ。母上……」

外衛が薄く笑った。

「大石内蔵助は、かくれもない色好み。蛙《かえる》の子は蛙です」

「いいえ、父上は……」

「お聞きなさい、こういう噂《うわさ》もあるのですよ。大石内蔵助は江戸へ出て、討入り前に、当節流行《はや》りの比丘尼《びくに》買いをしている。赤坂裏伝馬町の十八歳になる山城屋一学という比丘尼が、その相手だったと……」

「嘘《うそ》です。誰がそんな……」

比丘尼買いというのは、最下級の私娼《ししょう》を相手にするものだとは、りくにも見当がつく。

「そなた、それでも内蔵助の子ですか。父をそれほど卑しめて……」

「いつも申して居るでしょう。大石内蔵助の子に生まれたのは、手前の、この上もない不幸せだと……」

「よくも、そなた……」

りくの手から数珠《じゆず》が外衛の顔へ飛んだ。

当ったはずみに糸が切れて、丸い玉が散らばった。

外衛は姿を消し、りくは四辺にころげている数珠の玉を、涙の乾いた目で眺《なが》めた。

二

翌月になって、りくはふと思い立って、御城下の伝福寺へ詣《もう》でた。

外衛といい争ってから、体調を崩し、ずっとひき籠《こも》って暮していたので、久しぶりに外へ出てみると陽《ひ》の光が眩《まぶ》しく、めまいをおぼえるほどであった。

伝福寺には、大石家の親類に当る小山家代々の墓がある。

一番奥の賢性院心徹一友と彫ってあるのは小山孫六良速《よしすみ》の墓であった。

大石内蔵助良雄の父、良昭の弟に当る人で、幼年から浅野弾正大弼《だんじょうだいひつ》綱晟《つなあきら》に仕え、その子、安芸守《あきのかみ》綱長、その子の安芸守吉長の三代に及んで旗奉行、五百五十石の禄《ろく》を受けていた。

今は外衛と名乗っている大三郎を世に出すために、この人がどれほど尽力してくれたことかと思い、改めて、りくは墓前に合掌した。

あれは正徳三年、大三郎が十二歳の初夏のことであった。

当時、りくは四年ほど前に家督を毎明《つねあき》に譲って隠居した父と共に城崎《きのさき》の日《ひ》撫村《など》にある正福寺に移っていた。

般若《はんにゃ》山正福寺は、りくの祖父、石束源五兵衛毎術《つねやす》の建立《こんりゆう》した寺であった。

毎術は五十四歳で家を嫡男《ちゃくなん》、毎好《つねよし》に継がせ、自分は法体《ほったい》となって竿雪と号し、禅を学び、その隠居所を寺にするべく、釈迦《しゃか》、弥陀《みだ》、観音の三尊の他、三千体の仏像を安置し、伽藍《がらん》の建築にとりかかったが、志なかばにして世を去った。

かねがね、毎好は亡父の志を継ごうとして、父の代からの従臣でもある雲伝茂兵衛が出家して鉄宗《てっそう》となったのを機会に、正福寺に入れて仏事を担当させた。

そのことが、主君、京極《きょうごく》甲斐守《かいのかみ》の耳に入り、正福寺の地所及び周囲の山林の租税を免じ、永代、寺領とする旨《むね》を仰《おお》せ出された。

正福寺の名も、この時、甲斐守がかつて日撫村にあって戦火で焼失してしまった正福寺の名を惜しみ、まだ、名のなかった毎術の寺に与えられたものであった。

で、毎好は主君の許しを得て、元禄十四年に本堂、伽藍、塔頭《たっちゅう》を新築し、香炊薫大和尚《おしょう》を開山とした。

その正福寺に毎好が隠棲《いんせい》することになって、りくもるりと大三郎を伴って、父の世話のために移り住んでいた。

兄の毎明は、十二歳になった大三郎の将来のために、主君、京極甲斐守に願って、大三郎を折あらば士分に取り立ててもらうように下工作をはじめていた。

そうした折も折、芸州浅野家から大三郎を召し抱えたい旨、京極甲斐守の近親である下条長兵衛を通じて申し入れがあった。

なんといっても、芸州浅野家は、大三郎の父、大石内蔵助が仕えた赤穂、浅野家の親類筋であり、小山孫六のように、大石家の同族の者も多く奉公している。

幼年の大三郎にとっては願ってもない仕官であった。

京極甲斐守も、そのあたりのところを推察して、浅野家に対し、大三郎成人の暁には京極家へ召抱えるつもりであったが、まげて浅野家へゆずると返事をした。

浅野家の当主、安芸守吉長は大いに喜ばれて、早速、大三郎の大叔父に当る小山孫六に命じ、大三郎を広島へ迎える支度をさせた。

正福寺にいる石束毎好とりくの許《もと》に、小山孫六からの吉報が届いたのは六月二十九日のことである。

今でも、りくはその折の文《ふみ》をりくにみせた時の父の表情を忘れられない。

小山孫六の文は、豊岡の兄の屋敷へ着いて、兄の毎明は早速、自身、それを持って正福寺へ来たのだが、たまたま、りくはるりを伴って近くの百姓家へ朝顔の鉢《はち》をもらいに出かけていた。

山門のところまで戻って来ると、大三郎が顔をまっ赤にして走ってくる。

すでに、赤穂浪士の遺児達は遠島になった者も許されて帰り、親許あずかりにされていた幼い子供達も天下晴れた身にはなっていたので、大三郎も形ばかりの僧籍から還俗《げんぞく》してはいたが元服はまだであった。

男にしては色白で、小肥りだが、目が大きく鼻筋の通った美少年といった感じの大三郎が、母や姉へむかって手を上げているのを、境内にいた僧達が眺めている。

息を切らしている大三郎に、りくが訊《き》いた。

「どうしたのです。おじい様のお具合が悪くなったのですか」

どこがどうというわけではないが、このところ、目立って体力が衰え、食も細くなっている毎好を、りくは案じて、医者に診てもらったり、体に良いという薬を煎《せん》じて飲ませたりしていた。

「御城下から、伯父上がおみえになりました」

大三郎がやや甲高《かんだか》い声で告げた。

「よいお話だから、すぐ母上を呼んでくるようにと……」

「よいお話と仰せられたのですね」

ひょっとすると、大三郎が京極家へ仕官出来ることになったのではないかと思った。父と兄が、始終、その話をしていたからである。

「参りましょう」

朝顔の鉢は大三郎が持って、三人で小走りに、毎好が隠居所にしている方丈の奥の離れ家へ向った。

父と兄は向い合ってすわっていた。

父が男泣きに泣いているのを、りくは認めた。

「りくか。大三郎もるりも、ここへ来い」

毎明の声もどこか湿っていた。

「この度、大三郎は芸州侯お声がかりにて、浅野御本家へ仕官が決った」

ええっと、りくは小さな叫びをあげた。

「芸州侯と仰せになりましたか」

「そうだ」

「では、広島に……」

「大石家はもともと、浅野家の譜代《ふだい》、元の幹に戻るがよいと、殿様も仰せなされた」

毎明が殿様といったのは、京極甲斐守のことで、りくは漸く、これは広島の浅野の殿様から京極家へかけ合いが来て決ったことだと納得した。

「まことに喜ばしいことじゃ。さぞ、泉下で内蔵助どのも喜ばれて居られよう……」

毎好が涙を拭《ふ》いて、大三郎の肩に手をかけた。

「良い侍になるのじゃぞ。父の名を辱《はずか》しめぬような、立派な武士になれ。それが、この祖父《じい》の最後の願いじゃ」

大三郎は目を輝かせていた。

「小山どのの文によれば、やがて、広島より然《しか》るべき迎えの者がやって来るとのこと、その晴れの日のために、今から充分な支度をしておかねばならぬ」

りくはそっと兄をみた。

「大三郎を一人、広島へ発《た》たせるのでございますか」

父が笑った。

「そのことなら心配はない。芸州侯には、母も姉も打ちそろうてとの有難い御沙汰《さた》じゃ」

「私も、るりも……」

それはそれで、りくには困ったことに思えた。

病気がちの父を残して行くのは心がかりであった。召使に不自由はないといっても、娘の気持としてはめっきり老いた父の孤独が不安であった。

今まで孫と娘に囲まれて暮して来た父である。

兄は妹の困惑を素早くみてとったようであった。

「まあ、ともかくも、今日はめでたい日じゃ。大三郎の前途を祝うて、父上と一献汲《いっこんく》もう」

良い酒を持って来たといい、兄は自分から厨《くりや》へ立った。

「ここが寺でなくば、魚も持って来たのだが」

笑いながら、りくを指図して膳《ぜん》の用意をさせた。

その夜の父は元気であった。

酒もよく飲み、膳の上のものにも残らず箸《はし》をつけた。

謡曲の「鶴亀《つるかめ》」を兄と共に謡《うた》ったりもした。

が、それが限界であった。

翌日からの毎好は、ひたすら机にむかって諸方に文を書いていた。

大三郎が芸州侯に召し出される喜びを、江戸の大石三平《みつひら》や、京の外山局、石清水《いわしみず》の覚運、そして、広島の小山孫六には、やがて芸州へ行く大三郎のことをくれぐれも頼むといった書状を、寝食を忘れたように筆をとった。

江戸で、本来ならこの知らせを大喜びしてくれるに違いない大石三平の父、大石無人《むにん》は昨年五月五日に八十六歳で病歿《びょうぼつ》していたが、長男、良麿《よしまろ》は津軽家に奉公して居り、次男の三平は宝永二年に讃岐《さぬき》高松の松平讃岐守頼豊《よりとよ》に新規お召し抱えとなり、今は二百石十人扶持《ぶち》を賜って江戸詰であった。

そうした大石一族や内蔵助のゆかりの人々に、孫大三郎の行く末を托《たく》し終ると、毎好は朽木が倒れるように逝《い》った。

七月二十九日のことで、父が危篤《きとく》になってから三日三夜、帯もとかずに枕辺《まくらべ》につき添

っていたりくに、毎好は大三郎を呼ばせ、

「母に孝行をするのじゃぞ。母のたよりは其方《そなた》一人じゃ、よいな。母をたのむぞ」

と繰り返し、

「承知いたしました」

と答えた大三郎に何度もうなずいて安心したように瞑目《めいもく》した。

父の死は、りくにとって骨身にこたえた。

山科から夫と別れて豊岡へ帰ってからの十二年は父、毎好なくしては語れないと思う。なにより嬉《うれ》しかったのは、父が大石内蔵助を最後まで信じ、同じ武士として、その生き方を尊重してくれたことであった。

妻にとって、実家の両親に夫を非難されることほど悲しいものはない。

大石内蔵助という男のとった行動は武士道にはかなったかも知れないが、その妻や子にとっては酷《むご》い決断であった。妻の実家の親にしてみれば愚痴も出ただろうし、批判もあって当然のところであった。

だが、石束家では父も母も、兄も、大石内蔵助の理解者の立場を取った。その聟《むこ》の頼みを受けて、りくとその子供達に万全の措置をし、母子を守り抜いた。

京極家の家老職にある父にとって、それはかなりな決断を要したに違いないのに、毎好はりくに苦悩の片端もみせなかった。

父の慈愛と才覚に抱かれて、りくは生涯《しょうがい》の大難を乗り越えた。

大三郎の芸州浅野家への奉公が決った矢先に、父の死を迎えたのは、りくの歎《なげ》きを一層深くした。

「そなたらしくもないぞ。いくら悲しんでも父上が戻って来られるわけではない。大三郎にとっては、これからが重大事じゃ。母のそなたがしっかりしていなくてどうする」

兄にたしなめられても、りくの心の悲痛は一向に薄くならない。

毎好の四十九日の法要が終って間もなく、広島から大三郎を迎える一行が到着した。無論、藩主、浅野吉長の命を受けたもので使者は武林《たけばやし》勘助といい、内蔵助と共に吉良邸へ討入りし、切腹した赤穂浪士の一人、武林唯七《ただしち》の兄であった。

付き従う者は小頭二名、足軽五名、従者二十三名で、僅《わず》か十二歳の少年の出迎えとしては立派なものであった。

京極家からは、石束家の親類に当る田村瀬兵衛に士分の者十数名をつけて、大三郎とりく、るりの三人を広島へ送らせることになった。

田村瀬兵衛はりくの妹のようの夫であり、その娘は山科進藤家の進藤俊式《としもと》に嫁いでいた。

更に、りくが心丈夫だったのは、兄の毎明が殿様に願って、特に広島まで同行してくれることになったからである。

「そなたと大三郎のことは、父上が歿《なくな》るまでお心にかけて居られた。広島での処遇を見届けぬうちは安心が出来ぬ」

りくと二人だけの時にそっといった。

それで、りくは兄が広島で大三郎がどういった扱いを受けるか、いささかの不安を残しているのを知った。

なんといっても十二歳の少年である。お召し抱えになるとしても、どれほどの俸禄《ほうろく》を頂けるのか、住む屋敷はどうなるのか、広島へ行ってみなければわからない。

九月二十六日、りくは再び、生れ故郷の豊岡を出立《しゅったつ》した。

「思い出すな、そなたを赤穂へ嫁入りさせた時の旅を……」

兄の毎明がそっと、りくにささやいた。

りくにとって、行列をととのえて、故郷を出るのは、二度目である。

この前は兄がいったように大石家へ嫁ぐ花嫁行列であった。

若くも、華やかでもあった花嫁御寮のりくが、今度の旅立ちでは四十のなかばになっている。

姫路までの道中は、赤穂へ嫁入りの時と同じ道であった。

その姫路には、浅野安芸守の命を受けて、りくの母方の叔父に当る佐々宇左衛門が五十余名の供をつれて出迎えていた。

一行はこれで百人を越した。

「芸州侯は、大三郎に丁重なお扱いをして下さるお心のようだ」

漸《ようや》く、毎明が愁眉《しゅうび》をひらいた。

広島へ入ったのは十月朔日《ついたち》のことである。

三

広島藩主、浅野安芸守吉長は、大石内蔵助良雄の遺児を召し抱えることについて、随分、諸侯に自慢をされたらしい。

実際、正徳三年にもなると赤穂浪士を切腹させた将軍綱吉はすでに亡《な》く、六代将軍家《いえ》宣《のぶ》も昨年十月に急死して僅か五歳の家継が七代を襲っている。

江戸、千代田城内での大名の自慢話に、忠臣義士の名の高い赤穂四十六人の遺児や縁者を召し抱えたというのが、おおっぴらに語られてなんの障りもなかった。

となると、芸州浅野侯としては、なんとしても、大石内蔵助の遺児を家臣の列に加えたい。

そうした風潮の中での大三郎の広島入りだけに、浅野家の大三郎への優遇ぶりは到れり尽せりであった。

用意されていた屋敷は、もともと、中村甚左衛門という藩士の所有だったのを、新しく手を加え、襖《ふすま》障子の張り替えまでして大三郎一行を迎えた。

りくがみたところ、赤穂の大石内蔵助の屋敷よりも広い。

その上、殿様からは長旅の疲れをいたわる見舞の使者まであり、豊岡から送って来た人々には各々《おのおの》に賜物があった。

更に、小山孫六が伝えたところによると、大三郎には亡父と同じく千五百石《こく》を下さるばかりか、りくに対しても隠居料百石が用意されているという。

「十二歳の子に、千五百石は過分ではございますまいか」

りくは兄に訴えたが、

「何事も殿様の思し召《おぼめ》しじゃ。辞退をしては悪《あ》しかろうぞ」

と、兄は大三郎の出世を心から喜んでいる。

「これで安心じゃ。泉下の父上によい土産話が出来る」

豊岡から送って来た田村瀬兵衛らと共に、毎明も肩の荷を下したように、笑顔で広島を発って行った。

広島でりくの力になってくれたのは、小山家の人々であった。

豊岡へ何度も文をくれた当主の小山孫六良速は六十八歳であったが、もともと、内蔵助の父、良昭の弟として赤穂で誕生し、その当時の赤穂藩主であった浅野長直の推挙で、浅野綱晟に仕え、以来、芸州浅野家三代にわたって歴仕した人だけに、内蔵助の家族に対して、まことに情が深かった。

孫六の長男は源右衛門良一《よしかず》といい、やはり浅野家に仕えて三百石を頂戴《ちょうだい》していたが、今年一月九日に、主君の供をして江戸へ参勤していて病死した。

その源右衛門には宝永元年生れで十歳になる源大夫という子がいて、祖父の膝下《しっか》で育っている。

孫六の妻は浅野家中の上坂重利の娘で五十八歳、穏やかな性格で初対面のりくの手を取って、

「さぞ、御苦労をされたことでしょう。良い日が来て、御辛抱の甲斐《かい》がありましたね」

といってくれた。

ともあれ、大三郎はその年の十二月二十二日に藩主浅野吉長に拝謁《はいえつ》し、正式に浅野藩士の列に加えられた。

広島に落ちついて間もなく、りくは思いがけない人の訪問を受けた。

「お見忘れでしょうか。私、潮田へ嫁いで居りましたゆうでございます。只今《ただいま》は源《げん》と名を改めて居りますが……」

うつむき加減におずおずと挨拶《あいさつ》されて、りくは驚きをかくせなかった。

「あなたは……おゆうどの」

大石内蔵助の父の弟である小山良師《よしもろ》の娘であった。

赤穂にいた時分、潮田又之丞高教の妻だった人である。

りくが知っていたのは、彼女の父が敵討の一味に加わらなかったことで、潮田又之丞から離別され、実家へ戻されたという話であった。

「まあ、いったい、どうして……」

潮田又之丞の妻だった頃《ころ》はよく赤穂の大石家へ遊びに来て、子供達の面倒をみてくれた人なので、りくは手を取らんばかりにして居間へ招じ入れたのだが、彼女の表情はなつかしさだけではなかった。

「父は今、法体になりまして伏見に居ります。私は……お恥かしいことでございますが、再縁いたしました」

相手は広島藩士で御牧三左衛門信久という者だといった。

一瞬、絶句し、りくは気をとり直した。

「それでは、広島にお住いでしたの」

「はい、夫から大三郎様御仕官のことを聞き、どんなに嬉しかったことか……お祝い申し上げます」

もっと早くに訪ねたかったたが、再縁した身が面目なくて、と、身を縮めるようにする。

「そのようなこと、お気になさいますな。何事も世の成り行きでございますもの」

さりげなく応じたが、りくの内心は複雑であった。

潮田又之丞の妻であったゆうの、夫婦仲のよい、幸せそうな姿が瞼《まぶた》に残っている。

離縁になった時、ゆうは二十九歳だった筈《はず》である。

それから指を折ってみると、今、目の前にいるゆうは四十になっているのだろうか。

年よりも老《ふ》けてみえるゆうであった。着ているものも髪の飾りも、四十そこそこの女のものにしては年寄臭い。

この人も、自分とは違った形で苦労を重ねて来たのだろうと、りくは気の毒に思った。

それを更に強く知らされたのは、りくが彼女に子供のことを訊《たず》ねた時であった。

潮田又之丞との間にはせつという娘があったのだが、離別になった時、その娘は又之丞の母の許《もと》へおいて来ている。

「再縁致しまして、子宝に恵まれたのですけれど、赤児の時に患《わずら》って歿りました」

と寂しげにいう。そして、

「世間様は、私に罰が当ったなぞと噂《うわさ》をしているようでございますの」

いささか自嘲《じちよう》気味に笑った。

赤穂浪人を義士の忠臣のと、もてはやす一方で、四十六人の妻が再婚したのを快く思わぬ人々がいる。

夫が忠臣であれば、妻は貞女でなければならないという世間の勝手な願望に、ゆうも亦《また》、ふり廻されているようであった。

ゆうの再婚相手の御牧三左衛門信久について、りくは遠慮してあまり自分から訊ねることをしなかったのだが、その日をきっかけにゆうがしばしば屋敷へ訪ねてくるようになって、少しずつ、ゆうの口から愚痴まじりに話が出た。

それによると、三左衛門は六十をすぎていて、しかも、まだ四歳だが妾腹《しょうふく》の男児があるという。

「いずれは、私がひき取って育てるようにといわれて居りますが、先方もおいそれとは手放しませんようで……」

まるで、新しい苦労を増すために嫁入りしたようだとりくは思った。

けれども、そんなりくの思惑《おもわく》とは別に、ゆうの夫の御牧三左衛門は妻の縁で、大石家に出入りをするようになった。

たしかに、ゆうは大石内蔵助と従兄妹《いとこ》に当るので、その夫は大石家の縁戚《えんせき》に違いない。

つき合ってみると、御牧三左衛門は好人物で、大石内蔵助の従妹《いとこ》を妻に迎えたことを誇りに思っているようであった。

少しずつ、広島の水になじんだようなりくの許へ、大石三平から大三郎の出世を祝う書状が届いた。

それには、今井の下屋敷にお出《い》での亡君の後室、瑤泉院が大三郎の浅野家仕官を殊《こと》の外、喜ばれたということと、そのついでのように、七代将軍家継の御生母は前の将軍が歿られて月光院と名乗られているが、そもそもは小つまという名前で大名家の奥向きに奉公する踊り子だったといい、かつては浅野家の江戸屋敷で瑶泉院に仕えていたこともある人だと書いてあった。

大名家の奥向きには奥方のお気晴らしに遊芸の上手な女を奉公させることがあり、それを踊り子と呼んでいる。

それにしても、普通なら将軍の寵愛《ちょうあい》を受けた女達は、その将軍の死後、桜田屋敷へ移されて、一生、その中で過さねばならないきまりなのに、月光院は我が子である将軍家継が幼少のため、そのまま、千代田城大奥にとどまって、上様御生母として大層な権勢であると聞く。

かつて、自分が召使った女中が六代将軍の寵を受け、七代将軍の生母になっていることを、瑶泉院様はどんなふうにお考えだろうかと、りくは思いやった。

るりに縁談があったのは、正徳四年、りくが広島ではじめての正月を迎えてすぐであった。

根廻しをしたのは、御牧三左衛門だったが、殿様お声がかりの縁組という形で、同じ藩中の浅野長十郎直道（後に監物《けんもつ》と改める）へ嫁がせることになった。

浅野長十郎の家は七代さかのぼると、芸州浅野家の当主、安芸守吉長の祖先、浅野又右衛門長勝の弟に当るという名門で、長十郎直道は千石の知行《ちぎょう》取りであった。

大石大三郎の姉の嫁ぎ先としては申し分がない。

るりは十六歳になっていた。

りくは娘の嫁入り支度に忙殺された。

あとでわかったことだったが、その年の六月四日に江戸では瑤泉院が四十歳の生涯を終えていた。

備後国《びんごのくにみ》御調《つぎ》郡三次《みよし》五万石の城主の姫君として生まれながら、九歳で浅野長矩《ながのり》に嫁ぎ、二十七歳で夫に死別し、その後、十三年を実家の今井屋敷でひっそりと過した不幸な瑤泉院の生涯を、りくは、

「せめて、お子があったなら……」

と、仏壇に香華《こうげ》をたむけながら思ったものだったが、なまじ、子がある故《ゆえ》の悲しみを知るのは、それから間もないことであった。

四

最初のうち、大三郎は神妙に御奉公をしているようであった。

といっても、十三歳の少年になにが出来るわけでもなく、城中に出仕しても、これと

いって仕事も与えられなかった。

いっそ、最初が小姓組に加えられるくらいだったら、同じ年輩の友人も出来たし、年相応の仕事を勤めることが出来ただろうに、千五百石、旗奉行付という肩書がわざわいして若い連中は寄りつかない。

仮に父親が重職の家に生まれた者でも、若い時はそれなりの知行を頂いて御奉公し、父親が歿《なくな》ってから、その禄を継ぐのが普通なのに、大三郎は十三歳で重役であった。

当人にしてみれば、これほど居心地の悪いことはあるまい。

浮かぬ顔でお城から下って来る大三郎に、りくはひたすらいい続けた。

「殿様のお情にこたえて、亡き父上の名を辱《はずか》しめない侍になるのですよ」

そのためには学問にも武芸にも他人の二倍三倍の努力をするようにと、小山孫六に頼んで学問の師、武芸の師を紹介してもらったのだったが、大三郎はどうも熱心ではなかった。

それでも、お目付役のような存在の小山孫六が健在なうちはまだよかったのだったが、正徳四年の八月十八日に六十九歳で孫六が他界すると、小山家には大三郎の怖い人はいなくなった。

りくの頼みで、御牧三左衛門が大三郎に意見をしたが、これは最初から大三郎が馬鹿《ばか》にして相手にならない。

第一、禄高からいったら、御牧三左衛門は大三郎よりも遥《はる》か下であった。その意味でも、なにをいっても迫力がなかった。

ただ、この頃の大三郎はまだあからさまに反抗するわけではなかった。

そのかわり、月に一度ぐらいは必ず高熱を発して床についた。

りくは、我が子に無理を強《し》いていると考えた。

豊岡にいた時のように、必ずかばってくれる祖父や伯父がいるわけでもない大三郎が、馴《な》れない土地で神経をすりへらしているのではないかと思い、それからは、学問や武芸の稽古《けいこ》を強いないようにした。

まだ元服前の少年に、あれもこれもと欲ばりすぎていたと後悔した。

殁った主税《ちから》にせよ、吉之進にしても、今の大三郎の年齢の時は、まだ友達ととっ組み合いをしたり、野原を走り廻ることもあった筈だと思い直したが、大三郎にはそうした友達も出来ない。

そのせいか、家では母にべったりの子であった。

りくが写経をしていると、いつの間にか傍《そば》へ来て本を読んでいたりする。

母が出かける時は、大方、ついて来て一緒に広島のお城下を歩き廻ったりして機嫌《きげん》がよかった。

「大三郎どのは、本当に親孝行でいらっしゃいますね」

大石家へ出入りをする者は必ずのようにそういったし、そのことでりくは満足していた。

大きな屋敷に住み、充分すぎる知行を頂いて、母と子は寄り添って暮していた。

りくにとって、優しい孝行息子は自慢の種でもあったのだ。

穏やかに時は過ぎて、正徳六年は六月で享保元年となった。

四月に八歳の将軍家継が病歿《びょうぼつ》して、紀州から新将軍吉宗が入って八代を継いだ。が、
そうした世の中の移り変りも、広島のりくには関係がなかった。

九月に、これも殿様の思し召しで、大三郎は半元服し、更に翌年十二月に本元服した。

広島へ来てから大三郎は最初に使った代三郎を用いていたが、それはいわば気分転換
のようなものであった。

元服によって、大三郎は大石外衛良行と名乗った。

良行はその後、良武と改め、享保十八年頃からは良恭としたが、最初は良行であった。

婚姻《こんいん》の話があったのは、享保六年になってからで、相手は同じ藩中の浅野帯刀《たてわき》忠喬の
娘とのことであった。

浅野帯刀は五千石である。

この度も殿様お声がかりということで、りくにしても否《いな》やはなかった。

すでに大三郎は二十歳になっていた。妻を迎えるのに早すぎる年でもない。

九月十九日、花嫁の行列は華やかな上にも華やかに大石家に到着し、祝いの席に招かれた客はまるで雛《ひな》人形のように美しい新郎新婦に目を細くした。

三日三夜、藩中の主だった者は一人残らず出席したといわれる披露《ひろう》の宴が終って、大石家は元の静けさをとり戻した。

秋は日々深くなって、りくは冬支度にかかっていた。

嫁の実家から使が来て、ちと内密の話があるから御足労でもと口上があった時、りくはてっきり、花嫁が懐胎《かいたい》したのかと思った。

二日ばかり前に、嫁が里帰りをしていたからで、妊娠を知るにはやや早すぎる気もしたが、その外に思い当ることはなかった。

浅野家には、嫁の母が待っていた。

挨拶をすませると、すぐ女中を遠ざける。

「実は折入って、お話申さねばと存じましたのは、娘がまだ、外衛どのの妻になっていないことが判明いたしましたので……」

いいにくそうに切り出されて、りくはあっけにとられた。

「大三郎の……いえ、外衛の妻になって居りませぬとは……」

相手が視線を伏せた。

「閨《ねや》のことが、まだと申すのでございます」

りくの周囲の空気が止ったようになっていた。

第十章　桜花のかげ

一

父親のない男の子を持った母親の困惑を抱えて、りくは息子の屋敷へ帰って来た。

新婚早々の息子夫婦が、未《いま》だに契《ちぎ》りをかわしていないというのは信じられなかった。

華やかな祝言《しゅうげん》の日から、すでに二カ月近くが過ぎている。

りくが知る限り、大三郎と新妻のみちの日常はごく当り前のもので、格別、異常な気配はなかった。

だが、嫁が実家へ帰って両親に訴えた事実を否定するわけには行かない。

こういう時に、小山孫六が生きていれば、枯れた年齢からしても、大三郎に房事というものを話してくれるにうってつけの立場だったが、その孫六はすでに世を去っている。

りくが最初に考えたのは、娘のるりの夫である浅野直道であったが、まだ若い娘聟《むすめむこ》にはあからさまにいいにくかった。

で、思いついたのが、御牧信久であった。

かつて、潮田又之丞の妻であったゆうは、離縁の後、広島へ来て、名を源《げん》と改め、御牧三左衛門信久の後妻になっている。

その源の縁で、御牧信久はしばしば大石家へ出入りをして、時には便利重宝な存在でもあった。源の他に妾《めかけ》を持っていて、年も六十を越えている。思慮分別に富んでいるとはいいがたいが、磊落《らいらく》でさばけた人柄《ひとがら》なので、りくとしても話しやすかった。

御牧信久は、りくの話を半分まで聞くと、手を打って笑い出した。

「如何《いか》なる重大事かと思えば、なんと、左様なことでござったか」

生真面目《きまじめ》に育った若い男にはままあることだと、まず、りくの不安を取り除いた。

「香林院様の前ですが、男は誰しも、最初の時にはうろたえるもので、相手が年上のもの馴《な》れた女ならともかく、童貞に生娘《きむすめ》となるとなかなか厄介《やっかい》でして……」

そのためにも、婚姻が決まると粋《いき》な年長者が適当な女をえらんで少々の経験を積ませておくものだが、大三郎の場合、

「香林院様に遠慮して、誰も左様なことを申し出る者がなかったのでござろう」

万事、自分にまかせておけ、と心得顔にいう。

信久の口ぶりに、りくはいやなものを感じたが、顔色には出さず、

「何卒《なにとぞ》、よろしゅうお願い申します」

と頭を下げた。

香林院というのは、りくが夫に死別してから、切り髪となっての法名の香林院寿栄で、豊岡の実家では父も兄も、そう呼ぶことはなかったが、広島へ来てからは、次第に、その名で呼ばれるようになった。

大三郎が妻帯し、りくが隠居の身になった今は、浮世を捨てた法名が、りく自身にも似つかわしくなっている。

それから二日ほどして、りくが縫い物をしていると、大三郎がやって来た。

「御牧の屋敷にて、今夜、寄合《よりあい》があるそうです。来年の御供船《おともぶね》のことについて、少々、取りきめがあるそうで、手前も話を聞いておいたほうがよいといいますので、これから行って参ります」

という。

御供船というのは、毎年六月十七日の厳島《いつくしま》神社の管絃祭《かんげんさい》に広島城下の町々から御供船と称する寄進の船が出るのだが、年々、奢侈《しゃし》になっているので、来年からは御供船の数も制限し、贅沢《ぜいたく》にならぬようあらかじめお触れを出すことになった。

御牧信久は当時、宮島奉行配下に属していたので、そうした寄合があるのは不思議ではなかったが、りくには先日のことがあるので、おそらく大三郎を呼び出す口実と気がついたが、無論、なにもいわなかった。

ただ、念のためと思い、

「おみちどのには、そのことを申されましたか」

と訊《き》くと、

「いえ、みちは只今《ただいま》、外出して居りますので、戻りましたら、母上より申しきかせて下さい」

という返事であった。

大三郎を玄関まで送り、そのあとでみちについてこの屋敷へ来た女中に訊いてみると、

「奥様には生田筑後様のお屋敷へお祝に参られました」

つまり、みちの琴の師匠が、藩士生田筑後の妻女で、そちらに何番目かの子供が誕生したので祝物を持って出かけたということである。

それならそれで、出かける時にりくに一言の挨拶《あいさつ》があってもよかろうと思う。

それに、大三郎がお城から戻って来る時間は大方きまっているのに、妻として夫の留守に出かけ、その帰宅時にも戻っていないというのは、いささか心がけが悪い。

しかし、りくは嫁にそうしたことについて叱言《こごと》をいうつもりはなかった。

浅野藩の重役の娘としておっとり育っていれば、早急に大石家の嫁の自覚を持てといっても無理と承知している。

いずれ、なにかの折に少しずつ、大石家の家風について話をして行けばよいと考えてもいた。

少くとも、今日は大三郎が出かける時、彼女が留守であったのは、むしろ幸いというべきかも知れなかった。

だが、夜になっても、みちは帰って来なかった。

生田家から使が来て、

「大層、お話がはずんでいらっしゃいますので、こちらで御膳《ぜん》を召し上ってお帰りになるとのことで……」

食事はすませてくるという口上であった。

みちが帰宅したのは、戌《いぬ》の刻すぎ（午後八時頃）、大三郎は更に遅く、深夜になってからであった。

どちらの帰って来たのも、りくは承知していたが、自分の部屋から出て行かなかった。

二人とも、りくと顔を合せるのが煙ったかろうと思ったからである。

翌朝、家族が仏間で挨拶をする時、みちは起きて来なかった。

「気分が秀《すぐ》れぬとかで……」

大三郎が言葉少なに母にいった。その大三郎が、まともに母と目を合せない。

息子の出仕を見送ってから、りくはみちの女中を呼んで、嫁の容態を訊《たず》ねた。

「お医師に来て頂くほどのことではないとおっしゃっておいでございます」

食事も部屋へ運ばせて食べているときいて、りくは見舞はせず、終日、自分の部屋にいた。

大三郎とみちの間に、昨夜、なにがあったのか、想像は出来たが、その結果が良いほうへ向いてくれるのか否《いな》かは見当がつかない。

我が子が、男として漸《ようや》く一人前になったらしいというのは、女親にとってなんともいえない気持であった。

ともあれ、大石家は、また平凡な明暮《あけくれ》をくり返して、やがて師走《しわす》になった。

御牧信久が訪ねて来たのは、一日中、木枯《こがらし》の吹いた夕方であった。

「どうも、ちと薬が効きすぎましたようで……」

りくがなにもいわないうちに、照れ笑いをしながらいい出した。

「ひと月足らずのうちに、随分と足繁《しげ》くお通いになったようで、かような支払いが手前の所へ廻って参りました」

懐中から取り出してみせたのは「浜さき」という料理屋の勘定書である。

「大三郎がどうしてかような所に……」

客でも招いたのかと思い、すぐにりくは自分の思い違いに気がついた。

それは、酌婦《しゃくふ》に対する祝儀といった形式をとっているが、要するに遊女の揚代《あげだい》であった。

広島では、近くに厳島という遊覧娯楽の名所があって、諸国から人々が集まるため、藩は芸妓《げいぎ》娼妓《しょうぎ》の居住を許し、遊廓《ゆうかく》が公認されていた。

そのかわり、広島城下においてはそうした遊里、岡場所は一切認めず、ただ料理屋などで給仕女や酌婦をおいて酒席のもてなしに使うことは黙認されていた。

結局は、この給仕女や酌婦が客をとる。

大三郎の相手は「浜さき」の酌婦で小春という妓だと御牧信久は説明した。

年齢は二十四だが、若い男の筆下しには、なかなか評判がいいというので大三郎を伴って行ったところ、首尾は上々で、大三郎はその後も三日に一度、五日に一度とまめに遊びに来ているという。

たしかに、大三郎の夜の外出が増えているのはりくも知っていた。

やれ仲間の寄合だ、知人に書物を借りに行くなどと口実はさまざまだが、夕刻から出かけて、深夜に帰って来る。

もしやと不安に思っていたことが適中して、りくは茫然《ぼうぜん》となった。

大三郎に放蕩《ほうとう》を教えてくれとは頼まなかったと、御牧信久を責めたかったが、そもそものきっかけを思えば文句もいえない。

「御牧どのより、その女子に、大三郎と手を切るよう申して下され。もはや、男女のことを知った上は、なにも、酌婦を相手にせずともよい筈《はず》……」

小春という女が金がめあてで大三郎をたぶらかしているのに違いないとりくは思った。

「大三郎には、私から話をします。小春のほうをよろしゅう……」

勘定書の他に、少々の手切金を御牧信久に渡し、りくは大三郎の帰りを待った。

御城内から下って来ると、大三郎は必ず、母の部屋へ挨拶に来る。

「只今、戻りました」

「御苦労でございました」

穏やかに応じてから、りくはそっと例の書きつけを大三郎にみせた。大三郎の顔色が変った。

「よいのですよ」

息子の手から勘定書を取り上げて、りくは微笑した。

「そなたにも男のつきあいと申すものがありましょう。でも、よい加減になさることです。いつまでもつまらぬ女にかかわり合っていては、そなたのためによろしかろう筈がない。これ限りにしてくれますね」

大三郎はまっ赤な顔をしてうつむき、小さく頭を下げた。

「おみちどのに気づかれてはなりませぬ。これは母が処分しましょう」

それで終ったとりくは思った。

目の前の大三郎は辱《はずか》しさで一杯という表情だったし、母に口返しをすることもなかった。

だが、大三郎の茶屋遊びはその後も、りくの目を盗んで続けられた。

何人かの仲間も出来、相手の妓もその都度変るといった具合に、僅《わず》かの間にすっかり遊び上手になって、時には御城下ではなく厳島の遊里にまで足を伸ばすようになると、やがて大石家へ仲人《なこうど》がやって来た。

嫁の実家で、娘をひき取りたいといっているという。

「ふつつかな娘が、大三郎どのにはお気に入らぬらしい。折角の縁組ではあったが、これまでの御縁と思い切りたい」

みちを病気という名目で実家へ戻し、その上で離縁ということにしてもらいたいといわれて、りくは畳に手を突いた。

「大三郎の不行跡、面目次第もございません。なれど、それがあの子の本性とも思えません。この母がきびしく意見を致します故《ゆえ》、今暫《しばら》く……」

仲人はりくの頼みを承知しなかった。

「香林院どのはそのように仰《おお》せなさるが、みちどの離縁のことについては、大三郎どの、すでに御承知でござれば……」

話はついているといわれ、りくは唇《くちびる》を慄《ふる》わせた。

みちは仲人と共に実家へ帰り、嫁の荷もすべて送り返された。

殿様には、みちの父親の浅野帯刀《たてわき》忠喬より、

「病気のため、妻としてのつとめを全《まっと》う出来かねます故……」

と離別の願いを出し、聞き届けられていた。

そして、間もなくお城下には、

「浅野帯刀様の娘御は、生娘《きむすめ》のまま、離縁になったようだ」

といった噂《うわさ》が流れ出し、やがて、

「大石外衛様は、母御と同じ屋敷では女子を抱くことはお出来なさらぬらしい」

とまことしやかな伝聞があちこちでささやかれるようになった。

りくは屋敷に出入りする人々から、そうした虚言を耳にしたが、ひたすら耐えた。

みちの実家の浅野帯刀は藩中きっての人望のある重役であった。

その娘を離縁すれば、どういうことになるのか、すべての罪は大三郎がひっかぶらねばならなくなると、想像がついていた。

或る日、浅野監物《けんもつ》直道の妻になっている娘のるりがやって来た。

直道が世上の噂について、大三郎に真偽をただしたところ、彼はせせら笑って、

「みちというのは、まことに味のない女だった」

と暴露《ばくろ》めいた話をしたという。

「直道は、あまり、そうしたことをいわないほうがよいと意見を申したそうですが……」

姉として弟を案じているるりをみると、りくも胸がつまった。

「大三郎とて男。いいたいことは山ほどあるでしょうに……」

いえば、それがすべて自分にはね返って来る。そのためのやり場のない気持をまぎらわすために、茶屋通いは更に激しくなった。

親類からは、りくに対して大三郎を意見しろの、父親の名を汚《けが》す放蕩者のと文《ふみ》を送って来る。

涙を嚙《か》み殺すようにして、りくは返事を書いた。

女手一つで育てた忰《せがれ》の不束《ふつつか》は、母の私の罪、何卒、お許し下さいますように。大三郎は、決して放埒《ほうらつ》な男ではございません。あの子の肩にのった重荷があまりに大きすぎ、ともすると、それに圧《お》しつぶされるのではないかともがいている有様です。今暫く、大三郎に時間を与えてやって頂きとうございます。

墨の文字は、時に乱れ、筆のあとは力がなかった。

二

広島の大石家に最初の嵐《あらし》が吹き荒れた享保《きようほう》六年の十一月二十七日に、京で外山局が歿《なくな》っていた。七十五歳である。

りくにとって、彼女は分家の奥方であり、嫁入り当時は小姑《こじゆうとめ》のような存在であった。亡夫の良雄には二人の弟がいたが、上の専貞は出家して石清水八幡《いわしみずはちまん》にいたし、下の弟の喜内は妻帯することもなく二十二歳で病死していたから、りくは嫁同士の苦労も知らずに終った。

けれども、外山局が、嫁いだばかりのりくにしたこまかな意地悪は、数え上げたら、きりがないくらいのものである。

その上、外山局という人は、りくが大三郎と共に広島へ移ってからは、そのことを知らせてやった文に返事もよこさなかった。

それればかりか、広島で大三郎の後見人になってくれた大石一族の小山孫六に対して、父親の顔も知らないような小倅が、父や兄のおかげで千五百石を頂いても、果して家名を辱しめないでやっていけるものか、と皮肉たっぷりな書状をよこしていることを、りくは孫六の妻から教えられた。

「あのお人は、あなた方を妬《ねた》んでいるのですよ。御自分の悴も、一人は義士として討入りに加わっているのに、自分に対しては誰も親切にしてくれないというのが近頃の口癖だったそうですからね」

気にするな、といわれても、りくはやはり外山局にこだわった。

たしかに、彼女の次男の大石瀬左衛門信清は四十六人に加わって吉良家へ討入りをし、仲間と共に切腹した。

しかし、りくが知る限り、内蔵助良雄達と行動を共にし、いち早く江戸へ下って行った瀬左衛門を助けたのは、彼の母でも、兄でもなかった。

江戸へ入り、着のみ着のまま、その日の飯にも困るような窮乏生活を支えたのは、瀬左衛門の伯父に当る大石無人であり、その悴の大石三平《みつひら》であった。

討入りの際、瀬左衛門が身につけていた晴小袖《はれこそで》も、三平が贈ったものだと、りくはきいている。

瀬左衛門の父はすでになく、兄の孫四郎は一味を脱退した。それでも、瀬左衛門は最後まで母の行方を案じていたというのに、その母である外山局は、そのいじらしい息子にいったい、なにをしてやったのかと、りくは憤《いきどお》ろしくさえなったものである。

その外山局が歿ったと知らせてくれたのは、小山孫六の末娘の志加というのの夫で、広島の勝順寺という浄土真宗の寺の住職をしている諦全であった。

この夫婦とのつき合いは、りくが広島へ来てからであったが、小山孫六の子供のうち、上の四人の男子がいずれも若死している関係で、諦全はよく小山家へ出入りをしていたし、志加がりくに対して母親に対するような親しみを持ってくれたので、すぐに睦《むつ》まじくなった。

外山局の死をきいて、りくは仏間へ入ったが、悲しむ気持にはなれなかった。

彼女の病死したのが昨年の十一月であったから、まだ、大三郎夫婦が不仲であるといった噂も世間へは出ていなかったからよかったようなものの、もし、今頃まで達者だったら、大三郎の離婚や放蕩者といった評判に対して、なにをいって来たことやらと、どこかで胸を撫《な》で下すような感じがある。

ともあれ、そんなふうにりくが考えてしまうのは、その頃のりくが、やはり、大三郎の行状に失望し、不安と焦燥に日を送っていたせいでもあったろう。

それでも、人の噂も七十五日で、春が過ぎ、夏が終る頃には、大石家に再びの平安が戻っていた。

「みちどのを離別したことについて、母はもうなにも申しませぬ。ただ、これ以上、人に後指をさされるようなことだけはしてたもるな。茶屋遊びを気晴しにするのもとがめはしません。ただ、体には気をつけるように……」

りくの意見が身にしみたのか、大三郎もやや落ちついて来て、時折は夜更《よふ》けに酒の匂《にお》いをさせて帰ることもあるが、神妙《なご》にお城づとめをしているようであった。

享保八年になって、りくの心を和ませる出来事があった。

討入りした赤穂《あこう》浪士の一人、原惣右衛門の遺子、惣八郎を芸州浅野家で召抱えることになったので、一家はそろって広島へ移り住むという知らせである。

惣右衛門の妻女のおみやとは、討入りの翌年の夏、兄の石束毎明《つねあき》に従って、りくが京へ上った時、大坂の住いを訪ねたきり、心にかけながらも疎遠《そえん》になっていた。

大三郎の話によると、原惣八郎は二十人扶持《ぶち》をたまわることに決っているという。

原惣右衛門は赤穂の浅野家では三百石の足軽頭であった。

「御重役方は、惣八郎の働きをみて、さきざきは父親ほどの知行をとお考えのようです」

大三郎がそんなことをいったのは、自分が亡父と同じ千五百石を給《たまわ》ったのに、惣八郎が二十人扶持ではいささか気の毒と思ったためらしいが、りくはそれをきいて、広島の浅野家の重役達が、いきなり大三郎に高禄《こうろく》を与えた結果、あまりいいようには行っていないことを前例にして、原惣八郎にそうした扱いを思案したのではないかと想像した。

それは、つらい憶測《おくそく》であった。

以前にもまして、りくは神社や寺を訪ねて、祈願をこめた。

一日も早く、大三郎が大石家の跡取りとして恥かしくない武士に成長してもらいたいと、ひたすら手を合せる。

その日、りくは小町の白神社に詣《もう》でていた。

白神社のある辺りは昔、海中の岩礁《がんしょう》だったといい、その附近一帯は潮が引くとところどころに大きな隠れ岩が顔を出す。逆に満潮の時はそうした岩が水の下にかくれてしまうので、知らずに漕《こ》いで来た舟がぶつかったり、殊《こと》に風雨の荒い日にはこの暗礁に乗り上げて遭難する舟があとを絶たなかった。

で、今、白神社の本殿のあるところに白木を建て、白紙を掲げて危険を知らせるしるしとしたのだったが、やがて、そこに祠《ほこら》が建立《こんりゅう》され、そもそもの由来にもとづいて白神社と名づけられた。

今でも、りくの参拝している社殿は巨大な巌石《がんせき》の上に建っていて、あたり一面に岩や巨石が重なり合って海へ続いている。

幸い、今日の海上はおだやかで、りくが詣でている間、岩に打ち寄せる波の音がのどかな瀬戸内の冬を思わせた。

祈願を終えて、りくは社前のところにたたずんで海を眺《なが》めていた。

その視野の中に、初老とみえる女の姿が入って来た。りくに対して丁寧に頭を下げている。

原惣右衛門の妻女のおみやだと気がつくまでに、少々の時間がかかった。それほど、おみやは老《ふ》けていた。

近づいてみると髪はりくよりも白くなっている。

惣右衛門にとっては、三度目の妻だったから、おみやの年齢はせいぜい四十のなかばを過ぎたあたりに違いないのに、足腰の弱り方は、五十五歳のりくよりもひどい。

それだけをみても、この二十数年の彼女の苦闘が偲《しの》ばれた。

「このたびはおめでとう。惣八郎どののこと、どのように喜ばしく思いましたことか」

いつ、広島へ着いたのかとりくに訊《たず》ねられて、おみやは目に涙を浮かべた。

「十日ばかり前でございます。武林様の兄上がなにかとお世話下さいまして……」

討入りを遂げた武林唯七の兄の武林勘助は広島の浅野家中の藩士で、大三郎とりくとるりが豊岡から広島へ来る時の迎えの一人であった。

「もっと早くに御挨拶《あいさつ》にまかり出ねばなりませぬところを、惣八郎がこちらへ参った夜から床についてしまい、面目もございません」

「惣八郎どのが、ご病気……」

「積年の疲れが出たのであろうかと存じます。広島へ参って、気がゆるんだのかも……」

今日、白神社へ詣でたのも、惣八郎の病気平癒《へいゆ》を祈るためだったといった。

「お医者などにみせているのですか」

りくの言葉に、おみやがうなずいた。

「はい。それはもう、大坂に居りました頃《ころ》とは違い、皆様のおかげで手厚い看護を受けて居ります」

病弱な悴なのだと、おみやは悲しげに訴えた。

「子供の時から虚弱でございまして……それ故、こうして殿様の有難い思し召《おぼめ》しを受けましても、どれほどの御奉公が出来ますことか心がかりでなりませぬ。もし、父の名を汚すようなことがあってはと、そう思いますと夜もねむれなくなりまして……」

りくは荒れているおみやの手をそっと取った。

「それは、あなたの取り越し苦労ですよ」

我が子、大三郎にもさまざまのことがあったといった。

「あなたの耳にも入っているかも知れませんね。大三郎は殿様お声がかりで頂戴《ちょうだい》した嫁と別れてしまいました」

世間はいろいろにいっているが、大三郎には大三郎のいい分がある筈《はず》と、りくは低く弁明した。

「でも、大三郎はなにもいわず、耐えて居ります。男なら当り前のことでしょうが、やはり不愍《ふびん》で……。でも、母の私はいつか、あの子が、試練をのり越えて、一人前の武士に育ってくれる日があると信じて居ります。あなたも、惣八郎どのを信じて……」

それは、おみやに話すというより、りくが自分自身にいいきかせる言葉であった。

いつの日にか、必ず、大石内蔵助良雄の子よ、と世間が納得する侍に、大三郎がなってくれる、それが、りくの生甲斐《いきがい》であり、心の支えであった。

「ありがとう存じます」

涙を拭《ふ》いたおみやが、気持を立て直すようにして、りくにいった。

「お祝を申し上げるのが、あとになりました。おるり様のこと、おめでとう存じまする」

浅野直道と夫婦になっているりくの娘のことであった。

「お子はお二人、おかわいらしいお嬢様方と承りました」

りくが祖母の笑顔になった。

享保元年に誕生した長女の利久に続いて、享保六年に次女が産まれている。

「この次には、なんとしても、男の子をと申しているのですよ」

「私どもの娘にも、子供が居ります」

惣右衛門の先妻の子で、父親の切腹した年に嫁入りしたのに、二男一女が産まれているといった。

「いつか、惣八郎の子を抱く日が参りますね」

病身のため、まだ妻帯はしていない悴のことを、おみやは力をこめてくり返した。

それは、やはり、りくの思いでもあった。

おみやとはげまし合った日から数えても十年の歳月が過ぎている、と、りくは指を折った。

二度目に迎えた妻、岡田竹右衛門幸元の娘の伊代とも、大三郎はうまく行っていない。なにがいけないのだろうと、りくは不審でならなかった。

男というのは、最初の縁談でつまずくと、終生、その尾をひきずるものなのだろうか。

今のりくには適当な相談役がなかった。

御牧信久は江戸留守居役となって、江戸の藩邸にいた。

もっとも、信久が広島にいたとしても、りくは二度と彼に大三郎のことで愚痴をこぼす筈はなかった。最初の妻と離別してから、御牧家とも疎遠になっている。

親類である小山孫六の家は、孫の小十郎良至《よしゆき》が継いでいて、小十郎は大三郎より二歳年下で気心の知れた間柄《あいだがら》だが、といって、小十郎が大三郎の役に立っているとは思えない。

るりの夫の浅野直道にしても、義弟には手を焼いているといった態度があからさまで、まして、その直道に妾《めかけ》がいて、るりが次女を産んだのと同じ年に、まりという名の女児が誕生していると知ってからは、りくは、この聟《むこ》も、あまり信用する気がなくなっている。

もっとも、るりには、享保十五年に、造酒助《みきのすけ》という男児が生まれて居り、夫婦仲はまあ、おさまっている。

大三郎夫婦の争いに巻き込まれて、心のやりどころがなくなった時、りくは豊岡の兄、石束毎明に文を書いた。しかし、それは、出すつもりのない文であった。毎明も父の跡を継いで、京極甲斐守の家老職の座にあった。

公務で多忙な兄に、六十のなかばになった妹が泣きごとを訴える愚かさは、りく自身が承知していた。

文を書くのは、心をもて余してのことであった。書き上った文を、りくはいつも庭で反古《ほご》を焼くように焼き捨てている。

三

なんとかして二度目の破鏡だけは阻止したいとりくが願ったにもかかわらず、大三郎は享保十九年の正月を待ちかねるようにして、伊代を離縁した。

「せめて、子のなかったことが、娘の幸せでござろう」

伊代を引取った父親の岡田竹右衛門が逢《あ》う人ごとにいっているというのは、間もなくりくの耳に入った。

しかも、翌年の夏、伊代は同じ家中の会田右近という男の許《もと》に嫁入りをした。

「本当かどうか存じませんけれども……」

りくのところへやって来たるりが眉《まゆ》をひそめるようにして告げた。

「伊代どのは、すでにみごもっておいでだそうでございます。それで祝言を急がれたとか……」

まるで大石家に対するあてつけのようなものだと、浅野直道も立腹しているという。伊代は大三郎の妻である間、遂《つい》に妊娠することはなかった。一方、大三郎は妾に産ませた娘を一昨年、病死させている。

「世間では、歿《なくな》った弥津のことを、果して大三郎の子だったかどうかと申しているそうでございます」

りくが顔色を変えた。

「どういうことなのです」

るりがためらい、声を落した。

「つまり、大三郎には女子《おなご》をみごもらせる力がないと……」

不能者という意味だと悟って、りくは目が眩《くら》みそうになった。

「なんということを……」

茶屋通いをしている男がなんで不能者かとはいいかねたが、そう考えたことで、りくは自分が傷ついた。我が子がそれほど世間から辱《はずか》しめられているのかと思うと、体が慄《ふる》えるほど口惜《くや》しい。

「世間も世間ですけれど、大三郎も大三郎だと思います。どうして二度も離別しなければばなりませぬのか。男として、あまりに情ない」

しかし、るりは母の表情をみて話題を変えた。

「私が今日まいりましたのは、そのようなつまらぬ噂《うわさ》のためではございません。利久が再縁することに決りました」

るりの長女の利久は五年前に家中の西尾平左衛門直陳《なおかた》に嫁いで、奈於という娘を産んでいたが、その子が享保十七年の春に病死した上、更に昨年十月九日に西尾直陳が歿ったので、その後、実家へ戻っていた。

「家中の箕浦新八様がどうしても利久を嫁にと望んで下さいまして、この秋、西尾どのの一周忌が終り次第、箕浦へ嫁がせることになりましたの」

箕浦新八は元禄十三年生れで、大三郎より二歳年上の三十六だから、享保元年生れの利久とは一廻り以上も差がある。

けれども、千二百石の中小姓という身分からすれば、決して悪い縁談ではなかった。まして、利久は出戻りである。

「利久は、そのお方にお目にかかったことがあるのでしょうね。利久も承知しての縁談ならよろしいのですけれど……」

孫娘の再縁だけに、りくとしては心がかりであった。

夫と娘に死別という不幸を背負っている孫娘である。

「箕浦様は、こう申してはなんでございますが、藩中でも指折りの男振りでいらっしゃいますのよ。背もお高く、武芸や学問にも秀《すぐ》れておいでとか、監物も安心して利久を嫁にやれる相手と喜んで居ります」

無論、利久は何度か新八と会って居り、おたがいに憎からず思っての再縁だという。

「それならば申すことはありません。祝物はなにがよいか、利久にきいておいて下さい」

久しぶりに、娘とそんな話をして間もなくの七月十二日、勝順寺の住職、諦全が急死した。

諦全の妻は、小山孫六の娘の志加であったから、りくは仰天して勝順寺へかけつけた。一年ほど前に眼病を患《わずら》ってから視力の落ちていた志加は、かわいそうなほど取り乱して殆《ほと》んどなんの役にも立たない有様なので、りくは奉公人を指図し、諦全の弟子達と相談して、同じ本願寺派の専光寺の住職に頼んで法要をとり行う支度をした。

知らせを受けて集って来た人々は、茫然《ぼうぜん》自失したままの志加に代って、てきぱきと働いているりくの姿に改めて感歎《かんたん》した。

それは、到底、六十七歳になっている老女のようではなかった。

小山家は広島の浅野家三代に仕えた名門であり、その一族につらなる諦全の葬儀も盛大なものだったが、一切をとりしきり、つつがなく為《な》し終えたのは、りくの采配《さいはい》によるものであった。

「流石《さすが》、大石内蔵助どのの御内室だけのことはある」

と葬儀に参会した人々はうなずき合ったのだが、万事が終ってから小山家の縁者からささやかな苦情が出た。

志加の亡母の実家の兄で上坂武兵衛というのが、

「小山家の菩提寺《ぼだいじ》は、材木町の宝林山伝福寺であるのに、何故《なぜ》、専光寺に法要を依頼されたか合点が行かない」

といい出したものである。

たしかに小山家では、すでに他界している小山孫六夫婦もその忰の良一《よしかず》夫婦、また若死した良一の弟達も伝福寺に墓がある。

上坂武兵衛に対して、志加はなにも答えられず、代りにりくが説明をした。

「おっしゃるように、小山家ゆかりの寺は伝福寺でございますが、宗旨は曹洞宗《そうとうしゅう》でございます。歿られた諦全どのは勝順寺の住職、勝順寺は真宗で伝福寺とは宗旨違い、それに志加どのは小山家より諦全どのに嫁がれたお立場でございますから、なにがなんでも小山家の菩提寺でと申すことはございますまい」

上坂武兵衛は返す言葉がなく、苦情はそれきりになった。

その話が初七日の法要の席でささやかれ、それは主としてりくを賞讃《しょうさん》するための蒸し

返しだったのだが、たまたま、席にいた浅野直道が、

「義母上《ははうえ》がしっかり者で居られる分、外衛どのは一人立ちが出来ぬのかも知れぬ」

と洩《も》らしたのが、客に挨拶《あいさつ》をしているりくの耳に聞えた。はっとして周囲を見廻すと、大三郎は一座の人々とは少し離れたところで酒を飲んでいる。

今の直道の言葉は大三郎にも聞えたに違いないと、りくは青ざめた。

この頃、大三郎は外衛良恭と名乗っていた。

客の前で、直道は義弟の名を出して慨歎《がいたん》したものである。

その夜、大三郎は自分の屋敷へ帰って来なかった。

女の許に入りびたって深酒をしているに違いない我が子を思いながら、りくは改めて娘聟の言葉を考えた。

母親の自分がしっかり者だから、息子の出来が悪いのだという非難は、それが身内の口から出ただけに、りくの骨身にこたえた。

いつまでも母親が傍《そば》にいて、大三郎を甘やかしているから、どこから嫁が来ても長続きがせず、大三郎の放埒《ほうらつ》もやまない。

聟ですらそう思うのだから、世の中の人はそれ以上に感じているに違いない。

気性の勝った姑《しゅうとめ》が嫁を居づらくさせている、悴《せがれ》は母親に押しつぶされ、その反撥《はんぱつ》を酒や女でまぎらわしている。

気がついた時、りくは庭に出ていた。体中が熱く、まるで火がついたような感じである。夜気の中に身をおいても、心のほてりは鎮《しず》まらなかった。

叫び出したいものが胸につかえ、その苦しさに体を土に叩《たた》きつけた。

夜があけて、奉公人が庭にうつぶせになって気を失っているりくをみつけて大三郎を呼びに行った。

部屋へ運ばれたりくは高い熱を出し、譫言《うわごと》をいった。

医者が来て手当てを終えた頃に、大三郎が宿酔《ふつかよい》の顔で帰って来た。

流石に母の様子をみて神妙に枕許《まくらもと》へすわった。

法要の疲れと、夜気に当って風邪をひいたのだろうと医者はいい、薬を調合して帰ったが、りくはひたすら眠り続けるばかりであった。

夜更《よふ》け、つき添っていた大三郎が聞いたのは、母の譫言であった。

「松之丞……」

咽喉《のど》の奥からしぼり出すような声であった。

慌《あわ》てて、大三郎は夜具から出ている母の手を取った。

「母上……母上」

と呼びかけると、今度は前よりもはっきりと、

「松之丞」

母の声がいう。

体中が冷たくなったようで、大三郎は母の手をはなした。

病んでいる母の心にあるものは、死んだ長兄なのかと思う。

大三郎が顔もおぼえていない兄であった。

亡父と共に吉良《きら》家へ討入り、公儀のおとがめを受けて十六歳で切腹した。

その松之丞、いや、すでに元服して主税《ちから》といっていた長兄が敵討《あだうち》の前に、豊岡へ別れに来た時のことを、大三郎は伯父の石束毎明から聞かされた。

若くして忠義のために死んで行く兄を、母がどのように迎え、どのように別れたか。

その話は大三郎の心の奥に刻み込まれている。

十六で死んだ長兄は、母の心の中で永遠に幼名の松之丞のままなのだろうと思う。

時折、母がぼんやりと仏壇に向っていることがある。

仏壇の中に並んでいる位牌《いはい》の中に、長兄のもある。ああいう時、母は、もし、松之丞が生きていてくれたら、と考えているのかも知れないと思った。

良い子が死んで、出来の悪い子が残った。

母はそう考えていると推量して、大三郎は自分が泣いているのに気がついた。

医者の投薬が効いたのか、二日ほどでりくは熱が下り、意識も平常に戻った。

だが、床上げになるまでには十日もかかった。

母がしきりになにかを考えているというのは、大三郎にもわかっていた。

けれども、お城から戻って母の部屋へ行って、すっかり身じまいをした母の姿をみて驚いた。

今朝、出仕の前にここへ寄った時は、まだ病人の顔でうつらうつらしていた人が、僅《わず》かながら化粧もし、凜《りん》として正座している。

「起きて、大丈夫なのですか」

問いかけた大三郎に、りくは自分の前を指した。

「お話があるのです、ここへおすわりなさい」

母に子供扱いをされたようで、大三郎は憮然《ぶぜん》としたが、いわれた場所へすわった。

「お話とは、なんですか」

りくは手にした数珠《じゆず》に視線を落した。

「母は出家してこの屋敷を出ることにしました。どこぞに庵室《あんしつ》を求めて、そちらで余生を送ろうと思います」

大三郎はあっけにとられた。何故、母がそんなことをいい出したのか、咄嗟《とつさ》に見当がつかない。

「亡《な》き内蔵助どのの祖母《ばば》様《さま》も、晩年は屋敷を出て菩提寺の近くに庵室をかまえ、そちらで念仏三昧《ざんまい》の日を過されました。母もそれに倣いたいと存じます」

「冗談はおやめ下さい」

驚きのあとに怒りが来た感じであった。

「母上が手前に愛想をつかしておいでなのは承知しています。手前は亡き兄上のような忠孝の士ではございません。ですが……」

「そなたに愛想をつかしたわけではありません。そなたのためにも、ここに居てはならぬと心づいた故《ゆえ》です」

大三郎の顔がひきつった。

「手前のために、屋敷を出るとおっしゃるのですか。ならば、いわせて頂きましょう。母上がこの家を出て出家したら、世間はなんと申しますか。手前が母上を追い出した、いや、母上が手前を見限って仏門に逃れた。いずれにしても、手前の面目は丸つぶれです。母上は我が子が不孝者のそしりを受けるのを平然とみておいでになれますか」

沈黙したまま、数珠をみつめている母の肩に手をかけてゆすぶった。

「母上は手前のために出家をなさるつもりかも知れませんが、手前にとっては迷惑です」

「では、どうしたらよいのですか」

りくの声が大三郎には冷たく聞えた。

「いつも申し上げている筈《はず》です。変ったことはなさらないで下さい。他人の家の法事に口を出すのも、神社や寺に足しげく参詣《さんけい》なさるのも……。母上は隠居なのです、隠居は隠居らしく……」

「屋敷にひきこもって、息を殺して居れと申すのですか」

「母上は目立ちすぎるのです。母上がなにかすれば、とやかくいわれるのは手前なのです。まっ平です。よい加減にして下さい」

首が折れそうなまでにうつむいてしまった母へ、頭上から叩きつけた。

「万一、母上が出家などして、この屋敷から出ることがあれば、手前は母上を母とは思いません。親子の縁を切って頂きます」

手荒く障子をあけて出て行く大三郎の足音に、りくは耳をすませた。これが、息子の足音を聞く最後だと思う。

やがて、大三郎は外出した。行った先は妾宅《しょうたく》に決っている。

そのあとで、りくは奉公人にはなにもいわず屋敷を抜け出した。

まっしぐらに国泰寺《こくたいじ》の門をくぐる。

九世の住職、大震和尚は面会を求めたりくに、すぐ会ってくれた。

どこか容貌《ようぼう》が亡き父、石束毎好《つねよし》に似ている大震和尚の前で、りくは心にあることをすべて包みかくさず打ちあけた。

「愚かな母であることは、もとより承知して居ります。それでも、父の顔を知らずに産まれた子を、父の分までもときびしく育てた心算《つもり》が、やはり母の甘さであったと気がつきました。所詮《しょせん》、母は母であり、父にはなり得ぬものでございましょう。大三郎も苦しみ、私も悩み抜いたあげく、たどりついた道は唯一《ゆいいつ》でございました」

獅子《しし》は我が子を谷底に蹴落《けおと》して、その子の生涯《しょうがい》を決めるという。

「崖《がけ》を這《は》い上ってくれれば生きる値打があり、その力なくして死んだものには、この世を生き抜く力はないとあきらめるのでございましょうか」

もし、内蔵助が生きていたら、大三郎を谷底に蹴落してみるのではないかと、りくはいった。

「内蔵助の居りませぬ今、それを致しますのは、私しかございません。それは、私があの子の傍に居らぬことでございます」

大三郎を一人にして、自分は行方をくらますか、自ら命を絶つことだろうと思ったが、

「私は殿様から百石の隠居料を頂戴《ちょうだい》している身でございました」

行方をくらませば、藩に迷惑がかかり、自裁すれば、

「大三郎の心に生涯、消えぬ傷が残りましょう」

六十七歳という自分の年齢を思えば、後生のために出家して、歿った者達の菩提を弔いたいといっても、世間は納得してくれるだろうというのが、自分のたどりついた答えだったと、りくは訴えた。

「和尚様におすがり申します、何卒《なにとぞ》、私を仏の弟子にお加え下さいまし。この塔頭《たっちゅう》のいずれかに、雨露をしのぐほどの場をお与え下されて、仏にかしずくことをお許し願いまする」

大震和尚は、最初から一言も口をはさまず、りくの言葉を聞いていたが、語り終ってひれ伏すのをみると、静かに訊《たず》ねた。

「万に一つ、仔《こ》獅子が谷底に落ちたままで終っても、後悔はなさるまいな」

りくの体を恐怖が走った。

長い沈黙の後、りくは顔を上げた。目は血走り、唇《くちびる》は慄《ふる》えていたが、肺腑《はいふ》をえぐる声が和尚に告げた。

「その覚悟は出来て居ります」

手を叩いて、大震和尚は役僧を呼んだ。

授戒《じゅかい》の支度を命じる。

その夜、りくは大震和尚の手によって剃髪《ていはつ》した。

りくが出家して国泰寺で修行することを、大震和尚は文で大三郎に知らせてやったが、彼は寺を訪ねて来なかった。

一カ月余りもして、るりが来た。

「大三郎がなにも申しませんので、今日まで全く知らず……」

泣き顔で僧達にいい、小半刻《こはんとき》ばかり母と話をして、しょんぼりと帰った。

りくの国泰寺での日常はきびしいものであった。夜明けに起きて、修行僧と一緒に水を汲《く》み、掃除をし、仏前で経を読む。

国泰寺にある南湘院《なんしよう》、玉照院、源勝院、等覚院、趙叔院《ちようしゆく》、神応院などの塔司を廻って行をおこない、時には末寺まで出かけて行くこともある。

日が経《た》つにつれて、りくが国泰寺で出家したことを伝え聞いた人々が、心配して訪ねて来たが、あまりにもきびしいりくの表情をみて、怖《おそ》れをなして帰ったきり、二度とは来なかった。

あとは、るりと、孫の利久が、時折、身の廻りのものを持ってやってくるだけになる。

そのるりがりくに訴えた。

大三郎の日常は、りくが屋敷を出た今も、そう変ってはいないという。

流石に妾宅への足は滞りがちだが、深酒は相変らずで、この前、直道が心配して訪ねて行った時は泣きながら飲んでいたので、

「それくらいなら、何故、本性を入れかえて、母上を迎えに行かないのか」

となじって帰って来たようだと訴えた。

「お母様が御出家遊ばしたことを、とやかくは申しません。とにかく、弟の屋敷へお戻りになって下さい。離れでも建てて、そちらで御修行がお出来になるよう、もし、御承

知下さるなら、私から大三郎に申します」

りくは眉《まゆ》も動かさなかった。

「そなた達が、もし、そのようにしたら、母は国泰寺を出て、もっと山奥の寺に移らねばなりませぬ」

以来、るりもなにもいわなくなった。

明けても暮れても新しい生活の中で死にもの狂いだったりくが、ほっと我にかえったのはその年の暮であった。

大晦日《おおみそか》で、はやばやと掃除がすみ、僧達は夕方から先は本堂で年越しの行事があるが、りくはそれに加わることは出来ない。

自分の部屋へ戻って写経をしているうちに夜が更けた。

ふと、筆を持つ手が止ったのは、大石家の正月の支度はどうなっているだろうと気がついたからである。大方のことは奉公人達が心得て、まがりなりにもしてくれるだろうが、床の間の懸け物一つ、大三郎は自分でしたことがない。第一、明日、総登城の時の上下《かみしも》、年始の挨拶の時に着る紋服《もんぷく》など、どこにしまってあるのか、まるでわからないのではないかと思った。

るりに使をやって、この寺へ来てもらい、あれこれ指図して大石家へ行かせて、と考えている自分を、りくは叱《しか》りつけた。

なんのために、自分は屋敷を出たのかと思う。出家したのは、世を捨てたことなのに、今更、浮世のことをあれこれ思い煩《わずら》ってなにになるのか。

大三郎が床の間になにを飾ろうと、年始にどの紋服を着て行こうと、世捨人の知ることではなかった。

それでも、りくは除夜《じょや》の鐘が重く響いてくるまで、もの思いに心を費していた。

新しい年が来て、やがて四月二十八日をもって享保二十一年は元文元年になった。

四季の移り変りも、国泰寺の僧坊にひきこもっているりくにはなんの感動もなかった。

るりの話で聞く限り、大三郎に変化は起っていない。

「奉公人の話ですと、夜なかにうなされていることがあるようですの」

知り合いの医者に行ってもらったが、体はどこも悪くはなく、

「心を患《わずら》っていらっしゃるようだ、と申されました」

るりの来た夜は満月であった。

写経をしていて気がついてみると、障子のむこうがしらじらと輝いている。月光だと、りくは燭台《しょくだい》の灯《あかり》を消して縁側へ出た。

庭はすべてのものが、白銀色に輝いてみえた。

月光が、これほど、くまなく辺りを照らすとは今まで思ってもみなかった。

天上は晴れて、一片の雲もない。

月だけが独り、光を放っている。目をこらすと、いくらかの星もまたたいているのだが、月光の前には影が薄かった。

それは、満開の桜花の下に、小さな野の花が咲いているのと同じだと思う。

桜狩の人々はあまりの桜の美しさに酔って野の花には目もとめない。

同じように、星がどう輝いたところで、この鮮やかな月光に出会っては、所詮、月の前の星であった。

大三郎の気持は、りくの気持であった。

妻であれば、月光の中の星屑《ほしくず》でも、世間はなんとも思わずにいてくれるが、悴《せがれ》の星屑は、何故《なぜ》、月光の輝きにならぬのかと人もいい、当人も苦しむ。

自分が屋敷を出ても、大三郎になんの変りもないと告げたるりの言葉を、りくはほろ苦く噛《か》みしめた。

仔獅子を谷底へ蹴落して、這い上って来なかった親獅子は、どうするのかと思った。

山中をかけ廻り、体から血を流しながら、月にむかって咆哮《ほうこう》するのだろうか。そして、谷底の仔獅子は血の涙をこぼしながら、親の咆哮に耳をすませているのかも知れない。

明るすぎる月光の中に立って、りくは庭を見廻した。

古人は美しい月光の照らす庭を、霜柱が立ったようだと詩《うた》っている。

りくのみる限り、月光は白く冴《さ》え冴えとして、指を当てれば冷たく皮膚を切り裂きそうに思えた。

大三郎はどこでこの月光をみているのかと思い、りくはそっと合掌した。

人の生涯には、人の力の及ばぬものがある。

内蔵助が敵討に生命を賭《か》けたのも、父のようになろうとしてあがいている大三郎の日々も、みな、人の力の如何《いかん》ともしがたいものと思った時、りくの目から温かな涙がこぼれ落ちた。

悲しみと安らぎが、漸《ようや》くりくの心に訪れたようであった。

元文元年十一月十九日、りくは経机にもたれたまま、苦しみもせず逝《い》った。

突然のことだったので、その臨終に立ち会った者は誰もいなかった。

野辺送りは国泰寺で行われ、国泰寺の墓所に葬《ほうむ》られた。

母の墓を建立《こんりゅう》し、大震和尚に乞《こ》うて墓誌銘を書いてもらったのは、大三郎であった。

今に残るその墓誌銘は終りをこう結んでいる。

貞操康節　儀容異風

端心座化　克始克終

そして、その母の墓に並んで、母より一歳多く天寿を全《まっと》うした大三郎の墓が、平成二年、ひっそりと寄り添って、広島市を見下す高台の現在の国泰寺の墓所に建っている。

単行本　一九九〇年十二月　新潮社
一次文庫　一九九三年十一月　新潮文庫
DTP制作　エヴリ・シンク

文春文庫

花《はな》影《かげ》の花《はな》
大石内蔵助《おおいしくらのすけ》の妻《つま》

定価はカバーに
表示してあります

2020年12月10日　第1刷

著　者　平《ひら》岩《いわ》弓《ゆみ》枝《え》
発行者　花田朋子
発行所　株式会社 文藝春秋

東京都千代田区紀尾井町 3-23　〒102-8008
TEL　03・3265・1211㈹
文藝春秋ホームページ　http://www.bunshun.co.jp

落丁、乱丁本は、お手数ですが小社製作部宛お送り下さい。送料小社負担でお取替致します。

印刷製本・凸版印刷

Printed in Japan
ISBN978-4-16-791617-6

文春文庫　平岩弓枝の本

（　）内は解説者。品切の節はご容赦下さい。

平岩弓枝
女の顔（上下）
幼い時に母と渡米したが、日本女性として厳しく育てられた津奈木まさき。母亡き後に単身帰国するが、親戚は冷たく、住み込み家政婦をして一人で生きてゆくことに。綾なす人間模様。

ひ-1-106

平岩弓枝
鏨師《たがねし》
無銘の古刀に名匠の偽銘を切る鏨師と、それを見破る刀剣鑑定家。火花を散らす厳しい世界をしっとりと描いた直木賞受賞作「鏨師」のほか、芸の世界に材を得た初期短篇集。（伊東昌輝）
ひ-1-109

平岩弓枝
女の旅
洋画家の娘・美里は語学に堪能なツアー・コンダクター。平泉、鎌倉、東京、ニューヨークを舞台に、初恋に揺れる若い女心と、情事に倦みながらも嫉妬する中年女の心理を描く。（伊東昌輝）
ひ-1-116

平岩弓枝
花のながれ
昭和四十年の暮れ、上野・池之端にある江戸から続く老舗糸屋の当主が亡くなった——。残された三人の美しい娘たちの三者三様の愛と人生の哀歓を描く傑作長篇ほか、二編を収録。

ひ-1-123

平岩弓枝
女の家庭
海外赴任を終えた夫と共に娘を連れて日本に戻った永子。姑と小姑との同居には想像を絶する気苦労が待っていた。忍従の日々の先にあるものは？　女の幸せとは何かを問う長篇。

ひ-1-124

平岩弓枝
下町の女
かつては「新橋」「柳橋」に次ぐ格式と規模を誇った下谷の花柳界だが、さびれゆく一方であった。そんな時代を清々しく生きる、名妓とその娘の心意気。下谷花柳小説ここにあり。

ひ-1-125

平岩弓枝
秋色（上下）
有名建築家と京都の名家出身の妻、この華麗なる夫婦の実態は……。シドニー、麻布、銀座、奈良、京都、伊豆山と舞台を移して、華やかに、時におそろしく展開される人間模様。

ひ-1-126

（　）内は解説者。品切の節はご容赦下さい。

平岩弓枝
肝っ玉かあさん
東京・原宿にある蕎麦屋「大正庵」の女主人・大正五三子は、太っ腹で、世話好きで、涙もろいお人好し。ひと呼んで「肝っ玉かあさん」。蕎麦屋一家の人間模様を軽妙に描く長篇小説。

ひ-1-128

平岩弓枝
御宿かわせみ
「初春の客」「花冷え」「卯の花匂う」「秋の蛍」「倉の中」「師走の客」「江戸は雪」「玉屋の紅」の全八篇を収録。江戸大川端の小さな旅籠「かわせみ」を舞台とした人情捕物帳シリーズ第一弾。

ひ-1-201

平岩弓枝
江戸の子守唄
御宿かわせみ2
表題作ほか、「お役者松」「迷子石」「幼なじみ」「宵節句」「ほととぎす啼く」「七夕の客」「王子の滝」の全八篇を収録。四季の風物を背景に、下町情緒ゆたかに繰りひろげられる人気捕物帳。
ひ-1-202

平岩弓枝
水郷から来た女
御宿かわせみ3
表題作ほか、「秋の七福神」「江戸の初春」「湯の宿」「桐の花散る」「風鈴が切れた」「女がひとり」「夏の夜ばなし」「女主人殺人事件」の全九篇。旅籠の女主人るいと恋人で剣の達人・東吾の活躍。
ひ-1-203

平岩弓枝
山茶花《さざんか》は見た
御宿かわせみ4
表題作ほか、「女難剣難」「江戸の怪猫」「鴉を飼う女」「鬼女」「ぼてふり安」「人は見かけに」「夕涼み殺人事件」の全八篇。女主人るい、恋人の東吾とその親友・畝源三郎が江戸の悪にいどむ。
ひ-1-204

平岩弓枝
幽霊殺し
御宿かわせみ5
表題作ほか、「恋ふたたび」「奥女中の死」「川のほとり」「源三郎の恋」「秋色佃島」「三つ橋渡った」の全七篇。江戸の風物と人情、そして「かわせみ」の女主人るいと恋人の東吾の色模様も描く。
ひ-1-205

平岩弓枝
狐の嫁入り
御宿かわせみ6
表題作ほか、「師走の月」「迎春忍川」「梅一輪」「千鳥が啼いた」「子はかすがい」の全六篇を収録。美人で涙もろい女主人るい、恋人の東吾、幼なじみの同心・畝源三郎の名トリオの活躍。
ひ-1-206